岩波現代文庫／文芸 145

子シナリオ集 II

修羅の
とく

向田邦子

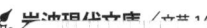

岩波書店

南青山の自宅マンションで　　　　(写真提供：ままや)

❖巻頭エッセイ

胃　袋

ごくたまに、タレントと呼ばれる若い人と世間ばなしをすることがある。

デビュウ作品を伺うと、十人が十人、はっきり覚えていて、すぐに題名を教えて下さる。

ところが、

「脚本はどなた？」

と聞くと、十人のうち九人が、

「え？」

と素頓狂な声を立てる。

「台本を書いた人の名前」

追い討ちをかけると、座頭市のような白目を出して考えこんでしまう。十人のうち七人は、まず答えられない。

さらにもう一問、

「台本は取っておありになる？」

と聞くと、

「どしたかな。ええとォ」

そばのマネージャーの顔を見ながら言葉を濁す。ちり紙交換のオート三輪にのっけましたとも言えないので困っているらしい。

かく言う私も、自分の台本のほとんどを捨ててしまうので、この件に関しては比較的寛大である。

「台本は捨ててもいいけど。作者の名前ぐらいは覚えといてね。みんな無いチエ、絞って書いてるんだから。カサ張るもんじゃないんだし」

やんわりお願いすることにしている。お願いしながら、これがテレビなのかなと気がつくのだ。

テレビは消える

消えるがテレビ

テレビドラマは、新聞や週刊誌と同じなのだ。次の、次の週になると、もう誰も覚えていない。ごくたまに、三年前に書いたドラマのシーンやセリフを忘れない方がおいでになったとしたら、これは奇跡と思った方がいい。

「ひとつ積んでは家のため」

賽(さい)の河原で石を積む子供を思い出してしまうのだが、こういう場合、こちらとしては、どうしたらいいのだろう。

一年に一本でもいい、五年十年たっても忘れさせない、寒気のするような凄い台本を書くか、さもなかったら、身体を大事にして長期戦にそなえるかのどちらかであろう。

私は生れ月が射手座で(この星は口に毒があり、ひとつところにじっとしていられないオッチョコチョイが多いとか)ねばり気ゼロの人間だから、せいぜい胃袋を大切にして、この前代未聞の怪物との闘いに備えようと思っている。

(「放送作家ニュース」一九七九年二月。「阿修羅のごとく」パートI放映直後。『女の人差し指』文藝春秋所収)

目次

記　号

SE（音響効果）

F・O（ゆっくり消えていく）

阿修羅のごとく

阿修羅　ASURA

インド民間信仰上の魔族。

諸天はつねに善をもって戯楽とするが、つねに悪をもって戯楽とす。天に似て天に非(あら)ざるゆえに非天の名がある。外には仁義礼智信を掲げるかに見えるが、内には猜疑心(さいぎしん)強く、日常争いを好み、たがいに事実を曲げ、またいつわって他人の悪口を言いあう。怒りの生命の象徴。争いの絶えない世界とされる。

彫刻では、三面六臂(さんめんろっぴ)を有し、三対の手のうち一対は合掌他の二対は、それぞれ水晶、刀杖(とうじょう)を持った姿であらわされる。興福寺所蔵の乾漆(かんしつ)像は天平時代の傑作のひとつ。

女正月

●図書館（朝）

冬の朝。

コートの衿を立てた竹沢滝子(30)が古ぼけた建物に入って行く。ひっつめた髪。化粧気のない顔にめがね。鍵をあけている老いた用務員の姿が見える。

滝子「おはようございます」

用務員「相変らず早いねえ、竹沢さん」

建物は区立図書館。

看板の字も読めないほど——見捨てられ、忘れられたオールド・ミスのように寒々とした姿で建っている。

スチームの湯気で曇る窓ガラスの向うに、人の影が動く。
赤電話をかけている滝子の声が曇ったガラス越しに聞こえて来る。

滝子「お姉さん。あたし。滝子。うん。まあまあ元気。うん？　うん？　ちょっとね、ハナシがあるのよ」

滝子、曇ったガラス窓に、大きく、「父」と書く。
その字をどんどん太くなぞってゆく。
白いブラウスに紺のセーター姿で電話をかけている滝子の姿が、「父」という字の中で、はっきりと見えてくる。

滝子「――そんなのんきなハナシじゃないわよ」

●里見家・居間（朝）

部長クラスの建売住宅。
口をモグモグさせながら、電話に出ている巻子(41)。食卓で、コーヒーを飲みながら、朝刊をひろげている夫の鷹男(43)。

巻子「なに言ってんのよ。結婚のハナシ、『のんき』っていうことないでしょ。年いくつよ」

鷹男「咲ちゃんかい」

巻子「滝子。（滝子に）あんたねえ、女は三十過ぎると、不利になるばっかしなんだから、いい加減のとこで」
滝子(声)「そのはなしじゃないって言ってるでしょ」
巻子「じゃあ、なによ。言いなさいよ」
鷹男「電話で姉妹げんかすることアないだろ。朝っぱらから、なんだよ」
巻子「モシモシ」

●図書館（朝）

父という字をなぞりながらの滝子。
滝子「四人揃ったとこで——言いたいの」

●里見家（朝）

巻子、鷹男。
長男宏男(17)と長女洋子(15)が、それぞれ登校の支度で出てくる。洋子は、食卓のものをつまみぐい。宏男は巻子の前に手を突き出す。
巻子「四人て、きょうだい四人？（宏男に）なんですよ」
宏男三本指を出す。
巻子「なんですよ」
宏男「ゆうべ言ったろ？　本買うんだって」

巻子「なんて本！」
宏男「なんべんも言わさないでよ。（英語の本の名前を巻舌の早口で言う）」
巻子「お母さん、英語、弱いんだから、日本語で言って頂戴よ」
宏男「（英語で、もっと早くいう）」
洋子「あら、お兄ちゃん、それ、この間買ったんじゃないの？」
宏男「バカお前、なに言ってンだよ、この間のはな（また英語）」
巻子「日本語で言いなさいって言ってるでしょ」
鷹男「そういうハナシは、夜のうちにやっとけよ」
巻子「どうしてもいるの？」
宏男「いる」

　巻子、電話機を置いて、小抽斗から金を出して渡す。

巻子「ちゃんと領収書持ってきてよ」

　宏男、手刀を切って受取り出てゆく。

巻子「いって参りますぐらい、言いなさい」
洋子「いってまいります」
巻子「洋子、アンタ、スカート短いわよ」
洋子「長いほうです」

　子供達、出てゆく。

巻子「全くもう、——勉強しなさいっていうと、じゃあ本買ってくれでしょ。本がなくちゃ（勉強出来ないなんていいかける）」

巻子、食卓にすわり、食べかけのトーストを口へ。

鷹男「おい」

巻子「え？」

鷹男、電話を指す。

巻子「あ——滝子」

巻子、またモグモグやりながら、電話機へ。

巻子「（モグモグ）ごめんなさい。なんのハナシだっけ」

●図書館（朝）

窓ガラスの「父」の字は、非常に太くなっている。

頭にきている滝子。

滝子「巻子姉さん。いくらきょうだいだって、待たせるんだったら、ちょっと待ってぐらい言ったっていいんじゃないの」

巻子(声)「だから謝ってるじゃないの」

滝子「なんのハナシだっけてことはないでしょ？」

巻子(声)「忙しい時にかけてくるんだもの（言いかける）」

滝子「今晩、みんなで、お姉さんとこへ行くわよ。そこで言います」
巻子(声)「モシモシ」
滝子「大きい姉さんと咲ちゃんにはあたしから連絡する。あ、晩ごはん、すませてきますから」

●里見家・居間（朝）

巻子。
巻子「なにも外で食べなくたって、おすしぐらい取る（わよ）」
電話、切れてしまう。
巻子「可愛（かわい）げがないんだから」
ネクタイをしながら出てくる鷹男。
鷹男「滝子さんか」
巻子「女は図書館なんかに勤めちゃ駄目（だめ）ね」
鷹男「――男でも出来りゃ、可愛くなるさ」
巻子「今晩も会議ですか」
鷹男、答えず玄関の方へ。

●里見家・玄関

鷹男と巻子。

鷹男「——国立(くにたち)へ行くって言ってたな。なんか用で行くのか」

巻子「おばあちゃんのへそくり、満期になったのよ。住所、うちにしてあるでしょ」

鷹男「自分とこにすりゃいいじゃないか」

巻子「おじいちゃんに判ると、気がゆるむと思うんじゃないの？　もう少し働いてもらわないと——」

鷹男「いくつになっても、男は大変だな」

巻子「女の方が大変ですよ」

巻子、軽く意味をこめた視線で夫を見る。

鷹男、靴をはいて、

鷹男「おじいちゃんによろしくいってくれ」

巻子「おじいちゃんだけですか」

鷹男「『桃太郎』じゃないんだから、いちいち、おじいさんとおばあさんて言うこたァないだろ」

●国立駅

客にまじって改札口から吐き出される巻子。

思い出し笑いをしながら、駅前の大通りを歩いてゆく。

すっかり葉を落した裸の並木。

寒いが、おだやかな冬の日差しの中を歩く巻子。

巻子「ムカシムカシ、アルトコロニ、オジイサント、オバアサンガイマシタ。オジイサンハ、山へ柴刈(しばか)リニ、オバアサンハ川へ洗濯ニユキマシタ」

●八百屋

郊外の雑貨屋を兼ねた小さな八百屋。大きなりんごに「ふじ」の札。

大きさをたしかめ買っている巻子。

巻子(声)「オバアサンガ川デ洗濯ヲシテイマスト、大キナ桃ガ流レテキマシタ。ドンブラコ、ドンブラコ」

みごとに大きな赤いりんご。

●竹沢家・庭

小ぢんまりした古いうち。庭で植木の枝をおろしている恒太郎(68)。

洗濯ものを干している、老妻のふじ(65)。

庭木戸から入ってゆく巻子。

いきなり笑ってしまう。

ふじ「巻子じゃないの」

恒太郎「何がおかしい」
巻子「だって――おじいさんは庭で柴刈り、おばあさんも庭で洗濯ですもの」
恒太郎「なにもおかしくないじゃないか」
巻子「ここで桃、出せばいいんだけど」
恒太郎「時期外れだろ、桃は」
巻子「（尚も笑いながら）お母さんと同じ名前の、あったから買ってきたわ」
　母と娘、縁側へ。
ふじ「ああ、『ふじ』――親のうち、くるのに、こんな高いもの買うバカ、ないよ」
巻子「うちのほうに比べたら、安いわよ」
ふじ「第一、こんなオッキなの、二人じゃ食べ切れないよ」
巻子「あたし、助(す)けるわよ。お父さん、りんご！」
恒太郎「オレ、いいや。ぼつぼつ行かないと。今日会社の日だから」
巻子「やっぱり週二日？」
ふじ「火曜と木曜」
巻子「火木の人か――」
　恒太郎、半乾(はんがわ)きの洗濯ものが、下の枯れた芝生に落ちているのに気づく。
　黙って拾い上げ、泥をはたいて、洗濯バサミでとめ、少し離れたところから上って奥へ。

女物の、ゴムののびた大きなラクダ色の毛糸の長いパンツ。
巻子「お母さんのじゃない」
ふじ「(少しはじらって目で笑う)」
巻子「お父さん、あんなことする人じゃなかったのに」
ふじ
巻子(声色)「おーい、洗濯物、落ちたぞ!」
二人、思わず、声を合わせて言って、笑ってしまう。
巻子「お父さんも、年ねえ」
ふじ「雨戸だって閉めるんだから」
巻子「お父さんが?」
ふじ「お迎え、近いんじゃないかねえ」
巻子「散々お母さんに苦労かけたから、埋め合せしてンでしょ」
ふじ「お金の苦労だの、やかましいなんてのは、苦労のうちに入ンないよ」
巻子「女としちゃ、しあわせな方かな?」
ふじ「――お前のとこも大丈夫なんだろ」
巻子「――今のとこはね」

母親の口を封じるように、バッグから通帳を出す。
巻子「ね、どうする？　銀行の人は、継続して下さいって言ってるけど」
ふじ「そうだねえ」
巻子「あ、それから――滝子、なんか言ってきた？」
ふじ「なんにも言ってこないけど――どうかしたのかい」
巻子「折入ってハナシがあるっていうのよ、四人集ったとこで話すって」
ふじ「なんだろ」
巻子「今晩、うちへ集ることになってるんだけど、こっちへも、なんか言ってきたかと思って」
ふじ「みつけたんじゃないか。ねえ、――相手」
巻子「違うっていうのよ」
ふじ「なんだろ」
巻子「――どうする（通帳）」
ふじ「そうだねえ」
恒太郎が入ってくる。
ふじ、目にもとまらぬ早業で通帳を膝の下に仕舞い込む。
恒太郎「おい、角に豆腐屋が来てるぞ、いいのか」
ふじ「ゆうべもお豆腐ですよ」

恒太郎「あ、そうか」
引っこむ、恒太郎。
巻子「――お父さんが、あんなこと言うようになったのねえ」
ゆったりと笑いながら見ているふじ、通帳を帯の間にはさみながら立ってゆく。
コートを着ながら出て来た恒太郎の衣紋(えもん)を直してやる。
おだやかな老夫婦。

●図書館・閲覧室

固い顔で仕事をする滝子。
そばの初老の男子職員が席を立つ。滝子、そばの電話に手をのばす。
閲覧(えつらん)カードを差し出す学生。
電話機の向うに、もう半分消えかけている「父」という字。

●三田村家・玄関

和服の綱子(45)が戸締りをして出てゆく。
出たあとで、中から電話のベルの音。

●三田村家・茶の間

無人の茶の間で、電話が鳴っている。

電話のそばに仏壇。

夫らしい中年の男の写真。

キチンと片づいた部屋。

家族三人でうつした写真。大きな息子が一人いるらしい。廊下にサーフ・ボードやスキーなど、若い男の子の使うもの。

電話のベル鳴りやむ。

●料亭「枡川（ますかわ）」

下足のじいさんが水を打っている。
玄関で花を活けている綱子。
女中頭の民子(55)が帳場から、顔を半分のぞかせて、
民子「先生、お茶入りましたよ」
綱子「先生はよして下さいって言ってるでしょ」
民子「あら、お花の先生だって、先生は先生ですよ」
民子、ひっこむ。
綱子、枝ぶりを直す。
うしろから、主人の貞治(55)がくる。

SE　かすかに電話のベル
　取っている民子。
民子(声)「枡川でございます」
貞治「ご苦労さま」
　綱子、礼儀正しく一礼する。
　貞治、うしろに立って、枝ぶりをながめる。
　表情を全く変えずに素早く囁く。
貞治「あした一時」
　無表情に小さく会釈する綱子。
　貞治、行ってしまう。
　民子、また首を出す。
民子「先生、お電話、妹さん」

●「枡川」帳場

　すみませんという感じで小腰をかがめながら入ってくる綱子。権高な感じのおかみ豊子(53)が帳簿をつけている。出て行く民子。
綱子「モシモシ。ああ、滝子――」

●図書館・閲覧室

赤電話をかけている滝子。うしろに「父」の字。

滝子「大事なはなしがあるの。今晩、阿佐谷に集ってもらいたいんだけど」

●「枡川」帳場

綱子、豊子。

綱子「ずい分急なはなしねえ。なんなの？」

滝子(声)「逢って話す」

綱子「こっちだって、いろいろ都合があるんだから、そんな、今電話かけて今晩なんて」

豊子、封筒に入れたものを、綱子の前に差し出す。

豊子「今月分……」

長電話を封じるだけではない、小意地の悪いやり方。

綱子、会釈して、受取りながら、

綱子「——何時なの？　時間——」

綱子、豊子の手前、声をひそめながら、

綱子「ね、咲子も呼ぶの？」

どうやらみそっかすの妹らしい。

●喫茶店「ピエロ」(夜)

ウエイトレスのユニフォームを着た咲子(25)が、カウンターのバーテンや、ウエイトレス達の手前、声をひそめて、客として来ている姉の滝子にメニューを出しながら言い争いをしている。

滝子は、一番奥のボックスに入口を向いて坐っている。

咲子「なによ、ハナシって」
滝子「四人揃(そろ)ったとこで言うわよ」
咲子「おたがいに忙しいんだから、もったいぶらなくたって、いいじゃない」
滝子「(入口を気にしている)」
咲子「第一、人の都合も聞かないで、今晩八時、集合なんて、滝子姉ちゃん、勝手よ」
滝子「アパート教えとけばいいのよ。そうすりゃもっと早く(言いかける)」
咲子「近いうち、引っ越すのよ。どうせ越すって判ってるとこ教えたって仕方ないでしょ」
滝子「来られると具合悪いんじゃないの」
咲子「気廻さないでよ、電話がないから、連絡先は、ここにしてってっていってるだけじゃない」
滝子「………」

咲子「――お店、九時までだもの、そんな時間には、ゆけないわよ」
滝子「親が急病ってことにすりゃいいじゃない」
　咲子が何か言いかけた時、滝子、入口に向って手を上げる。
　うす汚れたレインコートを着た気の弱そうな青年勝又静雄(32)が入ってくる。
勝又「どうも――」
滝子「コーヒー二つ」
　滝子、じろじろ見ている咲子を追っぱらう。――
　勝又が抱えているハトロンの封筒をじっと見る滝子。
　勝又は少しどもる癖がある。
滝子「――お願いしたもの――」
勝又「(この中に入ってます、というジェスチュア)」
滝子「(写真を撮すまね)――大丈夫だった?」
勝又「え。一応――」
滝子「じゃあ――(こっちへ――)」
勝又「はあ……」
　勝又、渋って渡さない。
滝子「うつってないんじゃないの」

勝又「いやぁ。うつってることァ、うつってますよ。そら、バッチリってわけにゃいかなかったけど――」
滝子「そんなら、――」
　こっちへ頂戴よ、という感じ。
　勝又、封筒を渡しかけて手をとめる。
勝又「――嫌じゃ……ないすか」
　気弱そうな勝又の目が、滝子をせいいっぱいとがめている。
滝子「(はじき返し) 嫌よ。嫌に決ってるじゃない」
勝又「――」
滝子「でも、ほっとくわけには、いかないのよ」
勝又「――」
　滝子、封筒の口をあけて、中をのぞくようにする。
　勝又、目をそらす。
　封筒に青山興信所。

　水を運んでくる咲子。
　滝子、封筒を裏がえす。
滝子「おいくら？　この分、別料金でしょ？」

勝又「いや、露出が足ンなかったから。いいす」
滝子「――」

●里見家・居間（夜）

リビングに新聞紙を敷いている鷹男。
「すし」を招ばれている綱子。
茶をつぐ巻子。
綱子「鷹男さん、早いじゃないの」
巻子「今日だけよ。いつもは午前様」
鷹男「いつもってこたァないだろ」
巻子「お姉さん、くるわよっていったら、鉄砲玉で帰ってくるんだもの、ご利益（りやく）、あるなあ」
鷹男「バカ」
綱子「鷹男さん、女のきょうだいないから、女のきょうだい四人集まるなんていうと、――あら、なにすンの？」
ひびの入った大きい鏡餅（かがみもち）を出して、鉄鎚（かなづち）をふり下し、割りはじめる。
綱子「鏡開きって、今日だった？」
鷹男「本当は、ヨイシコ！　十一日だったかな」

巻子「なんでも、子供の時とおんなじにやりたい人なのよ」

綱子「男はみんなそうよ。うちだって、生きてる時分は、一夜(いちや)飾りはいけないとか、松の内は針持つな、とかもう——。ご大家(たいけ)様じゃあるまいし、ああ、面倒くさいってあたし」

鷹男「死なれて見ると、懐しいでしょ」

綱子「(笑っている)これ、油で揚(あ)げて、塩振るとおいしいんだ」

巻子「この人も、それ目当てなのよ」

綱子「あたし、手伝う!」

SE　ドアチャイム

女二人「あ……」

滝子(声)「おそくなりましたア!」

鷹男「オレ、(いく)」

鷹男、立って玄関へ。

綱子「言い出しっぺが一番遅いんだから」

巻子「ほんとよォ」

入ってくる滝子。

滝子「お鏡じゃないの」

巻子「ね、何か思い出さない?　お餅のひび割れ、見て——」

滝子「アッ！」
綱子「お母さんの踵！」
　女たち、三人、キャア、キャア言って肩や背中を叩きあう。
巻子「そうなのよ」
滝子「それ、言いたかったんだ！」
綱子「ねッ！」
　餅のかけらを手にあっけにとられている鷹男。

●台所（夜）

　たぎっている天ぷら鍋、中に、ひび割れた鏡餅が落とされ、金色に色づいて揚がっていく。巻子が揚げ、綱子がアミにとって、バットにあけ、滝子が、半紙を敷いた皿にとって、塩をかける。
　三人、話のつづき——。
　うしろで、餅が揚がるのを待ちながら、話を聞いている鷹男。
綱子「あたし、覚えてるなあ、お母さんが足袋、ぬぐ音」
滝子「夜ねる時でしょ、電気消したあと、枕もとで——」
綱子「足のあかぎれに、足袋がひっかかって、何とも言えないキシャキシャした音、立てンのよねえ」

巻子「どうして、あんなに踵、ひび割れてたのかしら。荒れ性（しょう）だったのかなあ」
滝子「苦労したからよ。お母さん、食べるもの、食べない時期あったもの」
巻子「戦後、物のない時でしょ。滋養（じよう）になるものは、お父さんと子供たち。自分はお雑炊（ぞうすい）しか食べなかったもの」
綱子「栄養不良から来てたのかも知れないわねえ」
巻子「踵だけじゃないわよ。お母さん、手も、ほら、凄（すご）いあかぎれ」
綱子「夜、水仕事終ると、よく、黒いこうやくみたいの、つけてたじゃないの、あかぎれに」
巻子「やってたやってた。黒いこうやくみたいの火バシにつけて、あったためたの、あかぎれにぬり込むようにするのよ」
綱子「ジュウっていって、いやな匂いがして――ちょっと、ケム、出たりすンのよ」
巻子「なつかしい……」
滝子「（強く）あたし、たまンないな」

　鷹男、餅に手をのばす。

巻子「やけどするでしょ！」

　ＳＥ　ドアチャイム

女三人「あ」
巻子「咲子じゃない」

鷹男、揚餅を口に、アチアチとやりながら、オレ行くという感じで玄関へ。

綱子「咲子、呼ぶこともなかったんじゃないの？」

滝子「だって――呼ばないと、ひがむもの」

巻子「（よしなさいよという感じ）」

咲子「こんばんわァ」

声が先になって咲子、入ってくる。

巻子「やっと揃った」

●里見家・玄関（夜）

三人三様にならんだ姉妹のはきもの。

巻子（声）「なんなのよ、ハナシって――」

●里見家・居間（夜）

綱子、巻子、滝子、咲子。

食卓の上には揚餅の大皿と番茶。

別のテーブルで、揚餅をつまみに、ウイスキーをのむ鷹男。

滝子「お父さん、面倒みてる人、いるのよ」

一瞬、ポカンとする一同。

ポリポリ食べていた綱子。

綱子「オンナ？」

滝子「男が男の面倒みるわけないでしょ」

綱子「月謝かなんか出してンのかと思ったのよ。大学生か――なんかの」

滝子「のんきねえ、お姉さん――」

巻子「ほんとなの」

綱子「まさか――ほかの人ならともかく、うちのお父さんに――そんな（笑う）」

巻子「そうよ。あんな、ブキッチョな――デパートで、自分のシャツ一枚、買えない人が、

女の人（これも笑ってしまう）」

滝子「なにがおかしいのよ。女の人デパートで買うわけじゃないでしょ」

鷹男「こりゃいいや」

咲子「やだア」

二人も大笑い。

滝子「お兄さんも、咲ちゃんも、なにがおかしいのよ！　ほんとにいるんだから」

巻子「年、考えなさいよ、年」

鷹男「お父さんに彼女ねえ。（笑っている）」

巻子「いま、笑ってるあの方なら、ともかくよ」

鷹男「おい、なに言ってンだ」

巻子「ムキになることはないでしょ。それともなんですか、なんか具合の悪いことでもおありになるんですか」
鷹男「おい、こっちに八つ当りすることないだろ」
巻子「お父さん、数えで七十よ。バカバカしい」
綱子「第一、お父さん、そんなお金ないわよ。火曜と木曜だった？　昔の部下のお情で——名前は役員だって、ほんの捨ブチじゃないの」
巻子「そんな火木の人になにが出来るの」
咲子「火木の人？」
巻子「カモク——口数の少いってイミ」
鷹男「火曜と木曜に働くカモクの人か。こりゃいいや」
一同、また笑う。
咲子「滝ちゃん。あんた、そんなこと言うんで、みんな集めたの。（言いかける）」
滝子「知らないから、笑っていられるのよ」
一同「——」
滝子「見たんだもの、あたし」
一同「——」
滝子「ちょうど十日前よ。代官山の友達のとこ、遊びに行ったのよ。その帰り……」

●代官山あたり

人気のない路上で、スケート・ボードをして遊ぶ十歳位の少年。

少年にしては、アクロバチックなポーズが決る。

少年(声)「パパア！　パパ！　見てよ、ほら！　ほら！」

若やいだカーディガンを着た恒太郎が、スーパーのハトロンの袋を提げて。

そばに中年の女、土屋友子(40)。

少年「ほら、ママ見てったら」

少年、二人に近寄る。

二人の間に割り込み、甘えて恒太郎にブラ下るようにして、すべりながら遠ざかっていく。

物かげから凍ったようにみつめる滝子。

●里見家・居間（夜）

綱子、巻子、滝子、咲子、そして鷹男。

巻子「人違いじゃないの」

滝子「調べたの、お金出して」

鷹男「興信所かい」

滝子「女は、土屋友子っていって——四十よ、子供は男の子で小学校四年生——。近所にアパート借りて、火曜と木曜に、たしかに、お父さん——そこ、行ってンのよ」
巻子「火曜と木曜、会社行ってたんじゃないの」
滝子「ちょっと顔だけ出して、あとは、あっちへ行ってたらしいのよ。なにが火木の人よ。十年もお母さん、だまして」
巻子「証拠あるの」
滝子、ハトロン紙の封筒をあけようとする。
鷹男「戸籍謄本か」
滝子「写真——三人一緒の」
パッと封筒に飛びつくようにする巻子。
滝子「巻子姉さん」
巻子「やめてよ。見たくないの」
綱子「巻子——」
巻子「見ちゃいけないのよ、こ、これ、これ、玉手箱なのよ、あけたら、本当のことになってしまうのよ」
滝子「だって本当のことだもの」
巻子「ねえ、あなたもそう思うでしょ。こういう時は、見ない方がいいのよねえ」
鷹男「うむ——いや、しかしねえ」

綱子「でもねえ。子供がいるわけでしょ。ひょっとしたら、あたしたちの」
滝子「『きょうだい』よ！」
鷹男「男の子だしなあ」
巻子「あたしたち、五人きょうだいってこと？」
綱子「そりゃ、見ないわけ——」
一同「——」

勢い込んでしゃべりかけた綱子、急に口を手でおおい、掌の中にプッとなにかを吐き出す。

一同「どうしたのよ。
どしたの。
お姉さん」
綱子「(別人のような息のもれる発音、掌で口許をおおいながら) 差し歯、折れちゃった」
滝子「なにやってンのよ！」
巻子「やあねえ」
鷹男「なんだ、姉さん、差し歯だったの」
綱子「前、四本……やだ、見ないでよ」
滝子「揚餅なんか出す方が悪いわよ！」
巻子「なに言ってンの。あんただって、お母さんの踵みたいでなつかしいって言ってたじゃないの！」
咲子「人が食べようとしてンのに、カカト、なんて言わないでよ」
滝子「咲ちゃんあんたよくこんな時にポリポリ食べられるねえ」
鷹男「けんかしてる場合じゃないだろ」
綱子「とにかく、子供の問題は（言いかける）」
咲子「なんか、スースー息洩れてるみたい（おかしい）」
綱子「だって、空気がヒミル(沁みる)んだもの」
鷹男「なんか、しまらないねえ」
滝子「笑いごとじゃないわよ」
綱子「ほうよ(そうよ)」
咲子「(吹き出す) お姉さん、しゃべるとおかしいのよ」
　言いながら、咲子チラと時計を見る。
綱子「マスクかなんかない」
巻子「マスク？　新しいの、あったかしら」
綱子「古くても、いい――」
滝子「マスクなんか、どっちだっていいじゃない。子供のはなししてンのよ」
綱子「(つりこまれて) 子供だけ取り替えてくれりゃいいから――」
巻子「え？」

綱子「子供じゃない、ガーゼ！　ガーゼ」
滝子「お姉さん！」
巻子「やだもう」
　鷹男、咲子、笑ってしまう。
　咲子、笑いながら、つと、立って、隅のテレビをひねる。大きな音、チャンネルをカシャカシャ廻して、ボクシング。顔を寄せてのぞき込み、音を小さくして、絵だけにしてもどろうとする。
　滝子、テレビに飛びつくようにして消す。
滝子「いい加減ねえみんな！　よくこんな時に、アゲモチで歯欠いたり、ボクシング見たり出来るわね」
綱子「ボクシングと一緒にしないでよ！　あ、しみる」
咲子「あ、同じよ、ボクシングと。バッティングで、よく前歯折ることあるもん」
滝子「(頭にくる)ね、あんたたち、なんともないの！　お父さんに、女の人がいたのよ！」
綱子「いきり立たなくたって、判ったわよ」
滝子「みんなよく落着いていられるわね」
綱子「あんまり急なハナシなんで、ピンと来ないのよ」
巻子「(鷹男を見ながら)お父さんも男なんだ……」

鷹男「（たばこを探す）今の七十は昔の五十だね」
咲子「食べもののせいかな」
綱子「昔はこんなに、バターやチーズ食べなかったもの」
巻子「浮気されたくなかったら、粗食にしなさいってことかしら」
咲子「でも最低のたん白質だけはね」
滝子「咲子！」
咲子「なあに」
滝子「なあに、じゃないでしょ。あんたねえ」
咲子「あたしにいわせりゃ、滝ちゃん、やり方が、インケンじゃない」
滝子「インケンとは何よ。うちのため、お母さんのため思えばこそ自腹切って、興信所、たのんで」
咲子「それがインケンだっていうのよ。どしてジカにいわないの」
滝子「ジカってだれに！」
咲子「お父さんよ」
綱子「そりゃ聞きにくいわよ。第一、言うもんですか」
鷹男「それでなくたってカモクの人だもんな」
滝子「咲ちゃん、あんた、お母さんかわいそうじゃないの。五十年、お父さんにつくして、六十五になって裏切られてるのよ！」

綱子「ほら(そりゃ)お父はん(さん)ヒロイ(ひどい)わ」
巻子「それだけはしない人だと思ってた……」
綱子「ニンゲンとして許せない！　(手で口許を覆っているので、タンカもモガモガしている)」
滝子「あたしねえ、お父さんにハッキリ手を切ってもらうか、さもなかったら、お母さんと別れて」
巻子「離婚てこと」
滝子「さっきも言ってたじゃないの足の踵、オカガミもちみたいにして五十年、働いたのよ。あんまり可哀想よ、あたしお母さんのためにこの際ハッキリした」
巻子「だったら、お父さんとその人が別れるべきよ。(鷹男に)ねえ、当然じゃない？」
鷹男「まあ、そうだろうなあ」
綱子「それが世間の常識だわね」
滝子「どっちにしても、あたし、お母さんのために(勢い込む)」
咲子「——滝ちゃん、本当にそう思ってんの」
滝子「え？」
咲子「お母さんのためってよか自分のためって聞こえるなあ」
滝子「え？」
咲子「何かに八ツ当りしてるみたい。つとめも面白くない、男の友達もない、いろいろなモヤモヤパーと――」
滝子「なんてことというのよ！　あんたねえ（言いかける）」
咲子「お父さんとお母さんの夫婦の問題だと思うな、あたしたちがガアガアさわぐことないわよ。第一、夫が外に女つくるってことは、お母さんにも、責任あるんじゃない？うちのことはちゃんとやるけど、キマジメすぎて、セックス・アピールがないから」
巻子「言いすぎよ、あんた！」
咲子「あら、男はそうよ」
滝子「男なんて言い方、よしなさいよ」
咲子「じゃなんていうのよ」
滝子「男の人……」
咲子「（大笑い）」
滝子「咲子、あんた、誰かと一緒に住んでるんじゃないの。自分が不潔なことをしてるから」
咲子「あら、滝ちゃんの方がよっぽど不潔じゃない。滝ちゃんさ、わざとお化粧もしないで、地味なカッコーしてるけど、本当は男にもてたくてもてたくてウズウズしてンじゃない。自分の欲求不満、人のことでうさばらししてンじゃない」
滝子「咲子！」
滝子、咲子にむしゃぶりついてゆく。

巻子「ちょっと二人とも！　なによ」
鷹男「よしなさい。よせ！　アイタ！」
綱子「けんかやめなさい、あーマスク」
巻子「全くもうー。ね、（小さく）あしたでも、二人だけで、相談しよ」
鷹男「みんな。とにかく、どんなことがあっても、お母さんの耳に入れないこと。いいね」

うなずく一同。

ハッと気づく。

もみあって、下に落ちたハトロンの袋から、おやこ三人のピントのあまい写真がのぞいている。一同、それぞれ横目を使って見ている。

●滝子のアパート（夜）

古びたアパート、外階段を、ゆっくり上ってゆく滝子。

うしろから、風呂帰りの新婚らしい若いカップル。

肩を抱き合うようにして上ってくる。道をあける滝子。

●夜の道

帰ってゆく咲子。

うしろから、ロード・ワークの若い男が追い越すように走っていく。フードつきのウインド・ブレーカー、手袋の陣内英光(26)。

咲子「あー」

咲子、一緒に走り出す。

咲子「今夜のさ、左フックすごかったなあ」

陣内「――――」

咲子「ねえ、見なかった？」

陣内、答えず、ジョッギングの足をとめ、シャドー・ボクシング。

咲子も真似（まね）てやってみる。

走り出す陣内。

おくれながら、懸命に走ってゆく咲子。

●咲子のアパート（夜）

一間きりの、お粗末なアパート。形ばかりの流しで陣内の頭に、大きなジョーロでお湯をかけてやる咲子。

咲子「早くさ、シャワーつきのアパートに入りたい」

陣内「勝てば入れるって」

咲子「あ、目に入った？」

家具もなにもない。

部屋の壁に、モハメッド・アリなど、チャンピオンボクサーのファイト写真が貼(は)ってある。

『スポーツマンの体』『栄養』『ボクシング入門』などの本。ジューサーなどがある。

髪を洗い終った陣内が、濡(ぬ)れた足で体重計に乗る。

のぞき込んでホッとする咲子。

寝る前のトレーニングをしている陣内。その頭の上に、「必ズ取ルゾ　新人王！」の
マズイ大きな字のスローガンが貼ってある。

両足を開いてあおむけに寝る。

両手を胸の上においで、上体だけを敏捷(びんしょう)に起しながら、右足の爪先に左手指をつける。

再びもとの姿勢にもどって、こんどは右手指を左足につける。

これを交互にやる。

咲子、フトンを敷く。

陣内「なんか――言われたんだろ」

咲子「ううん」

陣内「きょうだい集ったたって言ってたじゃないか」

咲子「全然別のハナシ。あたし、関係ないもの」

二組のフトンを敷く咲子。

一組は、まあナミのフトン。一組はうすい敷ブトンに毛布　枚だけ。その上にオーバーやジャンパーをのっける。

更に、フトンとフトンの間にヒモを張り、シーツを下げてカーテンをつくる。

洗濯したパジャマをカーテンの向うに置く咲子。

咲子「おやすみなさい」

電気を消して、咲子、セーターをぬごうとする。

物もいわず押し倒そうとする陣内。烈しく抵抗する咲子。

咲子「なにスンのよォ」

陣内「――――」

咲子「新人王、取るンでしょ！　ねえ！　女ができるとすぐバレル。動きがにぶくなるから、ダメだって、そう言ってたじゃないの。新人王になって、新聞に出たら、あたし、みんなに言うつもりでいるのよ。それまでは、歯喰いしばってがんばるっていったでしょ！　ねえ、離して！

新人王のタイトル、取るまでは、我慢するって誓ったじゃないの。辛い時は新人王！　新人王！　って言おうって、そう言ったじゃないの！　ねえ、新人王！　って、そ言って！　新人王！　新人王！　新人王……」

その言葉は、キスに消されて聞き取れない。

ひもが切れ、シーツが二人を覆いかくす。

●滝子のアパート（夜）

　きちんと片づいた部屋。
　暗い中で、電気をつけず、コートを着たまま坐っている滝子。
滝子「やだ、やだ、やだ、
　ああ嫌だ！
　嫌だ！」
　絞り出すように叫ぶ。テーブルの上のハンドバッグを叩き落す。
　花びんも一緒に下に落ちて割れる。花が散乱し、水がじゅうたんに沁みこむが、滝子、
　暗い中で動かない。

●里見家・居間（夜ふけ）

　湯上りの鷹男、写真を見ている。
　ゆっくりと、残った揚餅を噛む巻子。
巻子「本気かしら」
鷹男「うむ……（うなる）」
巻子「お父さん」
鷹男「うむ……」

巻子「男同士だから、判るでしょ」
　鷹男、目を上げ、視線がからみ合う。
巻子「さっきから、うなってばっかり――」
鷹男「うむ（うなりかけて、やめる）問題は子供だなあ。子供さえ、いなきゃ」
巻子「子供さえ生ませなけゃ、浮気していいんですか」
鷹男「そうじゃないよ。ハナシは簡単だっていってるんだよ」
巻子「どうしたらいいの。こういう時」
鷹男「一番いいのは、時が解決してくれるのを待つことだね」
鷹男「時って、不公平なのよ。あとから好きになった人のこと余計に好きだもの。年とった方が捨てられること、あるもの」
巻子「このこと……あなたに、任(まか)せたいわ」
鷹男「――」
巻子「五十年つくした母のこと、考えて――、どうしたらいいか考えて下さいな」
鷹男「――」
巻子「おねがいしますね」
　からみ合う夫と妻の視線。

●冬の街

昼下りの街を歩いてゆく巻子。

考えごとをしながら歩いてゆく。

巻子「昔々、アルトコロニ、オジイサント、オバアサンガイマシタ。オジイサンハ、オバアサンニカクレテ浮気ヲシテイマシタ。可愛イ男ノ子ガ一人イマシタ……」

●三田村家・表

ベルを押す巻子。

中から声と足音。

綱子(声)「ハーイ! いま開けます!」

貞治(声)「なんだ、うなぎ屋、もう来たのか」

綱子(声)「あーあ、よく拭かないで上るから」

貞治(声)「いくらだ」

綱子(声)「いいわよ、あなた、お財布出すことない……」

玄関のすりガラスの向うでもみあう二つの姿。

貞治(声)「上だと、二千円か」

綱子(声)「いいっていうのに」

棒立ちになっている巻子の前で、玄関の戸が、バカに勢いよく開く。

赤い長じゅばん姿で衿をはだけた綱子と、湯上りらしく、腰をバスタオルでおおっただけの貞治。それぞれ、アッと凍りつく。

巻子、反射的にパシャンと格子戸をしめる。

そのまま、小走りに走り出す。

角でうなぎ屋の出前持とぶつかるが、はね飛ばすようにして歩いてゆく。

●バス停留所

待っている巻子、小刻みに体が震えている。ハアハアいってしまう。

ヴァイオリンを持った小学生がへんな顔をして見上げる。

巻子、笑い返しながら、深呼吸をする。バスがくる。

小学生に先をゆずり、乗ろうとする。うしろから引き戻される。

息をはずませた綱子。

振り切って乗ろうとするが、綱子、ブラ下るようにして、引きもどす。もみあったあげく、巻子は、引きもどされ、女二人を残してバスは走り去る。髪を乱し、息をはずませながら、にらみ合う女二人。

巻子「なによ」

綱子「はなし、あるのよ」

巻子「あたし、はなしなんかないもの」
綱子「ちょっともどってよ」
巻子「急ぐのよ」
綱子「いいから！」
綱子は、ハダシに、左右違うはきものをはいている。

●三田村家・茶の間

おたがいに顔を見ないようにして坐る綱子と巻子。
綱子、お茶を入れる。
巻子「このへん、静かねえ」
綱子「お茶」
巻子「(チラリと見て) 差し歯、入ったじゃない」
綱子「今朝一番で——仮の歯をね」
押入れにあわてて蹴(け)り込んだらしく、男ものの帯のシッポが押入れの中から伸びている。
綱子、しゃべりながらさりげなく、立ち上る。
綱子「きょうだいの中であたしだけね。お母さんに似て歯の性(しょう)が悪いのは。お父さんの月給の安い時生れたから、歯まで栄養廻らなかったのかな」

　押入れをあけ、帯のしっぽを入れようとするが、上段におっぽり込んだ男ものの丹前や黒足袋が頭の上に降ってくる。

綱子「どうして、聞かないの」
巻子「――」
綱子「あの人、だれ。いつからつきあってるの。妻子のある人じゃないの」
巻子「お姉さん――」
綱子「亭主のお位牌の前で恥かしくないの。そろそろ嫁をもらおうって息子がいるのに」
巻子「お姉さん――」
綱子「お父さん、人間として許せないって言ったくせに、お母さんのこと、可哀想だって言ったくせに自分のしてることは、なによ！　ゆうべ言ったことは、あれは何なの？　どうして、あんた、そう言わないの。何にも言わないで、じっと坐ってるなんて、嫌味よ。あたしね、あんたのそういうとこ、大きらいなのよ！」
巻子「………」
綱子「なんか言ったら、どうなのよ。ののしったらどうなのよ」
巻子「（静かに）何て、ののしるの、うちの鷹男も浮気してるから、妻子のある男と間違いをした姉さんは、許せない――こういえばいいの？」
綱子「巻子……、あたしの恥見たからっていって、なにも、あんたまで無理することないわよ」

巻子「無理なんかしてないわ」
綱子「――証拠、あるの？」
巻子「あたし、子供の時から調べもの、嫌いだもの」
綱子「――――」
　複雑な顔で笑う姉と妹。
巻子「お金だってかかるし」
綱子「シワもふえるわ」
巻子「見ぬことキヨシ」
綱子「お母さん、よく、それ、言ってたわ」
　二人、ぎこちなささを救うために、やたらに笑う。
巻子「さし歯、似合う」
綱子「一本二万……」
二人「フフフフ」
綱子「歯医者さんね……、すぐ下の弟が眼科なんだって（笑う）」
巻子「その下の弟が耳鼻科なんだ（笑う）」
綱子「バカ（からかうように）」
巻子「バカ！　イヤダー（笑う）」
綱子「笑わしといてパッとぬくのよ（笑う）」

綱子、少し妹のくったくのない笑いに安心する。

綱子「ね、おなかすかない」

巻子「すいた」

綱子「こんなもので、なんでござんすけど」

綱子、わざとおどけて、台所にあったうな重を二つ、持ってくる。一つを巻子の前に置く。

巻子「お金、誰がはらったの」

綱子「え？」

巻子「あの人じゃないの」

綱子「巻子――」

いきなり巻子、うな重をとると、パッと台所の方へほうり出す。

ちょうど、立ち上った綱子、もろにかぶってしまう。

綱子「――巻子！」

表情も変えずに坐っている巻子。

●図書館・閲覧室

めがねをかけて調べものをしている滝子。

目の前に人の気配。

滝子「閲覧カードでしたら、窓口のほうへ」
　言いかけて、アッとなる。立っているのは父の恒太郎。
滝子「お父さん……」
恒太郎「元気そうじゃないか」
滝子「――」
恒太郎「ちょっとのぞいてみただけだよ。変ったことがなきゃいいんだ」
　じゃあとゆきかけるのを、呼びとめる滝子。
滝子「お父さん――」
　追いかけて――
滝子「あたし、この間お父さん達見かけたわ」
　恒太郎、じっと滝子の目を見る。
　しばらく黙っている。
　さまざまな言葉を期待して、体をこわばらせて待つ滝子。
　しかし――
恒太郎「そうかい」
　すぐ裏手が小学校になっているらしい。コーラスやワァーという子供のカン高い声が聞こえる。
　恒太郎の横顔を見ているうちに、滝子わけのわからない涙があふれそうになる。

滝子「――お父さん……」
　恒太郎、なにも言わず、じゃあと片手をあげて出て行く。
　その老いた後姿をじっと見送る滝子。

●ホテルのロビー

　興信所員の勝又が待っている。
　急ぎ足に入ってくる鷹男。
鷹男「いやあ、呼び立てて待たせてしまって――」
勝又「いや――」
鷹男「電話した里見です。妹がお世話になっているようで」
勝又「いや、こちらこそ（モタモタ）」
鷹男「独身ですな」
勝又「は？」
鷹男「と聞かなくても、ワイシャツの衿見りゃ判る――」
勝又「あ」
鷹男「いやあ、妹に親切にして下さるって聞いたもんで、こりゃひょっとして、あの子に惚れて下さったのかな――。ひとつ調査してみよう――ハハハ、こりゃ、どっちが興信所かわからないな」

勝又「興信所から来たら、言ってやりますよ、ぼくは、ああいう女嫌ですね、自分の父親の素行調べさすなんて、女として許せないですよ」
鷹男「しかし、娘としちゃほっとけんでしょう」
勝又「お父さんが可哀想だ」
鷹男「感情論だな、そりゃ——いいの？　そういうのは——職業柄……」
勝又「(あわてながら) 仕事に私情をはさむと、ク、ク、クビですよ」
鷹男「クビになったら、履歴書持って、来て下さい。(名刺を出し) 力になりますよ」
勝又「(名刺を見る)」
鷹男「ところで——おやじのこれ (小指) のことですがね、『一切カン違いにてご座候』というわけにはいきませんか」
勝又「全部なかったことにしろっていうんですか」
鷹男「そうです。幸か不幸か写真はピンボケだ。当方の調査ミスということで」
勝又「そ、そりゃ、出来ないすよ」
鷹男「どうして」
勝又「ぼ、ぼくの職業を全否定することに (言いかける)」
鷹男「ムジュンしてるじゃないの。さっき、君はなんて言った。父親の素行調べる娘は女として許せない。お父さんが可哀想だ」
勝又「しかし、職業としては (言いかける) そういうその、絶対ムジュンの自己同一を何とか」

鷹男「君、年いくつ？」

勝又「三十二です」

鷹男「若いねえ」

勝又「ああ……。アハハハハ……」

鷹男「本当のこと、知らせて、誰が得をする。五十年連れそうた老妻は、百段の階段を九十八段のぼったとこで、まっさかさまに突き落されるのと同じなんですよ。四人の娘たちにしたって、古いだの頑固だのと言いながら、父親を、敬愛してたよ、それ、いっぺんに、ケイベツしなきゃならない」

勝又「どして、ケイベツするんです」

鷹男「――」

勝又「泥棒したわけじゃないんです」

鷹男「でもねえ。女は、男の浮気を泥棒と同じに考えてるなあ」

勝又「――」

鷹男「両方とも。ハレンチ罪だ」

勝又「――」

気弱く笑う勝又。

ふと、笑いをとめる。

立っている滝子。

滝子「あら、お兄さん、どして——勝又さんと——」

鷹男「そっちこそ、よく、ここが判ったねえ」

滝子「勝又さんの会社に電話したら外出先教えてくれたから——いい？」

鷹男、少し当惑するが、滝子、すわる。

鷹男「ちょっと頼みたいこと、あってね」

滝子「なんか、仕事？　勝又さん、口下手だけど、マジメだから、仕事廻して上げて」

鷹男「う、うん」

滝子「アレ、まだ届かない」

勝又「来てます」

勝又、カバンの中から、封筒に入ったものを差し出す。

ひらく滝子。

鷹男「戸籍謄本じゃないか」

ひらいて、アッと晴れやかな顔になる滝子。

滝子「あの子、お父さんの子じゃないのね！」

勝又「年は十歳。父親は、高見沢実となってます。竹沢さん、つきあって、八年です」

滝子「お父さんの子供じゃないんだ——」

鷹男「君、判ってたんなら、言ってくれたっていいじゃないか。え？　義理とはいえ、ぼくもこの人のきょうだいだよ」

勝又「でも、依頼人の許可がないすから」

鷹男「なるほど」

　笑いながら、涙ぐんでいる滝子。

滝子「あたしたち、やっぱり四人きょうだいだったのね」

　あわててすわった滝子のスカートがめくれている。

　オドオドしながら、ぎこちないしぐさで直している勝又。

　鷹男、二人を見ている。

●竹沢家・茶の間

　恒太郎のコートにブラシをかけているふじ。

　ふじ、小学唱歌をのんびりとうたっている。

ふじ「〽でんでん虫々
　かたつむり」

　ポケットの中からミニ・カーがひとつ、ころがり出る。

　ふじ、黙って、手のひらにのせてしばらく見ている。

ふじ「〽お前のあたまはどこにある」

　ふじ、タタミの上を走らせたりする。いきなり、そのミニ・カーを襖（ふすま）に向って、力いつぱい叩きつける。襖の中央に、食い込むように突きぬけるミニ・カー。おだやかな顔が、一瞬、阿修羅に変る。

ふじ「〽角出せ
　やり出せ
　あたま出せ」

SE　電話が鳴る

すぐいつもにもどって、

ふじ「モシモシ竹沢でございます。――ああ咲子、あんた元気なの？」

●咲子のアパート

電話をしている咲子、腕立て伏せをしている陣内。

咲子「お母さんにハナシ、あンだけどー。うん、お父さんやお姉ちゃんたちには、絶対内緒のハナシー」

●里見家・居間

五十万円ばかりの一万円札を食卓にならべてかぞえ直している巻子。洋子がそばへくる。

洋子「ウハァ、お母さん、そのお金どしたの、宝くじあたったの」

巻子「あっち、いってなさい！」
洋子「ねえ、凄（すご）いじゃないの」
巻子「あんたはいいのよ」
　　ＳＥ　電話ベル
巻子「里見でございます。あ、お母さん――」
　札をかかえこみながら電話をしている巻子。

●竹沢家・茶の間
　外出用の着物を着がえ、帯を半分結びかけで電話をしているふじ。
ふじ「咲子がね、おかあさんにだけ内緒の話があるんだってさ」

●里見家・居間
　こわばる巻子。

巻子「なによ、内緒のハナシって」

ふじ(声)「さあ、アパートへ来てからはなすって」

巻子「アパート――」

ふじ(声)「本当は、お父さんやあんた達にも内緒にしといてって言われたんだけど、なんかあるといけないからアパートの場所だけ教えとくね。電話はないんだけど、番地はね巻子「それでお母さん、いついくの」
え、モシモシ」
ふじ(声)「ちょうど買物あるからね、これからいこうかなと思って」
巻子「――お母さん、あたし、一緒にゆく！」
ふじ(声)「そんなことしたら、咲子に悪いよ、内緒にしといてっていわれたのにお母さん
告げ口したみたいで――」

●露地

ゴチャゴチャした露地を、メモを片手に探している巻子と綱子。

綱子「ないわよ、旭荘なんて」
巻子「たしかにこの番地だけど」
綱子「大体、日本のアパートの半分は、日の出荘と旭荘なんだから、番地、ちゃんと聞い
とかないとゆけないのよ。あんたいい加減に聞いてたんじゃないの？」
巻子「聞いたわよ。ちゃんと」
綱子「じゃ、お母さん、間違えてんだ」
巻子「聞いた方が早いわよ」
綱子「丁目がちがってンじゃないの」
巻子「早くしないと――あの子、絶対に言う気よ」

綱子「昔から一人だけ、ちがうことするんだから」
巻子「ヘソ曲りなのよ」
綱子「勉強だって、一番出来なかったしさ、そうだね、あの子――」
巻子「あの、ちょっとおたずねしますが、このへんに……」
　通りがかりの人にアタフタと聞いている二人。

●咲子のアパート

ふじ、部屋を見廻しながらびっくりして坐っている。固くなっている陣内。引き合わせている咲子。ふじは明らかに当惑している。しかし、顔に出すまいとして、せいぜい明るく振舞っている。
咲子「ボクサー」
ふじ「あ、これ、なさる方」
陣内「陣内です」
ふじ「……母でございます」
陣内「どうも」
ふじ「テレビで――お目にかかってるんでしょうけど、あたくし、皆さん、同じお顔に見えまして――」
咲子「まだ、出てないわよ」

陣内「まだです」
ふじ「あ、さいですか」
　間があいてしまう。
　ふじ、あたりを見廻して、
ふじ「大変なご商売でございますねえ」
陣内「はァ」
　また間があいてしまう。
ふじ「ぶたれますと、痛いんでございましょうねえ」
陣内「場所によっては痛いです。リバーなんか喰らうと」
ふじ「リバー」
陣内
咲子）「肝臓」
ふじ「ああ肝臓」
咲子「もう七転八倒」
ふじ「あらァ……」
陣内「『チン』なんかだと、スーといい気持になって、フワァッと」
ふじ「アッ！　そういうとこ、ぶっちゃいけないんじゃございませんの？」
二人「え？」

咲子「やだ、お母さんたら、チンて、あご！」
ふじ「あ、あご」
陣内「あごです」
咲子「本当は、新人王とってからと思ったんだけど、お母さんにだけは、言っときたかったんだ——」
　自分にだけ告げられた嬉しさ半分、不安と当惑半分で、複雑なふじ、うなずきながら、もう一度部屋を見廻す。
咲子「こわい顔してるけど、やさしいとこ、あンのよ。ねッ！」
陣内「………」
（女の声）「陣内さん、ゴミのバケツ出しっぱなしよォ！」
咲子「ハーイ！」

●アパートの表（下）

　ゴミのバケツを片づけようとして、ハッとなる咲子。
　立っている綱子と巻子。
咲子「お姉ちゃん、どして、ここ」
巻子「お母さんは——」
咲子「来てるわよ」

綱子「しゃべったの」
咲子「しゃべったわよ。黙ってるわけにいかないでしょ」
綱子と巻子。
咲子を羽目板に押しつけるように小突く。
綱子「あんたって人は！」
巻子「あのこと、しゃべったってことは、お母さん殺すのと同じよ！」
綱子「お母さんに言わないでなんとかしようってことであたしたち」
咲子「なに言ってンのよ。あのこと、言うわけないじゃない」
二人「？」
咲子「しゃべったのはね、彼のこと」
二人「彼……」
咲子「一緒に住んでる――パッとしないボクサー」
綱子「ボクサー」
巻子「それであんた、ゆうべ、テレビでボクシング――」
綱子「ほかに商売もあるじゃない。選(よ)りに選(よ)って、なにも、ボクシング」
巻子「お母さん、なんて言ってた」
咲子「びっくりしてた」
二人「あたり前よ」

咲子「暮してゆけるの？　ものになるの？　けがしたらどうすンの？　正式に結婚すンの？　なんてさ、聞きたいことといっぱいあったけど、彼の前でしょ。聞けないもンだからお母さんこんな顔しちゃって（笑っている）」
綱子「親不孝もたいがいにしなさいよ（小突く）」
巻子「普通の時じゃないのよ。いまお母さんに心配かけるってことは、あんた、二重の親不孝（言いかける）」
咲子「そうかな。あたし、親孝行したと思うけど」
二人「咲子、アンター」
咲子「なんか新しい心配ごと、ひとつふやしてあげたかったのよ。そうすりゃ、万一、お父さんのことカンづいたって、それほど思いつめないでいられるもの」
二人「――――」
咲子「帰ってよ。お母さん一人に教えるっていったのに、お姉さんたち一緒じゃ、ご利益なくなっちゃう」
二人「――――」
咲子「帰ってよ！」
　中から、ふじと陣内の笑い声が聞こえる。窓からボクシングの型を教えているらしい影――。咲子、ゴミのバケツを抱えてもどっていく。
　綱子と巻子、じっと立っている。

●代官山あたり（夕方）

　歩いている巻子、綱子、滝子。
滝子「たしか、このへんかな、逢ったの」
巻子「アパートどこだったかしら」
綱子「行って、どうするの」
巻子「どうって聞かれても、困るんだけど」
綱子「お父さんの子じゃないって、判ったせいかしら、あたし、少し、気がラクになったな」
巻子「そりゃ、そうだけど」
綱子「五十万ぽっちで、手切って下さいなんて、少し虫がいいんじゃない」
巻子「でも、ヘソクリ全部だもの。六十五の母の気持を汲んで下さいって、あたし、手ついてたのんでみる」
滝子「本当にやる気」
巻子「そのつもりで、あたし、下着から取りかえてきたのよ」
綱子「まるでやくざの斬り込みじゃないの」
　三人、笑いかけて、アッとなる。写真で見覚えのある少年が、スケート・ボードにのり、少年の母の買物にくっついてゆく感じでくる。

滝子、綱子、スーッと露地へ姿をかくす。

ひとり巻子だけが、表情を変えず、ゆっくりと母と子に近寄ってゆく。

少年、巻子のスレスレをすべってゆく。

そして中年女（土屋友子）スレちがう瞬間、実に丁寧に感情をこめて頭を下げる。

ギクリとして立ちどまり、そのまま、立ちつくす巻子、遠ざかる母と子、見ている綱子と滝子。

●文楽・客席

ふじを真中にして、ならんで見物している綱子、巻子、滝子、咲子。舞台は「殺生石（せっしょうせき）」か「安達原（あだちがはら）」など。

鷹男（声）「女どもを追っぱらったとこで——折り入ってハナシがあるんですがね」

●竹沢家・庭

たき火をしている恒太郎。枯れ枝を折っている鷹男。
縁側に、さしかけの将棋盤。
恒太郎「そうくるだろうと思ってたよ」
鷹男「火のないところに、煙が立っているんじゃ、ないンですか」
恒太郎「——」

鷹男「――」
恒太郎「いや。火があるから、煙が立つんだよ」
鷹男「火は、もみ消せますよ」
恒太郎「いいよ。そのままで」
鷹男「しかしねえ、お父さん――」
恒太郎「――」
鷹男「どうするつもりです」
恒太郎「うむ」
鷹男「――」
恒太郎「どうにも、ならんだろう」
鷹男「謝りますか」
恒太郎「――いや――」
鷹男「――」
恒太郎「謝って済むことではないからね」
鷹男「謝らないんですか」
恒太郎、黙って火を焚(た)いている。
鷹男「重いでしょう、肩が」
恒太郎「身から出たサビだよ」

いったんはけぶって白い煙を出していたたき火、再びチロチロと赤い炎が燃えはじめる。

文楽の三味線がかぶる。

●文楽

ならんで見ている五人の女。
舞台はクライマックス。
美女の人影が、突然パッと二つに割れ、鬼面になる。
アッとおどろく綱了。
じっと見ている巻子。
おやまあ、という感じでおだやかなふじ。
凝視している滝子。少し笑ってしまう咲子。

●竹沢家・玄関・居間（夕暮）

どやどやと帰ってくるふじと四人の娘たち、出迎える恒太郎と鷹男。
四人「ただいまァ！」
恒太郎「なんだ、みんなこっちへ帰ってきたのか」
ふじ「たまには、みんなで帰ってごはん食べましょって、引っぱって来たの」

鷹男「今から支度したんじゃ大変だ。巻子、みんなに聞いて、すしでもうなぎでも。（オレ、おごるか、という感じ）」
ふじ「気遣わないでいいの」
咲子「いいじゃないの。お兄さん、ごちそうさま」
滝子「厚かましいんだから、咲ちゃんは」
綱子「皆さんはどっちにしますかァ」
巻子「あたし、うな重」
綱子、ぐっと絶句して凍りつく。
綱子「――あたし、おすし」
一瞬、にらみあう綱子と巻子。
綱子「おすし！（絶叫する）」
一同、あっけにとられてしまう。
鷹男「巻子も姉さんも、年いくつだよ。いきり立つほどのことじゃないだろう」
滝子
咲子）「どうしたのよ、二人とも」
恒太郎「なにやってンだ」
ふじ「親のうちへ帰ると、子供になるのよ。ね、そうだろ」
巻子「（にっこりして）おすし……」

綱子、巻子の肩を、思いっきりブン殴る。

●竹沢家・座敷（夜）

テーブルの中央に大きなすし桶。そのまわりを四人の娘と、恒太郎、ふじ、鷹男が囲んで、にぎやかな夕食。

恒太郎「どうだった、文楽は」
咲子「あたし、はじめてだけどさ、面白いわね、わりと」
滝子「最高よォ」
ふじ「いいねえ、やっぱり日本のものは」
咲子「あのさ、顔がバカッと割れるとこ――」
綱子「ありゃ、凄いわ」
滝子「こわいわねえ」
咲子「滝ちゃんみたい」
滝子「どうして！」
咲子「だって、いろいろとさ」
巻子「（口を封じるように）咲子……おしたじ（取って）」
鷹男「（取ってやる）お」
巻子「お父さん、赤貝――こっちの方が、ひもおいしそうだもの（とってやる）」

滝子「ねえ、大丈夫なの？　こんなかたいもの食べて——お父さん——歯、歯、歯」
咲子「そうよ、こないだ綱子姉ちゃん、あげもちでさし歯ガツーンて欠いたものね」
女三人（綱子「バカ！」
　　　　巻子・滝子「咲子」
恒太郎「なんだい」
ふじ「どうしたのよ」
鷹男「（やたらに笑う）あれはおかしかったなあ、（まねして、手で口をおさえ）さし歯おれちゃった」
綱子）「いやねえ」
巻子）「およしなさいよ」
ふじ「もういいわよ」
巻子「次の日にはちゃんと入ってたもんね」
綱子「フフフフ、こわいなあ、え？　まあ、うちで一番こわいのは鷹男さんの前だけど、巻子じゃないの」
鷹男「こわくないよ、こんなの。犬がこわい、チャンバラがこわい、テレビなんかこうやって見てるよ。（手のすきまから見る）虫がこわい、エスカレーターがこわい、弱虫もいいとこ」
綱子「知らないのよ、鷹男さんは」

鷹男「え？」
綱子「そう思ってると、うしろからグサッとやられるから」
鷹男「ヘッヘッヘッヘッ……」
滝子「あたし、判るな。巻子姉さんとおすし食べると、いつも感心しちゃうもの。とろとかいくらとか、やわらかくておいしいもの、ずーと先、食べてるもの」
咲子「そうなのよ。すごく食べるの早いのよ」
巻子「人聞きの悪いこといわないでよ」
恒太郎「その声でとかげ食うかやほととぎすか」
巻子「お父さんたら、人がシャコ食べようとしてるのに、とかげなんていうんだから！」
滝子「なんのかんのといって、しっかり食べてんのよ。あたしどういうわけかいつも、タコとイカばっかしだもの」
ふじ「そんなこというけど、みんなちゃんと食べたいもの、食べてるわよ」
滝子「そういうお母さんだってさ、穴子と卵はいつも人の分食べてるもンね」
ふじ「あれ、そうかい」
鷹男「大したもんですねえ、女ってのは」
恒太郎「大したもんだよ」
鷹男「お、このうちでも、襖（ふすま）、破くことあるんだなあ」
恒太郎「うむ」

ふじがミニ・カーを叩きつけた襖の穴が、美しく花型に切った紙で修理されている。

恒太郎「そりゃあるさ。人間だもの。（ふじに）なあ」

ふじ、にこにこと、卵を食べている。盛大に箸（はし）をのばす四人の女たちの笑顔、文楽の赤い顔がパッとダブって——。

三度豆

●里見家・夫婦の部屋（あけ方）

並んで眠る鷹男と巻子。

巻子、目をつぶったまま、小さく「ア」という。

布団の外に出した手が、ピクピクと震える。

声にならない声が、「ア」、「ア」という。

夢を見ているらしい。

ゆっくり目をあけ、しばらくハァハァ言いながらキョトンとしている。それから急に笑い出す。

隣りの鷹男、目をあけようとするのだが、眠くて半分しかあかない。

鷹男「なんだよ」
巻子「(笑いつづける)」
鷹男「どしたんだよ」
　巻子、起き上って笑い転げる。
鷹男「何時だと思ってンだよ。(口の中で)笑うんなら、昼間笑えよ」
巻子「だって――(大笑い)」
鷹男「どしたんだよ」
巻子「お父さんが、(言いかけるが、おかしくて言えない)」
鷹男「お父さんがどしたんだよ(中ッ腹)」
巻子「切腹しかけてるの」
鷹男「切腹?」
　鷹男も起き上る。
鷹男「切腹って、これか?」
　切腹のまね。

●イメージ(竹沢家・夫婦の部屋)
　白装束(しろしょうぞく)の恒太郎。
　型の如く三方(さんぼう)を前に坐っている。

隣りに老妻のふじがいる。こちらは至極のんびりと、針仕事をしている。残り布をはぎ合せたうすい座ブトンにすわり、綿入れのチャンチャンコを羽織り老眼鏡をかけ、背を丸めて、針目を通している。

針箱の中に、袋に入った煎餅が入っており、時々、手をのばしては細かく折りポリポリ食べている。

作法にのっとり、切腹しようとしている恒太郎。

唐紙が左右にサッと開き、四人の娘たち(綱子、巻子、滝子、咲子)が一斉にならんで泣き叫ぶ。四人の娘は、みな、現在の年齢より遥かに遥かに若く、どういうわけか、お揃いのパジャマの上に、ラクダの腹巻をしている。

綱子「いやよ、お父さん！」

巻子「やめて、やめてよオ！」

滝子「お父さん、死ぬことない！」

咲子「やだ、やだ！　やだア！」

四人先を争って父をとめようとするのだが、敷居の内側には注連縄がはってあり、入ることが出来ない。

恒太郎は懐紙をくわえ、短刀を抜く。

ふじは全く気づかず、のんびりと煎餅を食べながら、針のすべりをよくするために髪で針をこすったりしてつくろい物。

娘たちは、半狂乱で泣き叫ぶ。

巻子「お母さん、どうしてとめないの！」

綱子「ねえ、いれてよオ、いれて！」

滝子「お父さん、バカ！　バカ！　バカ！」

咲子「死んじゃあやだア！　死んじゃやだ！」

●里見家・夫婦の部屋（あけ方）

布団の上に坐って大笑いの鷹男と巻子。

鷹男「パジャマの上に腹巻してンのか」

巻子「子供ン時、みんなやらされたのよ。寝相悪いでしょ。寝冷えするといけないって

――」

鷹男「お前もか」

巻子「全員よオ」

鷹男「見たかったたねえ。えっ、そのかっこで、泣いたり吠えたりしてるとこさ」

巻子「笑いごとじゃなかったんだから」

鷹男「それにしても、お前たちきょうだいも薄情だな。騒いでるひまに、飛び込んでさ、

お父さん押え込むとか」

巻子「だって、注連縄がはってあって、入れないいんだもの」

鷹男「あ、そうか。そりゃなんだぞ。夫婦のことはたとえ子供といえども立ち入っちゃいけない――お前、気持のどっかで、そう思ってンだよ」
巻子「そうなのよ、気になって仕方ないのよ」

●写真

勝又のうつしたピンボケの写真。

ハトロンの袋をもった恒太郎、土屋友子、恒太郎にブラ下って見えるスケート・ボードの少年。

少年（声）「パパー、パパー」

●代官山あたり（夕方）

ピンボケスナップが動き出す。

スケート・ボードにのってすべってくる少年。

少年の母（土屋友子）が街を歩いてゆく。

少年は母のあとになり先になって、ついてゆき、巻子のスレスレを通る。

友子、スレちがう瞬間、実に丁寧に頭を下げる。

巻子（声）「自分の子供でもないのに、パパって呼ばせてるなんて、どういうつもりなのかしら。その人とは、もう八年越しのつきあいだっていうんでしょ。それだけの間お母さん、だましてたわけでしょ」

●里見家・夫婦の部屋（夜あけ）

鷹男と巻子。

鷹男「だますっていうと人聞きが悪いけどさ」
巻子「言わなかったわけでしょ。だましたわけでしょ。悪いと思わないのかしら」
鷹男「思ったからこそだましたんじゃないのか」
巻子「死ぬ気になりゃ、別れることだって、お母さんに謝ることだって、何だって出来るじゃない。オレさえ死ねばいいだろう、なんて、甘ったれてるわよ、お父さん」
鷹男「自分で勝手に夢みといてさ、文句つけたってしょうがないだろ」
巻子「そりゃそうだけど……（少しおかしい）」
鷹男「――おばあちゃんがいいねえ。センベ食って針仕事ってのが――」
巻子「すぐ隣りで切腹してるのよ。いくらなんだって、お母さん、のん気過ぎるわよ」
鷹男「いやあ、理想の姿だね、女房の。つまんない憶測しないでさ、おっとりかまえてる――男としちゃ、これが一番（言いかける）」
巻子「都合がいいわねえ」
鷹男「都合だけじゃないよ。その方が、結局は利口だって言ってんだよ」
巻子「――男に都合のいいリクツよ」

鷹男「勝手に夢見といて、人にあたることないだろ」
巻子「（何か言いかける）」
鷹男「（口をふさぐように）お」
巻子「え？」
鷹男「新聞がきた。——目がさめちゃった」

●里見家・門（あけ方）

朝刊がポストに差し込まれる。
走ってゆく新聞配達。
そろそろ夜が明けてくる。

●里見家・夫婦の部屋（あけ方）

寝巻のまま、カーテンをあける巻子。
白みはじめた東の空。
腹這(はらば)いになって、たばこに火をつける鷹男。
巻子「お父さん、どうするつもりなのかしら……」
黒一色の空に、東の方から、ピンクとブルーの光りがまじりはじめる。
その中に黒いカラスが群(むれ)をなして飛んでゆく。

　じっと見ている巻子。

●里見家・居間（朝）

テレビからは朝のニュースが流れ、朝の陽がさし込み、食卓では、長男の宏男と長女の洋子が、登校前のせわしない朝食。ミルクをゴクゴクのむ洋子。旺盛な食欲で分厚いトーストを食べる宏男。

二人、黙々と食べる。テレビを見ながら、劇画をチラリとめくったり。

目玉焼を食べてサラダを平げる。極めて無表情。

ブロイラーがエサを食べるように食べる。

ＳＥ　電話のベル

宏男
洋子）「電話！　お母さん電話！」

　二人とも、口いっぱいに物をつめ込んでどなる。

台所から、エプロンで手を拭きながらくる巻子。

巻子「電話電話って、さわいでるひまに出て頂戴よ。お母さん朝はせわしいんだから
　――」
洋子「忙しいんです！」
宏男「（口いっぱいで）しゃべれないの」

巻子「(受話器を取りながら) しゃべれないほど詰めこむ人がありますか——。地震でも来たらどうすンの。モシモシ、里見で——ああ、咲子」
咲子(声)「巻子姉さん、ちょっとひどいんじゃない！」
巻子「ひどい——」

●咲子のアパート（朝）

管理人の部屋の前の赤電話で、朝刊片手に嚙みついている咲子。
咲子「そりゃ、あたしは子供ン時から、ずっとミソッカスだったわよ。お姉さん達みたいに、キレイでもないし、勉強も出来ないし品行もよくないしさ。でもねえ、どんなミソッカスでも、きょうだいはきょうだいなんですからね」
巻子(声)「咲子、あんた何言ってンのよ……」
咲子「うち、四人姉妹じゃない？　どして三人て書いたのよ、どしてあたしだけハズすのよ」

●里見家・居間（朝）

キョトンとしている巻子。横で盛大に食べている宏男と洋子。
巻子「あんた、何言ってンのよ」
咲子(声)「とぼけないでよ。うちだって、新聞ぐらい取ってンですからね」

巻子「新聞？　新聞がどうしたの」
咲子(声)「自分で投書しといて、なに言ってンのよ」
巻子「投書？　投書って、なに」
咲子(声)「しらばっくれるのもいい加減にしてよ。お父さんに愛人がいます、なんて
――」
巻子「お父さんにアイ――咲子！　なんなの、それ！」
宏男と洋子食べながら、母を見る。
咲子(声)「お姉さん、国立は、たしか『毎朝』だったわよね。お母さん、見たら、どうすンのよ。一体どういうつもりで、こんなことしたのよ」
巻子「――新聞に、なんか、出てンの？　いつの新聞？」
咲子(声)「今朝の毎朝。読者の欄――」
巻子「新聞！　新聞どしたの（目で指す）」
洋子「新聞、お父さん」
宏男「トイレじゃないの？」

●咲子のアパート・廊下（朝）

咲子。
咲子「巻子姉さんじゃないのか……」

うしろに立っている陣内。ロード・ワークから帰ったところ。

陣内「朝っぱらから、なにガタガタやってンだよ」

咲子「あ、お帰ンなさい。

今日の試合のこと、出てないかと思って見たら――お姉さん、つまンない投書してンのよね」

陣内「投書？」

咲子「あたしのカンちがい。あ、名前出てるわよ、陣内英光。（さげんをとる）ほら」

陣内、見ないで先に立ってゆきながら、

陣内「気持乱すこと、すンなって言ったろ？」

咲子「ごめんなさい」

●里見家・廊下（朝）

トイレのドアを叩いている巻子。

鷹男「いま、出るよ」

巻子「新聞！　欲しいの」

ドアの下から新聞が出てくる。

あわただしくめくる巻子。

うしろから口を動かしながら、宏男がくる。

宏男「お父さん、どうかしたの」

巻子「お父さんじゃないの、おじいちゃん——（言いかけてあわてる）アンタ達、関係ないの、早くいきなさい学校！」

追い立て、あわただしく新聞をひっくりかえす。

ドアが開いて、パジャマにガウンの鷹男が出てくる。

黙って、手にした新聞の読者のページのカコミ欄を示す。

●新聞

「ひとりでお茶を」というタイトルの投書欄の中のカコミ記事。
題は「波風」（主婦40歳・匿名希望）
巻子(声)「姉妹（きょうだい）というものは、ひとつ莢（さや）の中で育つ豆のようなものだと思う。大きく実り、時期が来てはじけると、暮しも考え方もバラバラになってしまう。うちは三人姉妹だが冠婚葬祭でもないと、滅多に揃うことはない。
ところが、つい最近、偶然なことから、老いた父に、ひそかにつきあっている女性（ひと）のいることが判ってしまった」

●里見家・居間（朝）

朝刊を読む巻子。

巻子(声)「老いた母は、何も知らず、共白髪を信じて、おだやかに暮している。私たち姉妹は、集っては溜息（ためいき）をつく。私の夫もそろそろ惑いの四十代である！」

ネクタイをしめながらの鷹男。

巻子「波風を立てずに過ごすのが本当に女の幸福なのか、そんなことを考えさせられる今日此（こ）の頃である」

鷹男「『今日この頃である』――女は好きだね、こういう言い方――」

巻子「――」

鷹男「――こりゃ、誰が読んだってお前だよ」

巻子「あなたも、そう思った？」

鷹男「アレ？　と思ったね」

巻子「あたし、投書なんかしたこと、いっぺんも――そんなタチじゃないもの」

鷹男「わたしの夫もぼつぼつアブない年頃です――とくりゃさ、あとは、みんなひとりなんだから」

巻子「冗談じゃないわ。あたし、思ったって、こんなこと書かないわよ」

鷹男「(新聞をのぞき込んで) 主婦40歳・匿名希望――(冗談めかして) 本当にお前じゃないのか」

巻子「(ハッとなる) 判った――」

鷹男「誰だよ――滝子さんか」

巻子「綱子姉さんよ……」
鷹男「――」

●綱子の家・茶の間（午前）

無人の室内。

仏壇に亡夫の小さな写真、大学生の息子のスナップなど。

カーテンが引かれたうす暗い茶の間に、電話のベルがひびく。

留守らしい。あわてて出かけたのか、しめかけた抽斗（ひきだし）から赤い腰ひもが下ったり、入れかえたハンドバッグが口をあいて出しっぱなしになっている。

玄関へ出る襖（ふすま）も少し開いている。

電話だけが鳴って――やむ。

●道（午前）

タクシーがとまって、綱子がおりる。

コート姿で小さなボストンバッグ、干物（ひもの）の籠（かご）を下げている。綱子、立ちどまって車の中の枡川貞治を感情のこもった目で送る。

遠ざかってゆくタクシー。

●綱子の家・玄関（午前）

郵便受から朝刊を抜きとる綱子。
ゴミをバカッと出している隣りの主婦松子、声をかける。

松子「おでかけだったんですか」
綱子「え？　ああ、ちょっと実家（さと）の方に」
松子「（チラリと魚のかごを見る）お実家、たしか国立――（言いかける）」
綱子「冷えますねえ、今朝は最低じゃないかしら」

SE　電話が鳴り出す

●綱子の家・居間（午前）

また電話が鳴っている。あわただしく玄関のカギを開ける音。
かけ込んでくる綱子、干物の籠やショールやバッグをおっぽり出して、すべりこみの感じで電話をとる。

綱子「モシモシ――ああ、巻子――」
ハアハア言っている。

●里見家・居間（午前）

みかんを食べながら、何べんも電話をかけていたらしい巻子。

巻子「ずい分、早くから出かけたのねえ」

●綱子の家・居間（午前）

綱子、受話器を肩にかけながらガス・ストーブを点火しようとしている。手が匂うのに気がつく。

生臭い。ひっくりかえっている干ものの籠。綱子、指先をスンスンかぎながら応対する。

綱子「出かけてなんかいないわよ。角へ、ゴミ出しにいっただけじゃない」

巻子(声)「三十分もかかるの？」

綱子「お隣りの奥さんと立ちばなししてりゃ、そのくらい（言いかけて）、なんなのこんな早く」

巻子(声)「お姉さん、文章、うまいじゃない」

綱子「え？」

巻子(声)「昔から、綴り方、うまかったけど、さすがよ。うちの鷹男も、ほめてたわ。姉さん、文才あるって――」

綱子、ガス・ストーブに火をつけ終る。

綱子「なんのハナシよ」

巻子(声)「――おとぼけも、うまいじゃない」

綱子「え？」

巻子(声)「朝刊、ごらんになってないんですか」

綱子「え？　――見たわよ、あったり前じゃない」

言いながら、敷居(しきい)ぎわに落ちている新聞を、寝そべる格好で、足で引き寄せる。あわただしくめくる。

●里見家・居間（午前）

巻子「咲子、怒ってたわよ。アタシだけミソッカスにしたって」

巻子。

綱子(声)「なによ、それ」

巻子「お姉さん。こんどから、こういうことする時は、みんなに相談してから、やって頂戴よ」

●里見家・勝手口（午前）

クリーニング屋の御用聞き。

クリーニング「ホワイト・クリーニングです！」
巻子(声)「今日はありません！」
クリーニング「すみません、先月分のお勘定」
巻子(声)「今日はいいわ。出すもの、ないの！」

●里見家・居間（午前）

巻子。
巻子「お姉さんでなきゃ、誰よ！」

●綱子の家・居間（午前）

綱子、すわり直している。手に新聞の問題の欄。

綱子「誰だか知らないけど、あたしじゃないわよ」

巻子(声)「じゃあ誰よ」

綱子「アンタでなくて咲子でなけりゃ、滝子じゃないの」

巻子(声)「お姉さん、滝子にしゃべったの？」

綱子「何を」

巻子(声)「――鷹男が、このごろ――少し、おかしいってハナシ、あたし、お姉さん以外の人には、誰にもしてないんですからね」

綱子「書いてないのよ、あたし――何ていわれたって、書いてないものは、書いてないのよ！（言いかけて）ねえ、全然、違う人じゃないの？」

●里見家・居間（午前）

巻子。

巻子「偶然、同じ立場の人がいるってわけ？」

綱子(声)「これだけ人間が多いんだもの。三人姉妹で、年とった父親が浮気してるなんてケース、案外多いんじゃないの」

巻子「そりゃ、いないとはいえないけど――それにしたって――」

綱子(声)「――そんなことよか、大丈夫かなあ。国立も、『毎朝』でしょ？」

巻子「――少なくとも、お母さんだけは、見ないといいけど――。あたし、あとで電話――行った方がいいな、あたし何か用つくってのぞいてくる」

●竹沢家・縁側（午前）

陽あたりのいい縁側で、パチンパチンと足の爪を切っている恒太郎。
うしろから老妻のふじ。

ふじ「あーあ、飛ばして――」

ふじ、新聞をひろげて、夫の足の下に敷く。

ふじ「男の爪は、固いんだから——踏むと痛いのよ」
恒太郎「爪に男も女もないだろ」
ふじ「ありますよ、ちゃんと」
　ふじ、爪くずをひろい、キチンと足の下に新聞がくるように直して、
ふじ「——何にも知らないんだから……」
　やわらかく笑って行ってしまう。
　恒太郎の足の間に、例の投書が見える。恒太郎、また、パチンパチンと爪を切る。その横顔からは、気がついたのかついていないのか、うかがうことは出来ない。

●料亭「枡川」玄関

　花バサミの音を高く響かせながら花を活けている綱子。

　うしろを主人の貞治が通りかかる。

　綱子、礼儀正しく一礼する。

貞治「ごくろうさまです」

　事務的に言って通り過ぎる貞治。おかみの豊子が立っている。

豊子「なんですよ、そっけない。先生が、せっかく、みごとにいけて下すってるのに、見もしないで——」

貞治「——」

綱子「――お忙しいから」
豊子「どっちの方にお忙しいんですか……（にこやかに笑う）」
貞治「――」
綱子「――」
豊子「いつもおみごとだけど、今日のはとりわけいいわ。なんていうんでしょう、花に色気があるわ」
綱子「そんな……、キチッとし過ぎて面白味がないって、いつも先生に叱られてましたのに」
豊子「とんでもない。帯しろ裸で坐ってるように見えるわ。ねえ、そう思いません」
貞治「さあ。わたしは、花は不調法だから」
貞治行ってしまう。あとから豊子。
綱子、花バサミをならして、活けつづける。
帳場から、女中頭の民子がのぞく。
民子「先生！　終ったら、お帳場へどうぞ。お茶いれますから。（おどけた身ぶり）」
綱子「恐れ入ります」
●枡川・帳場
茶を入れる民子。

貞治と豊子、綱子。民子、茶をすすめて出てゆく。

●枡川・廊下

民子、立ちどまって、花に手をふれながら、帳場の気配に聞耳を立てる。

貞治(声)「長いこと、お世話になりました」

●枡川・帳場

綱子、貞治、豊子。

綱子「こちらこそ、有難うございました」

豊子「先生のお花、評判がよかったのよ。残念ですけどねえ」

貞治「二月、ひかえてるもんで——、料理屋が料理落すわけにゃいかない」

綱子「お花は、食べられませんものねえ」

貞治「情ないハナシですがね。(自嘲の笑い)」

豊子「ほんと……(これも含み笑いで)お恥かしいわ」

言いながら、豊子、小抽斗から封筒に入ったものを出して、貞治に手渡す。

貞治「あの、これ」

綱子「とんでもございません、こういうことしていただくいわれは」

豊子「あら、今月の材料代と、決まりの分ですよ」

綱子「あ――あ――どうも――」
　綱子、受取る。
綱子「では、お預けしてある、あたくしの薄端(うすばた)を」
豊子「あ、そこの水屋のとこにあったんじゃないかしら。長いこと、すみませんでしたねえ」
　綱子、立ちかける。
豊子「何かと思ったんだけど、あいにく、気の利いたものがなくて」
　豊子、にこやかに、干物の籠を綱子の前に。（綱子と同じもの）
豊子「お干物、お好きかしら」
綱子「あ――、大、好物……」
豊子「よかった！　主人がね、ゆうべ、伊豆へゴルフに行ったおみやげ――」
綱子「まあ、いただいて、よろしいんですか」
豊子「どうぞどうぞ」
　綱子も、にこやかに受取る。
　貞治、豊子。

●枡川・廊下

　突きあたりに半分ほど視界をさえぎって、つい立て、その奥が水屋。ほこりだらけの大きな薄端を洗っている綱子。(薄端を使う場合、花は、必ず古流か遠州流にして下さい。)
たかぶる気持をぶつけるように、激しく水を出し、飛沫を飛ばして洗う。指先の生臭さが気になるのか、無性に匂いをかぐ。
ふと、うしろに立つ男の気配に気づく。
男は鷹男。
義姉をワッとおどかそうと肩に手をやりかける。
綱子、激しく水を出しながら、顔をこわばらせ、腹話術師のように、ほとんど口を動かさずにしゃべる。
綱子「言いわけなんか聞きたくないわ」
鷹男「?」
綱子「クビにするんなら、クビにするで、やり方があるでしょ」
鷹男「義姉さん……」
綱子、のどの奥でグウという声を立ててしまう。
綱子「——巻子が、しゃべったのね」
鷹男「え?」
綱子「あたしが何しようと、アンタたちにはカンケイないでしょ」
鷹男「え?」

綱子「なにしにきたのよ。子供じゃあるまいし、こんなとこまでのこのこきてお説教しなくたって」
鷹男「なに言ってンだよ。ここ、使ってくれっていったの、義姉さんだろ」
綱子「え？」
うしろから、豊子の愛想のいい声。
豊子「まあ、先生、有難うございます」
綱子「あの――」
豊子「あら、弟さんからご予約いただいたこと、申し上げませんでした？」
綱子「あ――」
豊子「まあ、先生にはいつもお世話になっているんでございますよ。どうぞ、こちら――」

●枡川・座敷
おしぼりを使う鷹男。綱子、いきなり笑い出す。テレかくしもあって、いやにはしゃぐ。
鷹男「ハハハハハハ（これも大笑いする）義姉さんらしいや」
綱子「――さっきのこと――忘れて」
鷹男「(自分も）子供ン時から忘れものの名人だから」

綱子「――なんか、仕事のハナシ？」

食卓には、三人の用意。

鷹男「いや。プライベート」

綱子「――気が利きませんで」

鷹男「（とめて）ちょうどいいんだよ。いてよ」

綱子「え！」

鷹男「知った顔が入ってくるって」

綱子「だあれ（言いかけて）あっ、お父さんとあの人――」

鷹男「という具合にお膳立て出来りゃ、こっちも大物なんだけどね、今日はそこまでいかないんだ――。下準備ってとこかな。

滝ちゃんがたのんだ興信所の男ね」

綱子「ああ、お父さんのことしらべてもらった」

鷹男「勝又っていうんだけど、どうも、滝ちゃんに惚れてるらしいんだ」

綱子「へえ。あの子でも惚れてくれる人いるのねえ」

鷹男「よく見ると、顔立ち、一番いいよ、滝ちゃん」

綱子「ね、どんな人」

鷹男「自分の目で見なさいよ」

廊下から民子の声。

民子(声)「こちらでございます。お連れさま、おみえでございます」
　入ってくる滝子。
鷹男「おう！」
綱子「いらっしゃいませ」
滝子「あ、そうか。お姉さん、お花いけるアルバイトって、ここのこと？」
綱子「どうぞごひいきに――」
滝子「月、いくらぐらいになンの？　材料費別で」
綱子「おしあわせな人は、そういうミミッちいこと聞かないの」
滝子「え？」
綱子「あたし、興信所っての気に入ったなあ。なんかさ、図書館の、書司っての？　司書っての？　あたし、何べん聞いても覚えないけど」
鷹男「『書司』（ちがっている）」
滝子「『司書』（言いかえる）」
綱子「どっちでもいいけど、『司書』と興信所っての、どっか似てンのよね。キイッとなって、トコトン、しらべるってとこが」
滝子「――あ（何かいいかける）」
綱子「いいとこ、目つけたわ」
鷹男「義姉さん――」

滝子「ちょっと待って」

　言いかけた時、また民子。

民子「お連れさま、おみえになりました」

　スーッとフスマがあいて、立っている勝又。

鷹男「どうぞ。こっち、お忙しいとこ呼び立てて、どうも」

勝又「いや――」

鷹男「どうぞ」

綱子「さあ、さあ、どうぞ。ご遠慮なく」

　綱子、ひとりではしゃぎ、座をとりもつ、それも滝子にはカンにさわってくる。

綱子「なんですかまあ、いろいろお世話になりまして――」

勝又「い、いや」

　勝又、緊張すると、すこし、どもるクセがある。

鷹男「これの、姉――」

綱子「ツナ子です」

勝又「ツナ子――」

綱子「横綱のツナ」

鷹男「女なんだからさ、ツナ引きのツナぐらいにしときなさいよ」

　二人、笑う。

綱子「ええと、ナニマタだっけ」
勝又「カツマタです」
綱子「カツは」
勝又「勝ち負けの――」
綱子「マタは――」
勝又「マタのマタです」
綱子「ご兄弟、なん人でいらっしゃるの」
勝又「あの、兄弟は」
滝子「カンケイないでしょ」
綱子「どして？」
滝子「お兄さん、今日は、例の――お父さんのハナシのことで相談があるんじゃなかったんですか」
鷹男「そうだよ」
滝子「だったら、そのハナシしましょうよ」
綱子「図書館じゃないんだから、そう手つづき通りにやらなくたって――お酒でものみながら――」
　手を叩こうとする綱子をとめる。
滝子「あたし、そういうの、やなの」

綱子「アンタね、そういう固いこと言ってるから」
滝子「売れ残るんでしょ。わかってます」
鷹男「まあ、二人ともやめなさい」
滝子「あたしねえ、こんなご大層なとこじゃないと思ってた。なんというのかな（小さく）用意されるっての、すーごく（いやなのといいかける）。
この人は、勝又さんは、あたしが、お金はらって、やとった――」
勝又「――――」
滝子「やとったっていうと、なんだけど、ビジネスのつきあいよ。
ヘンな風にカンぐられたら、勝又さんだって、困るわよねえ」
勝又「――は、はあ」
鷹男「なんか返事の声が、小さいねえ」
滝子「もともと、声の小さい人なのよ！
勝又さん、そんな風に見られたら、困るって、いいなさいよ、言ってよ」
勝又「……はあ」
鷹男「迷惑でないんなら、そいってもいいんだけどね」
勝又「――ぼ、ぼくも、迷惑す」
二人「迷惑――」
勝又「（ハッキリと）惚れてるひと、いるから――」

綱子「え？」
鷹男「ほかに、いるの」
勝又「はあ」
綱子「どんな――ひと」
勝又「や、やさしい女す」
綱子「やさしい女――ねえ」
鷹男「やさしい女――か」
滝子「……」
勝又「あの、打ち合せ――」
滝子「あたし、仕事、残っているから――失礼します」
　とび出してゆく滝子。
　あとを追いかける勝又。
綱子「滝子――滝ちゃん！」
鷹男「勝又さん！　勝又さん！」

●街（夜）
　人ごみを小走りにゆく滝子。うしろから追ってゆく勝又。滝子、気づいて、小走りに。
　勝又、人をブッとばすようにして追ってゆく。

歩道橋をわたり、信号待ち。追いつきそうになるが、また離され、勝又は、遂に信号無視で横断する。

●駅ビル（夜）

ガラスの外壁の内側を、滝子が歩いている。

その外側を、歩く勝又。

勝又、じっと、滝子の顔を見つめて、カニのようにぶざまな横歩きをするが、滝子は無視。勝又、いきなり、ガラスをドンドンと叩く。

見たところでポケットから、大判のメモを出す。

太いサインペンで、「大学出てなけりゃ駄目ですか」と書いて、ガラスにパッとくっつける。

滝子「――」

勝又、それを破り、次の紙に大きく「惚」と書き、消して、「好」と書き、また消して「愛」と書いて、またガラスにはるように示す。臆病な目が泣きそうになっている。

滝子「――」

滝子、ガラス越しの紙に掌を押しつけるようにする。

●喫茶店「ピエロ」（昼下り）

ウエイトレスの制服に白いエプロンの咲子が、銀色の盆を手に、放心して壁に寄りかかっている。

店内はすいている。音楽が流れている。

イメージの中でゴングが鳴る。

SE　ゴング
　観客のどよめき
N　選手紹介のアナウンス
咲子「次、入ってくる人が、男だったら勝つ」
若い男、入りかけて中をのぞき、やめる。
咲子「マッ、いまのは、なし。次に入ってくる人が、メガネかけてたら勝つ」
サングラスをかけた女、入ってくる。
入ったとたんにめがねをはずす。
咲子「いまの、なし」

●イメージ（咲子のアパート）

眠る陣内。

そばにすわる咲子。

掌を握り、そっと陣内のあご、目のあたり、鼻などに、やわらかいパンチをくらわす。

それから、いとおしむように、そっと愛撫する。泣いてしまう。

陣内「(目をとじたまま) 大丈夫だよ」

咲子「………」

陣内「やられる前にやりゃいいんだよ」

咲子「………」

陣内「おっかなくて、来られないだろ」

咲子「ううん。いく。

国立のお母さんと、ならんで応援するから」

陣内「お母さん、くるってか」

咲子「前から(ボクシング)嫌いじゃなかったんだって」

陣内、ちょっと笑って、坐っている咲子を羽交いじめにして、ベッドに引き込もうとする。激しく抗う咲子。

咲子「そんなことしたら負けちゃう!」

陣内「こうやってるだけでいいんだよ」

陣内、咲子の胸で甘えるようにする。

●喫茶店「ピエロ」

音楽が大きく流れている。咲子がバーテンに、何か言って頭を下げている。早退けする言いわけをしているらしい。

不機嫌なバーテン。年かさのウエイトレスも、カウンターのまわりに来て、面白くない顔をして何か言っている。そっちにも頭を下げながら、咲子の手は、もうエプロンを外している。

●スタジアム

試合直前。

まだ誰もいないリング。

リングサイドは満席。

客席はみな、私語したり笑ったり、試合前のたかぶりと華やかさ。

ひとり咲子だけが頭を垂れ、祈るように目を閉じ、手を組んでいる。隣りは空席。誰かが着席する気配。

咲子「――お母さん――」

父の恒太郎――。

咲子「お父さん……」

父は娘の顔を全く見ず、じっとリング上を見ている。咲子が父の横顔をじっと見る。

場内アナウンスが、試合開始を告げる。

●ピエロ（夕方）

入ってくる巻子。

席につきながら、咲子を目で探す。

音楽、大きいボリュームで流れている。

ウエイターが水のグラスをドシンと置く。


巻子「コーヒー。

あの、竹沢おりますでしょうか。竹沢咲子――」

ウエイター「さっき帰ったんじゃないかな」

巻子「帰った――」

ウエイター「今日は、これじゃないすか」

ボクシングのまね。

音楽。

バッグから、新聞の切りぬきを出す。

巻子「姉妹（きょうだい）というものは、ひとつ莢（さや）の豆のようなものだ……バラバラになってしまう」

●スタジアム（夕方）

試合が始まっている。

陣内、激しい闘志を見せて相手をコーナーに追いつめる。
恒太郎と咲子の前で、相手にパンチを浴びせる。
沸いているリングサイド。
乗り出し、何か叫んでいる咲子。
静かな恒太郎。

●ピエロ

コーヒーをのんでいる巻子。
音楽。
巻子「うちは三人姉妹だが冠婚葬祭でもないと、滅多に揃うことはない。
ところが、つい最近……」
コーヒーをのむ。

●スタジアム（夕方）

打たれる陣内、相手の激しいパンチがあごに。
沸くリングサイド。
じっと見ている恒太郎。
咲子、立って出てゆく。

●ゲームセンター（夕暮）

夕暮から闇へのひとときのゲームセンターを歩く咲子。

色とりどりのゲームマシーンが、陽気な音を立てる。

恋人同士、明るい音楽。

下っている大きなパンチボールが音を立てる。小さなモニターテレビ。

鼻血を出している陣内。

歩いてゆく咲子。

夜空にメリイ・ゴーラウンドやジェット・コースターがネオンをきらめかせて動いてゆく。

歩く咲子。

モニターテレビの陣内、打たれ、瞼（まぶた）を切っている陣内。

コーナーに追いつめられている。

走り出す咲子。

陽気なゲームマシーンの音。

●スタジアム（夜）

相手のアッパーをうけ、ダウンする陣内、カウント。

相手ボクサーの勝利ポーズ。
陣内は起たない。
狂ったように人垣をかきわけ、近寄る咲子。
そのうしろから恒太郎。
診ているコミッション・ドクター。
陣内、意識がない。
「たんか」がくる。
のせられてゆく陣内。

●医務室・前

呆然と立っている咲子。
病室から出てくるコミッション・ドクターに小声で聞いている恒太郎、丁寧に一礼する。
咲子のところにもどってくる。
恒太郎「『脳震とう』らしいな」
咲子「――」
恒太郎「少し休めば、帰れるそうだ」
咲子「――」

恒太郎、札入れを出す。
二、三枚を自分用に引き抜くと、そのまま、咲子に押しつける。
ポンポンと肩を叩き、出てゆく。
咲子「――」

●医務室

入る咲子、ベッドで目を閉じている陣内。腫(は)れ上り、まぶたは切れ、まだ鼻血のこびりついている無惨な顔。

咲子、手を握ろうとする。

拒み、くるりと向うをむく陣内。

咲子、ベッドの下の汚れたソックスを拾い上げる。

●滝子のアパート（夜）

米をといでいる滝子。

一人前のごく少量の米が釜の底に沈んでいる。

水加減する。

すぐ横の盆ザルの上に一匹のサンマがのっている。

塩をふりかけて、ふと、手をとめる。

一匹のサンマ。
勝又のさまざまな顔が浮んでくる。
滝子、包丁を出し、サンマを二つに切ってならべ、塩を振る。
すこし笑う。

●竹沢家・茶の間（夜）

巻子が来ている。
ふじと茶をのんでいる。
巻子「もいっぱい――」
ふじ「お前、こんなお茶好きだったかねえ」
巻子「人のいれたお茶は、おいしいのよ。お母さん昔から、お茶のいれ方だけはうまいもの」
ふじ「――（いれながら）いいのかい、ゆっくりしてて――」
巻子「今日は、会議だっていってたから――ごはんの支度して出てきてるし――マンガでもみながら、ゆっくり食べてるわよ。あら？（音）」
ふじ「夕刊だろ」
巻子「――（立ちながら）夕刊おそいのねえ」
ふじ（声）「いつもはもっと早いんだけどね、人でも替ったんだろ、おすしでも取ろうか」

巻子、玄関から夕刊を抜き取りながら、

巻子「――あるものでいいわよ――お父さんも――遅いの？」

ふじ(声)「お父さん？」

巻子「火、木の人でしょ、今日、会社の日でしょ？」

ふじ(声)「ぼつぼつじゃないかねえ」

巻子、茶の間へもどる。

巻子「いつも、そんなもん？」

ふじ「ごはん、外で食べない人だから」

巻子「――新聞、どこ、置くの？　朝刊と一緒にしといた方がいいんじゃないの？」

巻子、さりげなくさぐりを入れる。

ふじ「朝刊――あ、出がけに、お父さん、爪切ったんだ」

巻子「爪切りの下敷か……。新聞てのは、読むもんなんですけどねえ」

ふじ「――もちょっと字が大きいとねえ、年寄り向きの新聞、出してくれるとこ、ないかねえ」

巻子「あんまり読まないわけ？」

ふじ「そうだねえ（言いながら、買物かごとショール）」

巻子「めがね、あってないんじゃないの？　どこ、いくの？」

ふじ「角の八百屋、柚子（ゆず）、切らしたわ――」

巻子「あたし、いく」
ふじ「きのう、五十円借りたから――お母さんいくよ」

●竹沢家（夜）

ゆっくり見て廻る巻子。

暗い電灯。老人二人ぐらしの、シーンとした古い家。暗い廊下。寒々とした洗面所。しみの浮いたカガミ。夫婦の寝室のソスマを、そっとあける。恒太郎のどてらがある。今朝みた切腹のイメージ再びよみがえる。針仕事の母ふじ。パジャマに腹巻で泣きわめく四人の姉妹。

不安になってくる巻子。

●代官山・路上（夜）

スケート・ボードにのり、バランスを取りながらくる少年。見ている勝又。

とび出してくるバイク。勝又、とび出すが間に合わず、少年、はねられる。はね上るスケート・ボードのスローモーション。助け起す勝又。とび出してくる母親の女子。

救急車のサイレンがダブる。

●滝子のアパート（夜）

　サンマを食べかけの滝子、口を動かし、ハシを持ちながら、電話に出ている。

滝子「国立へ？　これから、いくの？　だって、ごはん食べかけ（つっかえる）遠いしさあ……無茶言わないでよ」

●竹沢家（夜）

　電話している巻子。

巻子「出来たらね、今晩、子供が四人揃って——それとなくね、家族会議っていうかなあ、話し合いしたいのよ。うん、今晩、なんていうか、虫が知らせるっていうの？　今晩した方がいいと思うのよ。え？　滝子あんた、新聞よまなかった？　今朝の——」

●綱子の家・玄関（夜）

　くもりガラスの格子戸の向うでベルを鳴らし、戸を叩く貞治。

　戸の内側に立っている綱子。

貞治「（低く）あけなさい」

綱子「——」

貞治「そこにいるんだろ、あけてくれ」

綱子「――」
貞治「どしてあけない」
　たがいの息でくもりガラスの向うが見えてくる。
　おたがいの顔。
　綱子のくちびるの位置。
綱子「あけたら、またズルズルになるわ」
貞治「なったたって、いいじゃないか」
綱子「――」
　SE　電話のベル
貞治「あけたくないんなら、外でメシ食おう」
綱子「いま、いただいたお干もので、すませました」
貞治「――」
　SE　電話のベル
貞治「(叩く)」
　SE　電話のベル
　綱子、奥へ入ってゆく。
綱子(声)「モシモシ、三田村ですが――あ、巻子。え？　国立へいってるの？」

●咲子のアパート（夜）

ビールをのみ荒れている陣内、ぐいぐい飲む。
泡をなめている咲子。

陣内「なぜ、見てねえんだよ！　なぜ途中で席、立ったんだよ」
咲子「――――」
陣内「なぐられンのが商売なんだぞ。八百屋が大根売るようなもんじゃねぇか！
八百屋の女房が、亭主が大根売ってる時、逃げ出すかよ！　え？」
言いがかりと判っていても、言わずにはいられない陣内。
咲子「――――」
陣内、ガーンとグラスをぶっつける。
陣内「別れよう」
咲子「（何かいいかける）」
SE　ドアをノックする音
管理人主婦（声）「陣内さん、電話、奥さんの方！　国立のお姉さんから！」
咲子「国立のお姉さん――」

●竹沢家・茶の間（夜）

ふじの帰りを気にしながら、電話している巻子。
巻子「四人が全員集って、お父さんの前にならぶのが一番だと思うのよ。何もいわなくたって、お父さん、判るわよ。ねえ、こられない？」

●陣内のアパート（夜）

陣内と咲子。
陣内「帰れよ」
咲子「帰ったら、アンタ、出てくもの」
陣内「――――」
咲子「一緒にいこ。みんなに紹介する」
陣内「（ごろりとねそべる）ひとりでいけよ」
咲子、カミを出す。
咲子「――ここ、国立駅、こっちが新宿、ね、駅前の並木をずっと、こっち歩いて――あ、アタマ悪いなあたし」
紙が足りなくなる。つぎ足す。
咲子「三つ目の通りの魚屋ンとこ、右へ曲るの。少し歩いて――お父さんがいつも買うたばこ屋あるからそこ曲って――（カミの裏になる）――ちょっと行って、ソロバン塾のカンバン出てるとこの奥の三軒目」

陣内「――」

●病院（夜）

プラモデルらしい細長い箱を小脇に抱えた恒太郎が、看護婦の先導で駆け込んでくる。

ベンチにすわっていた勝又、腰を浮かし、思わず呼んでしまう。

勝又「お父さん」

おどろいて立ちどまる恒太郎。

恒太郎「どちらさんですか」

勝又「あ、いや」

看護婦「こちら、坊ちゃん、かつぎこんで下すったんですよ」

恒太郎「そりゃどうも――」

病室があいて、友子が、すがるような目で恒太郎を見る。

中へ入る恒太郎。おもてに立っている勝又。

●里見家（夜）

鷹男が帰ってきたところ。

宏男と洋子。

鷹男「国立行ったのか――」

宏男「泊ってくるかも知れないって」
鷹男「フーン」
洋子「それから、お兄ちゃん、ほら」
宏男「なんだよ」
洋子「電話あったじゃない」
鷹男「電話？　お父さんにか」
宏男「ええとね、勝又って人」
鷹男「勝又――」
宏男「またかけますって――」
鷹男「フーン」
　鷹男、夕刊をひろげる。
　切りぬきの窓があいている。
鷹男「なんだ朝刊じゃないか」

●竹沢家・居間（夜）
　四人姉妹が食卓のまわりに揃っている。
滝子「ね、よくこやってお父さんの帰り、待ってたわよね」
綱子「八時になったら、先、食べましょうよ、なんてね」

巻子「お姉さん、つまみ食いの名人——」
滝子「自分のじゃなくて、人のおかず、手、出すのよ」
咲子「どんどんへってくのよ、あたしたちの分」
綱子「(わざと子供っぽく) あ、お父さんのお帰りだ!」
三人「おかえりなさーい! なんて」
綱子「立ち上ることないけどさ」
滝子「(台所へ) お父さん、いつも、おそいの?」
巻子「(小さく) いつも、ごはん、うちだって——」
綱子「そういうもんなのよ……」
滝子「どしたんだろ (時計は九時)」
　台所からふじがのぞく。
ふじ「滝子は、三つ葉まだダメなの」
滝子「あたし、三つ葉ぬき」
綱子「あたし、エビ、いらない」
ふじ「そんなゼイタクなもの入ってないよ」
咲子「うちは、トリだもんね」
巻子「お母さんの茶碗ムシなんて、何年ぶりかなあ」
咲子「あら、お正月にも食べたじゃない」

巻子「あ、そうか」
　ふじが引っこむと、四人ヒソヒソばなし。
綱子「見てるの？　二人とも（父母）」
滝子「あ、投書、あたし知らなかったのよ。どして（教えてといいかける）」
巻子「シッ！　――お母さんは、気がついてないみたい」
咲子「お父さんは――」
巻子「さあ……」
　（間）
巻子「誰が書いたか知らないけど」
滝子「――本当に巻子姉さんじゃないの」
巻子「ちがうっていってるでしょ！」
咲子「じゃあ、誰よ」
綱子「あたしですってさ」
咲子「お姉さん？」
綱子「字見て物言ってもらいたいわよ。お前のは字じゃなくて『ハジ』だって、いつもうちのに言われてたんだから。
　投書するのはね、字を書きつけてるうまい人に決ってンのよ」
滝子「やだ、あたし、しないわよ」

咲子「うぬぼれてるなあ」
滝子「咲ちゃん」
綱子「本当に誰も書いてないとすると、やっぱり偶然かしらねえ」
滝子「リクツじゃ判るけど——あんまりピッタリしすぎてるとね」
咲子「きょうだいの人数はちがってるけどね」
綱子「ひがまないの」
巻子「——(また時計をみて)新聞見て、お父さん、帰りづらくなったんじゃないかしらね」
滝子「——家出ってこと?」
咲子「まさか」
綱子「判んないわよ」
巻子「家出なら、まだいいけど」
三人「え?」
ふじ「誰が——」
　またふじがのぞく。
ふじ「家出って誰が?(のんびり)」
巻子「う、うちの宏男——二、三時間で帰ってきたけど——」
綱子「この頃の子供はこわいから、気つけた方がいいわ」

巻子「あ、なんかスースーしない」
綱子「このうち、寒いわよ」
ふじ「古いからねえ、建てつけが悪いんだろ。六畳に、ちゃんちゃんこあるよ」
巻子「かりるわよ」
　巻子、立ちながら、となりの綱子の足袋（たび）をふむ。
綱子「あいた――」
　巻子、目くばせ。

●竹沢家・夫婦の部屋（夜）

　切腹のイメージ。
　ちゃんちゃんこをとりながら、巻子。笑ってしまう綱子。
綱子「お父さん、死ぬ気だっていうの？」
巻子「――（真顔で）虫が知らせるっていうじゃない……」
綱子「――」
巻子「だから、ムリしてみんなに来てもらったのよ。夢見たあと、あの投書見たでしょ、あたし、今晩がアブないって気したの――」
綱子「帰ってないっていうのは？　まさか向こうのうちで――心中とか」
巻子「やめてよ」

ふじ「――判ったかい、ちゃんちゃんこ」
巻子「判ったわよ」
綱子「チャンと判ったちゃんちゃんこよ」
　二人、やたらと笑う。
ふじ「何がおかしいのよ」
綱子「だってさ、四人揃ってラクダの腹巻着てならんでたっていうんだもの」
巻子「お姉さん！」
綱子「夢のハナシ！　今朝、そういう夢みたんだって」
　二人、大笑いする。

●里見家・居間（夜ふけ）

　湯上りで、ウイスキーをつくっている鷹男。
　電話が鳴る。
鷹男「里見ですが――お前か――」

●公衆電話（夜ふけ）

　ちゃんちゃんこを羽織った巻子が、みかんの袋をかかえながら赤電話。

巻子「お父さん――まだ帰ってないのよ、何の連絡もないし――こんなにおそいの、はじめてだって。悪いけど、アパート、みてきてもらえないかしら」

●里見家・居間（夜ふけ）

鷹男。

鷹男「アパートって――お父さんの――（絶句してしまう）だって、オレ――場所も判んないし、第一」

巻子(声)「場所、いいます」

鷹男「おい。何時だと思ってンだよ」

巻子(声)「もしものことがあったら、とりかえし、つかないもの」

鷹男「おい――」

●公衆電話（夜ふけ）

巻子。

巻子「あたしたち、いきたいけど、四人とも、国立にいるからダメなのよ。おねがいします。お願い!!」

木枯し。

●友子のアパート（夜ふけ）

ひかえ目な土屋の表札。

ドアを叩く鷹男。

暗い室内。

隣りのドアがあく。ピンカールをつけた主婦がのぞく。

主婦「土屋さん、病院ですよ」

鷹男「病院？」

主婦「夕方、子供さん、けがして——あとからご主人もとんでったみたい——」

●病院（夜ふけ）

入ってゆく鷹男。廊下のベンチでたばこをすっている恒太郎の姿をみつける。声をかけられず、遠くから見守る。

ふと、そばの公衆電話で勝又が電話している。

肩を叩く。

びっくりする勝又。

勝又「いまお宅にかけてたとこですよ。どして、ここ、判ったんすか」

静かに、たばこの煙を見ているような、いないような恒太郎。

少しはなれた別のところで見ている鷹男と勝又。
勝又「子供の意識がハッキリするまではついてるつもりらしいす」
鷹男「――」
勝又「声、かけなくていいんすか」
鷹男「（うなずく）」

●竹沢家・夫婦の部屋（夜中）

つづらや、古い型おくれの大型トランクのフタがあけられている。
古い洋服などといっしょにボロボロになったラクダの腹巻を出す。
一人一人、名前をかいた油紙に入っている。
ふじ「はい綱子」
綱子「みんなとってあるの」
滝子「これ、あたしの？」
咲子「ア、虫くってる――」
綱子「物もちがいいわねえ、お母さん」
ふじ「そりゃね。ナマイキ言ったら、これ、みせてやろうと思ってさ」
みんな、ながめたり、匂いをかいだりする。
巻子「あたし、これ、やだったなあ」

咲子「あたしも」
滝子「しないと怒られるのよ」
綱子「きまり悪くてねえ――」
ふじ「ねる前に、フトンの上で国定忠治やったんだよ」
四人「国定忠治？」
ふじ「――物さし、ハラマキにはさんで――ほら――」
巻子「やったやった。お姉さん、忠治よ。あたし、子分」
綱子「赤城の山も今宵限り」
巻子「ああ、カリがないて」
綱子「早いのよ、アンタ。
『生れ故郷の国定の村や』とか何とかいうのが入って」
滝子「『何だか、やにさびしい気がしますぜ』っていうんじゃない」
二人「そうそう――思い出したわよ」
巻子「ああ、カリがないて」
四人「南の空に飛んで行かァ」
滝子
咲子｝「ゴーン」
巻子「やめてよ！」

二人「え？」
巻子「そこまでやること、ないでしょ」
滝子「なにも怒ることないじゃない」
咲子「ねえ」
巻子「人が気にしてンのに」
滝子「なに気にしてンのよ」
綱子「なんでもないわよ」
咲子「わけ、言わないで、怒ってンだから」
滝子「上ってのは勝手なのよ」
咲子「本当よォ」
綱子「あら、これ、なに？」
　みごとな赤い守り袋。
四人「ウワァ、キレイ！」
ふじ「お守り――。お宮まいりのときつけた」
咲子「誰の――」
ふじ「それは、綱子のだねえ。これが――巻子――」
巻子「お姉さんの方が、ずっと立派じゃない」
ふじ「はじめての子供だから、お父さん自分でデパートに買いにいって」

滝子「あたしのは」
ふじ「滝子は——どっちかの、借りたんだわ」
咲子「あたしも、ないわけだ」
ふじ「戦争が終ったばっかしで、お守りどこじゃなかったのよ。食べるのにせいいっぱいで」
咲子「戦争がなくたって、そんなもんよ」
滝子「上は珍しがられるけど、だんだん、感激がなくなるのよ」
咲子「下がひがむわけ判ったでしょ」
巻子「カンケイないでしょ」
滝子「ありますよ」
咲子「あるわよ」
ふじ「お守りでケンカするバカないよ」
ふじ、あくび。
時計が二時をうつ。
みんな黙ってしまう。
綱子「電話ぐらいかけりゃいいじゃないねえ、お父さんも」
四人「——」
巻子「お母さん、先、ねたら」

綱子「ねたらって、あたしたちが起きてさわいでるのに、お母さん、ねられないわよねえ」

滝子「みんな、ねようか」

咲子「ねよう、ねよう」

綱子「昔みたいにさ、パジャマの上にハフ巻して――」

巻子「入んないわよ、これ――」

また、間が出来る。

時計のセコンド。

ふじ「フトン、足りるかねえ」

滝子「毛布でいいわよ」

巻子「大丈夫よ！　部屋あったかくすりゃ」

綱子「いま、手伝う！」

ふじ、出てゆく。

滝子「行ってくれたのかな、お兄さん」

巻子「(うなずく)」

綱子「外泊か――交通事故か」

滝子「朝まで待って、帰らなかったら」

咲子「朝って、いつよ」

滝子「新聞くるまでよ――」
咲子「どうすンの」
滝子「お母さんに言った方がいいんじゃないの？」
綱子「言うって――（小指）」
巻子「よしなさいよ！」
綱子「あら、『波風立てずに過すのが女のしあわせでしょうか』なんて書いた方が」
巻子「あたしじゃないっていってるでしょ」
滝子「じゃあ、誰なの」
　四人、にらみ合う。
　以下、声が低いが凄味(すごみ)をきかせて。
滝子「――お父さんにもしものことあったら、巻子姉さん、どやって責任取ンのよ」
巻子「あたしじゃないって言ってるでしょ」
滝子「巻子姉さん書かなくて、誰が書くのよ」
巻子「滝子――本当にあたし書いてりゃねえ、こんな大騒ぎして、みんな呼びつけやしないわよ」
綱子「そうかな。まさか載ると思わないで、何となく投書したら、載っちゃったんで、困ってる！　そんなとこじゃあないの」
巻子「あたし、新聞社へ電話する！　原稿見せてもらうわよ」

咲子「シッ、聞こえる……」
綱子
滝子）「あ――」
三人「――」
滝子「だれか、おなか、鳴った」
巻子「アタシ――ビールのんで半端にたべたきりだもの」
綱子「おむすびつくろうか」
咲子「あ、いいな、おむすび」
滝子「どっちにしても、おなかに入れといた方がいいかも知れないわね」
綱子「腹がへっては、イクサは出来ぬ」
四人立ち上る。
滝子「（小さく）あッ」
三人「どしたの」
滝子「（スカートの）ボタンとれちゃった」

●竹沢家・台所（深夜）

おむすびをつくる四人の女たち。
つくりながら、食べたり、手のごはんつぶをなめとったりしながら。

滝子「あら、巻子姉さん、三角なの？」
巻子「そうよ」
咲子「うち、俵じゃなかった？」
滝子「綱子姉さん『たいこ』型だ」
巻子「オヨメにゆくと、行った先のかたちになるの」
咲子「すみません、いつまでも俵型で――」
巻子「咲ちゃん、ついてる――（口のところ）」
滝子「――それにしても、お父さん、一体（言いかける）」
咲子「そうだ――。あたし、お父さんに、お小遣いもらったんだ」
三人「いつ――」
咲子「今日」
巻子「何時頃？」
咲子「夕方――札入れごと――」
滝子「くれたの」
綱子「やっぱり死ぬ気なんだ」
巻子「よしてよ！」

SE　玄関ベル

四人「ハーイ！　あ、帰ってきた」

一斉に、とび出す。

四人「おかえりなさーい！」

●玄関（深夜）

戸をあけると立っている、鷹男。

四人の女、めしつぶだらけの手、おむすびをもったまま、とんできたのもいる。

三人「あ――なんだ。（鷹男さん！兄さん！」

鷹男「（何かいいかける）」

うしろでふじのねぼけた笑い声。

ふじ「フ、フ、フ」

四人「――」

ふじ「どしたの、一体、こんな時間に」

鷹男「あ、じゃ……急に大阪支店長、どうだ、あしたまでにカミさんと相談してきめてこいっていわれてましてね。電話じゃなんだから――」

ふじ「それじゃ、ご栄転じゃないの。みんななんですよ。あーあ、おっことして――さあ早く！」

ふじ、ひろいながら、入ってゆく。

四人「ハーイ」
鷹男「大丈夫だよ。（小さく、奥を気にして）子供がケガして、バイクにやられていま病院——大したことない——大丈夫。帰る——」
ふじ(声)「そんなとこで——（ねむそう）なにしてンの」
四人「はーい」
咲子「お母さん、これ、どしたのよ」
マンガの主人公のついたクツベラ。
ふじ「え？」
咲子「このくつべら——」
一同、入りながら、
ふじ「当ったのよ」
四人「当った？」
ふじ「懸賞出したら、当ったのよ」
鷹男「お母さんが懸賞、出したんですか」
ふじ「あれ、割合い、あたるねえ。オナベだろ、エプロンだろ、それから、あと、何だっけ」
鷹男「——出すの、おっくうじゃないですか？」
ふじ「（あくび）馴れるとね、字のおけいこになるし、たのしみ……」

鷹男、アッとなる。

巻子「お母さんじゃないのか、投書したの」

鷹男「(少しひっかかりながら) まさか、お母さん、年、いくつだと思ってんのよ。六十五よ。第一、お母さんの気性からしたって、そんなこと」

綱子「絶対しないわよ」
咲子「絶対!」

出てきた滝子、てのひらを突き出す。毎朝新聞社の封筒に入ったシャープ・ペンシル。

綱子「毎朝新聞――」

咲子「なに、これ」

滝子「シャープ・ペンシル」

巻子「投書のお礼じゃないの」

滝子「(うなずく)」

巻子「どこにあったの」

滝子「針箱の中……」

(間)

巻子、奥へ行こうとする。

鷹男「おい――」

巻子「あたし、言ってやる。書いたら書いたで、どしてひとこと言わないの。あたし、今日一日、みんなにあたしだって言われたし、どんなにいやな思い――」
鷹男「よせ。――よせ……」
巻子「――」
滝子「お母さん、知ってたんだ。知ってて、知らないフリしてたんだ……」
巻子「――」
鷹男「投書はお前が書いた。それでいいじゃないか……」
巻子「――」

●竹沢家・表（夜あけ）

帰ってくる恒太郎、門のところに、スキー帽を目ぶかにかぶり、バンソウこうをした青年が立っている。

陣内。

恒太郎、アレ？という感じで声をかけようとする。

恒太郎を見ると、マラソン風にかけ出してゆく。

●玄関（夜あけ）

玄関があく。立っている四人の娘。
四人「――」

恒太郎「珍しいじゃないか、うむ」
四人「――」
恒太郎「いつまでも、しゃべってると、あしたねむいぞ」
滝子「もう、あしたよ」
恒太郎「あ、そうか」
　言いわけもせず、スーと入ってゆく。
　廊下の奥に鷹男。

●竹沢家・茶の間（夜あけ）
　柱によりかかってうたたねをしているふじ。
　入ってくる恒太郎。
恒太郎「おい。カゼ、ひくぞ」
　うしろの五人。奥へ入ってゆく恒太郎。
咲子「お父さん、ひげ、まっ白ね」
滝子「男って、朝可哀想ね、ひげのびるから――」
鷹男「――その代り、女はやつれんだよ」
綱子「年の順にね……」
　カタンと音がする。

鷹男「あ、新聞きた」

　鷹男、とりに出て、玄関をあける。

　夜あけ。うす墨色にブルーとピンクの雲。

巻子(声)「老いた母は何も知らず、共白髪を信じておだやかに暮している。私達姉妹は集ってため息をつく。

波風を立てずに過ごすのが本当に女の幸福なのか——そんなことを考える今日この頃である」

　刻々に色を変える空にカラスの群が飛びはじめる。

　四人の姉妹と、朝刊を手にした鷹男。立っている。

　縁側で、やはり空を見ている恒太郎、ひとりねむるふじ。

　玄関の四人姉妹、鷹男——。

　再びピンクから、うす墨色に変ってゆく空。

虞美人草

●喫茶店「ピエロ」前（夕方）

宏男が、高校のクラスメート三人を引き連れ、ふざけながら「ピエロ」に入ってゆく。

一同、カバンでブン殴り合いをしながら、はしゃいでいる。

宏男「たしか、この辺なんだよ」

大平「なんだ、お前、はじめてかよ」

宏男「ありました、ありました『ピエロ』」

福田「お前、本当にいるのかよ」

中曾根「いることたァいるけど」

大平
福田
中曾根 「チビ！　デブ！　ブス！　だったりしてな」
宏男「バッカヤロ！」
大平「オレ、信じられないな」
宏男「見てから言えって」
中曾根「モモエ、タイプ？　イクエ、タイプ？」
宏男「見てから言えっていってるだろ」
大平「『あんた、その子の何なのさ』」
宏男「言うことが古いんだよ」
　入りかけて、
宏男「ワリカンだぞ、お前」
大平「OK、OK！」
福田「心配すンなって」
中曾根「判ってるって」
　ワイワイ言いながら入ってゆく。

●「ピエロ」

ムード・ミュージックの流れている室内。
カウンターに寄りかかってぼんやりしている咲子。バーテンがコーヒーをいれている。入ってくる宏男たち四人。宏男、キョロキョロしながら席につく。咲子の姿は大きなゴムの木にさえぎられて宏男からは見えない。
バーテン「いらっしゃいませ！」
バーテン、放心している咲子をど突く。
咲子「あ、いらっしゃいませ」
咲子、口の中でお義理に呟く。ひどくやつれている。体がだるいらしい。席についた
宏男たち、まわりを見廻している。
盆を持った咲子、テーブルにゆく。水のグラスを四人の前に置きながら、
咲子「いらっしゃいませ……」
宏男「あッ」
咲子「――宏男ちゃん――」
宏男「そういうかっこうしてるとさ、別の人みたい」
三人、突つきあったりしている。
咲子「……お友達？」
宏男「うん。コーヒー四つ」

咲子「コーヒー四つ。(伝票に書く)」

大平「あ、オレ、アメリカン」

福田
中曾根 「オレも――」

咲子「コーヒーひとつ、アメリカン三つね」

　一同うなずく。

　咲子、フフとお愛想笑いをして、けだるさをかくすように、くるりと勢いをつけて体をターンさせる。

　そのまま、まるで材木を倒すように宏男たちのテーブルに倒れかかる。

　盆が通路を大きな音を立ててころがってゆく。グラスの水が四人に飛び散り、反動でシュガー・ポットのフタが開いてバウンドする。

　キラキラ光ってとび散るグラニュー糖。ガラスの割れる音。

宏男「叔母さん!」

三人「――叔母さん……」

　四人の高校生の白いスニーカーの真ん中にスニーカーより白い血の気のない顔で倒れている咲子。

●里見家・居間(夕方)

アベ川餅を作っている巻子。

餅を大きく引きのばし、いまや、まさに口に入れようとした途端、電話が鳴る。

巻子「ああ――」

ちょっと惜しそうに電話を取る巻子。

巻子「里見でございます（言いかけて）広男――倒れたって――誰が――咲子――どこ、どこで。あんた、行ったの。それで、どんな風なの！　うん、うん――うん。お店の人にね、姉がすぐ行きますからって！」

電話切って、ハアハア言いながら、食卓のアベ川餅をひと口、パクッとやる。口を動かしながら、ア、と何か思い当った感じ。口を動かしながらバッグをあけ、財布の中をしらべ、小抽斗から、封筒を出して一万円札を三、四枚入れる。また、アベ川をひと口。

●「ピエロ」更衣室（夕方）

物置兼用のせまいところ。ウエイトレスの制服や私服が壁に下り、マッチやコーヒーなどが積んである。椅子を三脚ほどならべて、横になっている咲子。

巻子（声）「どうも、ご迷惑かけまして、申しわけありません」

バーテンの案内で、巻子が入ってくる。

咲子「呼ぶことないって宏男ちゃんに言ったのに――」

巻子「だって、ほっとけないでしょ」
咲子「貧血よ。もう大丈夫――」
　起き上る。
　巻子、ドアを確認して、
巻子「咲子、あんた、おめでたじゃないの」
咲子「(苦く笑って) そんなヘマ、しないわ」
巻子「(何か言いかける)」
　SE　ドア・ノック
　ウエイトレスの京子(21)が声をかける。
京子(声)「ワルいけど、着替えさしてくれる?」
(大柄、声も動作も大きく、アケスケな地方出身者。ことばもナマリあり)
巻子「どうぞ」
　京子、入ってくる。
巻子「すみません。あたしたち、すぐのきますから」
京子「いいわよ」
咲子「いいの」
　京子、うしろ向きになって、セーターをぬぎ、ブラジャーひとつになってユニフォームに着替えながら、京子「竹沢さん、倒れたんだって？　当り前だよ。全然食べてないんだもの」
巻子「――」
京子「彼氏、チャンピオンになる前に、あんた死んじゃうよ」
巻子「――」

●駅前・食道横丁（夕方）

咲子を引っ立てるようにして帰ってゆく巻子。
軒をならべる食べもの屋。
（以下、二人の姿に声がダブる）
巻子「ねえ、なんか食べてこ」
咲子「食べたくないのよ」
巻子「そんな筈ないでしょ。目がまわるほど、おなかすいてるくせに」
咲子「ほっといてよ！」
巻子「今日は、なに食べたの」
咲子「――いいじゃない、何食べたって――」
巻子「なんにも食べてないのね」
サッポロ・フーメン。
立ち食いそば。

ドーナツ。

ハンバーガー。

十円ずし。

アイスクリーム。

それぞれの屋台や店先で、旺盛(おうせい)な食欲を見せる人たち。

湯気をあげてすすり込まれるそば。

大きくあけた口。

まわりを油で光らせたくちびるが、生きもののように動いて、食べものを送り込んでゆく。

ホコリがたまり固くなったロウ細工の食べものの見本。そしてその奥の本もの。二人のまわりにも、ドーナツや甘栗の袋をもって、歩きながら口を動かしているカップル。

それらをバックに――。

巻子(声)「どういうつもりなの。体、こわしたらどうするの? お金がないんならないって、どうして言わないの!」

咲子「お金じゃないわ。

あの人、いま、減量してるのよ。食べるとふとるタチだから、この十日間一粒のごはんも一番好きなラーメンも、全然食べてないわよ。朝はジュースと生野菜と牛乳。おひるも」

巻子「あぶない！」

自転車にのった出前持とぶつかりそうになる二人。

巻子は空腹でフラフラしている咲子を抱えるようにして避ける。

急に腹が立ってくる。

巻子(声)「だからって、アンタまでつきあうこと、ないでしょ」

咲子(声)「いいじゃない。一人ぐらいつきあったって！　食べものない時代じゃないのよ。こんなに、日本中に食べるもの、あふれてるのよ！」

そばの超大型のポリバケツには、使い捨ての割りバシが山のように溢(あふ)れている。

咲子「その中で、自分のツバキ呑んでも肥(ふと)るからって——夜もねむれないくらいおなかすかして（言いかける）」

巻子(声)「職業でしょ。そういう職業選んだんでしょ」

咲子(声)「——かわいそうなのよ。かわいそうで——食べても、おいしくないのよ」

●咲子のアパート（夜）

咲子を抱えるようにして帰ってくる巻子。

管理人の主婦がびっくりしたような当惑したような顔で、

管理人「あら、陣内さん、今日オソ番じゃなかったの」

咲子「うん、ちょっと——」

巻子「いつも、お世話になりまして」

管理人「いえ……あの……」

　咲子、ハッとなる。

　ドアの前に、ラーメンのドンブリが二つ出ている。

　一つはカラ。一つは汁が残り、口紅のついた、たばこの吸いがらが浮いている。

　顔を引きつらせた咲子。

　ドアをノックしかけてやめ、鍵をあける。

　勢いよくドアをあける。

　陣内と若いグラマーな女(マユミ)。スリップの上に陣内の派手なガウン(リングの上で着る刺繍入り)を着て、たばこをすっているマユミ。

　——棒立ちのまま、声も出ない巻子。咲子、廊下のラーメンのドンブリを塗りのはげた盆ごと持って二人の前に置く。手はブルブル震えているが、感情のない声で、静かに言う。

咲子「誰が食べたの」

陣内
マユミ）「——」

咲子「このラーメン、誰が食べたの」

マユミ「汁の残ってる方あたし……」

咲子、カラになった方を突き出す。

陣内「オレだよ」

咲子の咽喉の奥がグウと鳴る。

咲子「(マユミに) ——帰って下さい」

マユミ、咲子、陣内、巻子と順々に見ながら身支度をととのえる。

横を向いている巻子。チャンピオンの写真やスローガン。枯れた植木鉢。

マユミ「——籍入ってないって聞いたけど」

咲子「(無言、無表情)」

陣内黙っている。

マユミ、立ち居のたびに、大きな音を立てる。

巻子、体を壁板にはりつけるようにしてマユミを通す。

バタンとしまるドア。

咲子「あの人のことは——いい。早退けして、いきなり帰ってきたアタシが悪いんだから

——見なかったことにする」

巻子「バカなことというもんじゃないわよ(言いかける)」

咲子「巻子姉さんは黙ってて！」

咲子、陣内にラーメンのカラ丼を突きつける。

咲子「これは、なによ。これだけは、これだけは、あたし、許せない……」

　陣内、たばこの煙を大きく吐く。
　巻子、すわる。
巻子「妹、いま、店で倒れたんですよ」
咲子「巻子姉さん（言わせまいとする）」
巻子「あなたが減量してるの、辛くて見てられないからって、この子も、この二、三日満足に物食べてないんですよ」
陣内「そんなことは誰も頼みゃしないですよ。オレに気遣わないで、食いたいもの、食えっていつも言ってるだろ」
巻子「――女は、それ出来ないのよ。見てないところで食べりゃいいだろうと思うでしょうけど、それも出来ないのよ」
咲子「巻子姉さん」
巻子「まわりに食べもの無いんなら、まだラクよ。でも、あの店、ケーキや、トーストや、そういうものあるのよ。それ、歯、食いしばって、フラフラになって倒れるまでガマンした、妹の気持、あなたどう思ってるんですか。
すまないって思わないんですか。人間として、こういうこととして恥かしいとは」
陣内「思わないね。――」
二人「――」
陣内「迷惑だね。そういうの『ひとりよがり』っていうんじゃないの」

二人「――」
陣内、たばこを残ったラーメンのつゆの中へジュッと入れて消す。
咲子「（いきなり笑い出す）あたしの判定負け」
巻子「――」
笑っている咲子の目から、大粒の涙があふれてくる。
ドサリとひっくりかえり、目を閉じている陣内。こちらもやり切れないものをかみしめている。

●里見家・居間（夜）

ひとりで夕食を食べる咲子。
夕刊をひらき、水割をチビチビやっている鷹男。
新聞のかげから、義妹の食べっぷりを気にしている。世話をやく巻子。
時々つっかえたりしながら、黙々と食べる咲子。
鷹男と巻子、咲子の食べているのをじっと見る。
巻子「――別れたほうが――」
言いかける巻子。
鷹男「シッ――」
鷹男、新聞のかげから離れたところでこちらを気にしている宏男と洋子を追っぱらう。

鷹男「（パントマイムと唇の動きだけで）あっち、あっち、いきなさい」
　鷹男、必死で、早く二階へ行って勉強しなさい、こっちは大人同士のハナシがあるから——あっち行きなさい、と、やる。

　口を動かしながら様子を見ている咲子。

　子供たち離れてゆく。

巻子「あたしねえ、やっぱり別れたほうが」
鷹男「そのハナシは、あと——」
　黙々と食べる咲子。

●ジム（夜）

　練習をする陣内。

●里見家・居間（夜）

　食べる咲子。

●ジム（夜）

　練習をする陣内。

●里見家・居間（夜）

　箸を置く咲子。
　鷹男と巻子。

巻子「……国立へ帰った方が、いいんじゃない？」
咲子「国立？」
巻子「今晩帰りなさいっていってるんじゃないわよ」
鷹男「今晩は、うちへ泊った方がいいよ」
咲子「………」
巻子「いますぐ、結論出しなさいとはいわないけど、あたしね、あの人」
咲子「巻子姉さん、もし、お兄さんが浮気して」
二人「え？」
咲子「たとえばのハナシ。そういう時、国立へ帰る気、する？」
巻子「………」
咲子「いま、あのうち、帰るの辛いな」

●竹沢家・茶の間（夜）

　恒太郎とふじの夕食。

少し暗い旧式の電灯。

湯どうふの鍋。つましい老夫婦の食事。一本のお銚子。

夕刊をひろげ、黙々と口を動かす二人。

恒太郎が「う」と声にならない呟きをもらす感じ。ふじがしょう油をつぐ。夫のこぼしたものを、もう習慣になったしぐさで拭く。

咲子(声)「お父さんは、八年も前からほかに面倒みてる人がいるわけでしょ。お母さん、それ知ってるのに、ひとことも口に出して言わないで、なんにもないような顔して、暮してるわけでしょ。そんな中へ入って、あたし、一緒にごはんなんか、とっても食べられないなあ」

●里見家・居間

鷹男、巻子、咲子、三人、黙っている。
巻子「どっちにしても、別れた方がいいと思うな。まだ、籍も入ってないわけだし」
咲子「………」
巻子「本当のことというとね、ボクサーって聞いた時から、あたしは、アブないなって思ってたのよ」
咲子「アブないって」
巻子「寿命が短いじゃない。三十すぎたら出来ないんでしょ。チャンピオンになるのは、何千人に一人……宝くじに当るようなもんじゃないの」
咲子「あたし、子供ンとき、宝くじあたったこと、あったけどね」
巻子「五百円じゃない」
咲子「(タクアンをかむ)」
巻子「あたしね。絶対、チャンピオンになるって判ってても、あの人はやだな。……今日のやり方、ひどいわよ」
咲子「………」
巻子「ラーメンだけとか……。女の人だけとか……。
片っぽだけなら、……ねえ、百歩ゆずって……まだカンベン出来るわよ。でも、ラーメンと女と、両方よ！」
鷹男「オレ……」
言いかけて……。
鷹男「やめとくわな」
巻子「なによ」
鷹男「いや、いいんだ。いい……」
巻子「なんですよ。言いかけたら言ってよ」
鷹男「やめとくよ」
巻子「言って下さいよ。気になるわ……」

鷹男「いやね……その、女っての――引っぱり込んでた――ドデーンとでっかいって言ってたよねえ」
巻子「――こんな――」
鷹男「手首や足首がドーンと太くて。モサッとしたのだろ」
巻子「(うなずく)しゃべるのも、ゆっくりしてんの」
鷹男「気持、判るんだなあ……いや、その、これ(ボクシング)のさ、言うと怒るかも知れないけどね。咲ちゃんみたいに、気遣われたら男としちゃ、かえって辛いよ。やり切れないよ」
巻子「でもねえ」
鷹男「まあ、待ちなさいよ。
小説家が――知り合いにいないから、想像で言うんだけど、原稿書くだろ。女房がそっと読んで、間ちがい、直されたら、どんな気する？　そいつは、ビビっちゃって、いい小説書けないと思うね。
亭主が脂汗流して苦しもうと、鼻ぼこ提灯で寝てる――そりゃ、そういう女房のことを、亭主はバカのドオの、悪口言うよ。
ところが、言いながらほっとしてンだよ。助かってンだよ。先まわりして、気遣われるよか、男は安まるんだよ」
巻子「だからって、咲子がおなかすいて目廻してるのに、ラーメン食べて、浮気していいってことは」
鷹男「ああ、ワルいよ。――でも、男の気持ってのは、リクツじゃない。そういうもんだってハナシ」
巻子「――調べてもらったら、どうかしらねえ」
鷹男「調べる？」
巻子「ほらあの人に――。滝子の――たのんだ、興信所の」
鷹男「勝又か？」
巻子「陣内さんていった？　あの人、これ（ボクシング）見込みあるかどうか、素行とか、いろんなこと」
咲子「やめてよ！　あたし絶対やですからね。そんなことしたら、もうお姉さんとは、つきあわないから！」
二人「――」

●図書館・表（夜）

真暗な建物の窓に一つだけ灯っている窓がある。

寒そうな冬の夜。

区立図書館のプレートのところに一人の若い男が立っている。木枯しに背をすくめて立っているが、思い切ったように入ってゆく。窓からのぞく、湯気でくもった室内に、滝子がひとりで残業しているのが見える。

●図書館（夜）

ガランとした閲覧室の一隅。本の整理をしている滝子。
夜はヒーターを切ってしまうとみえて、手をこすり合せながら、やっている。コツコツと靴音、顔を上げる。勝又が立っている。

滝子「勝又さん……」
勝又「晩メシ、食ったすか」
滝子「ううん、まだ」
勝又、物凄（ものすご）くふくれ上ったコートのポケットから、ビニール袋に入ったパン。あたたかいコーヒーのカン、ミカンなどを出してならべる。ついでに小汚ないハンカチまで出してしまう。
あわてて仕舞い込む。
滝子「――いただきます」
勝又、コーヒーをあけたりして、すすめる。
滝子、食べはじめる。
勝又、本を手に取る。「漱石全集第三巻」
勝又「『漱石全集第三巻・虞美人草』」

漱石のフロックコートの写真第一ページ目をめくって、極めて不器用に読みはじめる。

勝又「『随分遠いね。元来何所から登るのだ。』

と一人が手巾で額を拭きながら立ち留つた。

『何所か己にも判然せんがね。何所から登つたつて、同じ事だ。山はあすこに見えて居るんだから』

と顔も体軀も四角に出来上つた男が無雑作に答へた」

パンを食べながら、聞いている滝子。

勝又「反を打つた中折れの茶の廂の下から、深き眉を動かしながら、見上げる頭の上には、微茫なる春の空の、底迄も藍を漂はして、吹けば揺くかと怪しまるゝ程柔らかき中に屹然として、どうする気かと云はぬ許りに叡山が聳えてゐる。

『恐ろしい頑固な山だなあ』」

二人、何となくおかしくなって、かすかに失笑してしまう。

勝又「これが夏目漱石ですか」

滝子「こうやって聞くと、なんだかおかしいわね」

勝又「『虞美人草』のグって、こういう字を書くのか。いやあ――長いこと、オロカって書くとばっか、思ってたから」

滝子「愚かな――美人」

勝又「キレイな人は、こっち（頭）はダメでしょ、あ、そうでないひとも、いるけど」

滝子「大体、そうよね」
勝又「ちがう人も、いるけど」
　勝又、すすめる。
　滝子、食べる。
勝又「虞美人ていうと、人の名前」
滝子「中国の——歴史上の人物——（モグモグ）」
勝又「草がつくと……、植物の名前——（自信がないので、用心しいしい言っている）」
滝子「本当にあるのよ」
勝又「グビジン草——」
滝子「ほら、あの——中国から来た女の子で胡弓（こきゅう）みたいな、キーって声でうたうのいるでしょ。
〽オッカノ上——」
二人「〽ヒナゲシノハアナニイ」
勝又「あ、ひなげし——虞美人草ってヒナゲシのことすか」
滝子「（モグモグやりながら）
〽オッカノウエ
ヒッナゲシノハアナニイ」
勝又も、弱気なハミングで、唱和する。

●図書館・表（夜）

木枯しが、外の枝をゆすっている。

古びた建物の、ひとつだけ灯りのともった窓の湯気でくもった奥から、あまりハモらない奇妙なコーラスと笑い声が流れてくる。

●公園（夜）

芝公園あたりの感じ。
どんどん先に立って暗い方へ入ってゆく勝又。
不安気にあとをついてゆく滝子。
滝子「折り入ってハナシがあるってなんなの」
勝又「――――」
滝子「ハナシなら、ここで――ねえ、あたし、こういうとこやなんだけど――ねえ！」
勝又、どんどん奥へ入ってゆく。
滝子「あたし、こういうの、困るんだけど――ねえ！　あたし帰るわよ」
勝又「すぐ済みますから」
滝子「すぐ済む――」
そばの暗がりで、アベックがキスをしている。

滝子「アッ！　あたし――」
　立ちすくむ滝子。
　勝又、ポケットから、ビンを出す。ベンジン。それからマッチ。
　滝子、叫んでいるつもりらしいが、声にならない。
滝子「やめて、やめて」
滝子「ねえ、お、お、おねがい」
　やっと声が出る。
勝又「い、い、いや、ぼ、ぼくはどしても」
滝子「お、お、おねがい」
勝又「ひ、ひ、ひと晩寝ないで、か、考えたことなんだよ。これしか、方法ないんだよ！」
滝子「そ、そ、そんなことない！　そんな――あたし、勝又さんのこと、ア、ア、アイ――いやあの学歴なんて、カンケイないって、あたしほんとなのよ。だから、シ、シ、死ぬなんて――バ、バカよ」
勝又「い、い、いや、ちがうんすよ、ち、ちがうんす」
滝子「え？」
滝子「あ――」
　勝又、丸めて、ポケットに突っ込んであった書類を出す。地面にドカリと置く。

勝又「これ無かったことにして下さい」

はみ出ている写真は、恒太郎と愛人の友子、友子の子供の写真。戸籍謄本などの資料、青山興信所の封筒。

勝又「この仕事、頼まれなかったことにして下さい。アンタのお父さんの、浮気調べたなんて――それが、つきあいのはじめだったなんて、どうしても、やなんですよ。ファイルも全部、持ち出して――あと、何も残ンなくしてあるから――」

滝子「勝又さん」

勝又、熱い視線で滝子を見る。

書類にベンジンをかけ、マッチをする。

びっくりするほど、高い炎を上げ燃え上る書類。そして火はまわりの乾き切った枯草に燃え移ってしまう。

勝又、アッとなる。

呆然と見ていた滝子も棒立ち。

暗がりから、二、三組のアベックが悲鳴を上げて飛び出してくる。

乱れた服装のカップルもいる。

ズボンを持って走る男、エトセトラ。

勝又、コートを脱いで、火を叩（たた）く。滝子もコートをぬぎ、そのへんを叩きまわる。

炎をバックに、コートを手に大あわてで火を叩き消す二人の影は、スローモーションで見ると、求愛のダンスを踊っている雌雄の鳥のように見える。
近所の派出所から飛び出してきたらしい年輩の巡査がかけつけてくる。

●里見家・居間（夜）

鷹男。あと片づけの巻子。
咲子は風呂へ入ったらしい。
巻子「咲ちゃん！　頭洗うんだったら、シャンプー洗面所の下の段！」
咲子(声)「洗わないからいい！」
巻子「熱かったらうめなさいよ。遠慮しないで！」
どなっておいて、風呂場を意識して低い声。
巻子「――相手の肩持つようなこと言っちゃ駄目よ」
鷹男「ほんとのことだからさ」
巻子「気持がニブるでしょ？　別れようって気持が」
鷹男「お前が決めることじゃないだろ」
巻子「そりゃそうだけど、あとになって泣くの、目に見えてるもの。今ならまだ子供もないし」
鷹男「お前が騒がなくたって、本人が。――」
巻子「本当は国立へもどればいいのよ。お父さんに相談するのが一番いいのよ」

鷹男「あてつけか？　お父さんには一番効くな」
巻子「そういうつもりじゃないけど……」
鷹男「本人がいやだっていうものを、なにもむりに」
巻子「そうかって、いつまでもここにいられてもねえ」
鷹男「奥の三畳でいいじゃないか。子供たちに、自分のガラクタ持ってかせりゃ、寝るぐらいのことは」
巻子「――でも……。あたしたちの部屋の――隣りよ」
鷹男「いいじゃないか」
巻子「いいけど……あのね、勉強は出来なかったけど、へんなとこ、カンいいのよ」
鷹男「いいじゃないか」
巻子「いいけど……やっぱり国立帰った方がいいわよ」
鷹男「本人がやだってもの、しょうがないだろう」
巻子「あなた、うっとうしくないの」
鷹男「うむ？」
巻子「帰ってきて、他人がいるの――やじゃないの」
鷹男「他人じゃないだろう。にぎやかでいいじゃないか」
巻子「（小さく）他人が入ると、ハナシ、出来ないのよ」
鷹男「ハナシって、なんだよ。（用心しながら）聞かれてマズイハナシなんかないだろう」

巻子「――」
鷹男「姉妹のくせしてお前の方が他人みたいだな、ヨメにゆくと姉妹は他人のはじまりか」
巻子「(何かいいかける)」
　SE　電話のベル
　二人、顔を見合わす。
巻子「(ボクシングのまね) じゃない?」
　鷹男、受話器を取ろうとする。
巻子「(手を押えて) 咲子はうちであずかりますって――」
鷹男「モシモシ」
　ガタンという音。
　下着になった咲子、バスタオルを羽織って立っている。
鷹男「里見ですが」
　受話器をひったくろうとする咲子。体ごと押える巻子。
咲子「あたし、出る!」
鷹男「え! ――警察ですか」
　咲子、巻子をはねとばしてひったくる。
咲子「モシモシ、あの人、どうかしたんですか!」

鷹男「（ひったくって）モシモシ――　は？　竹沢滝子――」
　三人、顔を見合わせる。
鷹男「妹ですが――」
　こんどは巻子がひったくる。
巻子「滝子、どうかしたんですか？」
鷹男「（とって）モシモシ、は？　公園の中で、焚火（たきび）――」
二人「？」

●派出所（夜ふけ）

　デスクの上に半分焦げた例の証拠写真や書類。青山興信所の封筒。顔中、黒くススで汚れた滝子と勝又が、焼け焦げのいっぱい出来たコートをひざの上にのせて、恥かしさと惨めさに身の置き所もないといった風情。

　滝子などは恥かしさの余り、怒っている。

　初老の警官立花の前で、頭を下げている鷹男。

鷹男「何ともはや」

立花「無茶苦茶だよ。これでもう少し風でも強かったら、手のつけようがなかったよ」

鷹男「申しわけありません」

立花「日本中のアベックが公園ン中で焚火したらどうなるんだ。立札だって、立ってるじゃないの。立派な軽犯罪法違反だよ」
二人「――」
鷹男「全くもう」
立花「おまけに、燃してるものが、つとめ先の資料ってのは、おだやかじゃないよ」
滝子「ですから、それは、さっき申し上げた通り、依頼主の私が調査を打ち切って下さいとお願いしたことですから」
立花「だからってアンタ、公園でガソリンぶっかけて、ボウボウもやすことないだろう」
勝又「こういうこと、や、やめたくなったんですよ」
立花「――（何か言いかける）」
鷹男「失礼ですが、お巡りさん、おいくつで」
立花「来年停年だよ」
鷹男「ご家庭は、ご円満――」
立花「警察官てのは、そっちの方でもワルいこと、出来ないんだねえ」
鷹男「――実は、お恥かしいハナシなんですが、七十になるおやじに――わたしにとっちゃ義理ですが――この父親です――愛人がいるらしいということになりまして――」
立花「七十で――愛人」
もえ残りの写真をのぞく立花。
鷹男「興信所にたのんで調査してもらっているうちに、その、月並な『なん』ですが、縁は異なもの、と申しますか」
立花「え？」
鷹男「それとその——まあ、これ以上、親の恥を突つき出すのも、なんだってことになりまして——もう、このへんで、いいじゃないか、なかったことにしてもらおうじゃないか、なんてハナシになりまして」
　焦げた何枚かの写真。
立花「（好奇心丸出しで）アパート、借りてんの」
鷹男「はあ、まあ」
立花「男の子だねえ。認知の方は」
滝子「いや、これは」
鷹男「父の子供じゃないんですが」
立花「あ、そう、そう……女のほうは——」
鷹男「四十——」
立花「ほう。（ひっくりかえして）七十で、愛人ねえ」
三人「——」
鷹男「ま、ひとつ、そんなわけで、どうか……」
　鷹男、すでに出してある名刺を押し出すようにする。
　立花、きな臭い顔をして二人を見ているが——。

立花「まあ、身許がハッキリしてるから、今日はこのまま帰ってもらうけどね。以後、気をつける！」
二人「――」
鷹男「申しわけありません」
立花「七十で愛人ねえ……」
焦げた写真。

●滝子のアパート前（夜ふけ）

黙って歩く滝子。
少しおくれて、送ってきた勝又。
二人ともコートは焼け焦げ、顔には、黒くススが残っている。
風呂帰りがふりかえってゆく。
階段の下、木枯し。
滝子「おやすみ（言いかけて）手、やけどしたんじゃないの」
勝又「大したこと、ないす」
指をペロリとなめる。
滝子「――クスリつけて、帰ンなさいよ」
勝又「いいす」

滝子、じゃけんなしぐさで、勝又を階段の方へ突き飛ばすようにする。
勝又「ほんとに――いいす、いいす」
　といいながら、登ってゆく。

●滝子のアパート（夜ふけ）

　体を固くして、指先の火傷（やけど）にクスリをつけてもらう勝又。
　二人の姿が姿見にうつる。
　滝子、自分の顔のススに気づく。
滝子「あ、やだ、あたし――」
　立とうとする。
　ほうたいとバンソウこうの勝又の手が滝子の手を押える。
勝又「そのままでいて下さい」
滝子「だって――」
勝又「少し汚れてた方が、オレ、気持が、ラクになるんすよ。あんまりキレイだと、気持がいじけて」
滝子「キレイじゃないわ、あたし」
勝又「キレイだよ」
滝子「（首を振る）」

勝又「（呟く）キレイだよ」

　勝又、自分のめがねをはずし、両手を前に差し出して滝子に近寄る。

滝子「え？」

勝又「い、いいですか」

　勝又、滝子のめがねをはずす。

滝子「あ」

勝又「い、いいですか」

滝子「――あ」

勝又「い、いいですか」

　二人とも極度の緊張と不馴れがダブってぶつかったりしながら、不器用きわまるラブシーン。

滝子「痛い！」

勝又「え？」

　びっくりして手をはなす。

滝子「足！　足！」

　勝又の足、滝子の足の上に乗り上げている。

勝又「あ、あ」

　滝子、おかしくなる。

笑ってしまう。

笑いながら、このナイーブな男がいとおしくなる。

急に自分から抱きついてゆく。

今まで、自分を抑制していた分だけ激しく。

抱きあう二人。

勝又、う、う、と、のどのつまった人みたいな声を出し、激しく抱きしめる。

二人、自分たちのめがねを踏みつけ、こわしていることにも気がつかない。

ひびが入るレンズ。

ヒンまがるフレーム。

抱き合う二人。

●里見家・居間（夜ふけ）

帰ってきた鷹男、コートを脱いでいる。

鷹男は笑いながらきげんがいいが、巻子はムッとしている。食卓の上に、鷹男の出張の支度らしい、下着や靴下などが、ひろげてある。

鷹男「滝ちゃんも、女だねえ」

巻子「滝子の方も、その秘密探偵のこと、好きなの？」

鷹男「古いよ、お前。秘密探偵なんていうと笑われるぞ。興信所だよ、興信所──」

巻子「どんな人なの？」

鷹男「そのうち連れてくるだろ。

　それにしても、夜の公園で、──ガソリンぶっかけて、ボォっと、間がぬけてるというかおかしいというか」

巻子「罪になるんじゃないの」

鷹男「そっちの方は、これやって（拝む）」

　言いかけて、

鷹男「咲ちゃん、寝たのか」

巻子「居ないのよ」

鷹男「居ない？」

巻子「あなたから電話あったでしょ。あのあと、くたびれてるから早くねかせようと思って。フトン敷いて──こっち来たら──」

巻子、メモを見せる。

ヘタな字で、「おやすみなさい、咲子」
巻子「――」
鷹男「『別れろ』って、言ったんだろ」
巻子「――」
鷹男「こういう時は、ハタは何も言わない方がいいんだよ。何も言わなきゃ、自分で結論出すンだよ。別れろ別れろっていうから、かえって」
巻子「現場見てないから、そんなのんきなこと言えるのよ。籍入ってないからって、一緒に暮してるわけでしょ。女を働かせて、――ハッキリいやあ、ヒモでしょ。男として最低よ」
鷹男「そ言ったのか」
巻子「――。ハッキリ言った方がいいと思ったのよ」
鷹男「裏目に出たんじゃないか」
巻子「――」
鷹男「惚れてたら、裏目に出るね」
巻子「――」
鷹男、食卓にすわる。
巻子「二泊って、いったわねえ」
鷹男「出張か――」

巻子「大阪?」
鷹男「大阪」
巻子「無地でいいんでしょ――」
鷹男「うん」
巻子「ワイシャツは縞? ポチポチ?」
鷹男「どっちでもいいよ」
　鷹男、酒を出す。
巻子「アパートへ帰ったのかしら」
鷹男「電話してみりゃいいじゃないか」
巻子「呼び出しだから、――夜遅いと――ちょっと」
鷹男「あとは――国立か?」

●竹沢家・茶の間（夜ふけ）

　無人の茶の間に電話が鳴る。
　湯上りの恒太郎が、入ってきて、受話器を取る。
　タオルで頭の水気を取ったり、耳の穴を拭いたりしながら。
恒太郎「竹沢です――おう――」
　ふじののんびりした声。

ふじ(声)「電話ですかァ」
恒太郎「巻子――」
ふじ(声)「あたしィ？」
恒太郎「お母さん、いま風呂入ってンだ――うん、うん――（どなる）別に用じゃないって！　用じゃないって――」

●里見家・居間（夜ふけ）

巻子、鷹男。

巻子「ううん。風邪はやってるから、大丈夫かな、と思って――ええ。こっち大丈夫。ええ。じゃあ、――おやすみなさい」

SE　電話切る

鷹男「行ってないか――」
巻子「まっすぐ行ってりゃ、もう、着いてる時間ですもの。いま着いてないってことは、アパートへ帰ったか――あ」
鷹男「――うん？」
巻子「綱子姉さんとこ」
鷹男「あそこなら、うちよか泊りいいかも知れないなあ」

ダイヤルを廻す巻子。

●綱子の家・居間（夜ふけ）

電話が鳴っている。

そばに、食べた残りのちり鍋。差し向いで食べたらしい。盃(さかずき)、はし、取り皿。

電話が鳴りつづける。フスマがあいて、綱子の素足、あわててひっかけた寝巻。

素足は、電話の前にとまり、しばらくは出ない。おびえて、こわばっている顔。うしろから、これもあわてて着るものを羽織った感じの枡川貞治の顔がのぞく。

綱子、受話器を取る。黙っている。

巻子(声)「モシモシ」
綱子「ああ、巻子――」
いっぺんに緊張がゆるむ。
綱子「ああ……」

●里見家・居間（夜ふけ）

巻子、鷹男。
巻子「どしたの？」
綱子(声)「ううん……なんかこの頃ね、いたずら電話があるのよ」
巻子「いたずら電話？」

綱子(声)「いま時分、リーンていうと、ドキッとしちゃうのよ」

●綱子の家・居間（夜ふけ）

巻子(声)「咲子、そっち、行ってない」
綱子「何か用？」
　綱子、貞治。
綱子「ううん。来てないけど」
　貞治、え？　という顔。
　綱子、口付きで、「咲子、妹」と言う。
巻子(声)「モシモシ——誰かいるの？　お客さん？」
綱子「何言ってんのよ、この時間に誰もいるわけないじゃない」
　貞治、肩をすくめている綱子に、寝室の方から、毛布を引っぱってくる。肩にかけてやる。
巻子「風邪ひいた？」
綱子「引いてないわよ。どして？」
巻子「なんか、声、ヘンだから——」
綱子「——」
貞治「——」

綱子、毛布を天幕のように羽織った中に、貞治を誘い込み、突ついて忍び笑いをしながら、妹の声を二人一緒に聞く形にする。

綱子「ヘンかなあ」

巻子「いつもとちがうみたい」

綱子「お風呂から出たばっかりだからじゃないの、（貞治を突ついて）咲子、どうかしたの？」

巻子「なんか、もめてるのよ」

綱子「あの、ボクシングと——」

巻子「もしかしたら、そっちいくかも知れないから——」

綱子「うち、くるの！」

巻子「判んないけど、もしかしたら」

綱子「モシモシ！」

巻子「行ったら、こっちへ電話頂戴よ」

綱子「電話ね判った。——あ、あの、くるとしたら何時頃？　え？　モシモシ！　うんうん——え？　えっ？　（咲子が倒れたはなしを聞いてる感じ）」

綱子、電話切って、そのへんを片づけたい。

しかし、巻子は切らない。

綱子、しゃべりながら身振りで、早く着がえて、帰ってくれとやる。

　しかし、貞治は、意味をとり違え、土ナベを片づけかける。
　綱子、ちがう。着がえて、早く帰れとサイン。

綱子「そりゃひどいじゃない。
うん。うん。あたしもね、顔見たことないけど。――ボクシングってのの、もともと――
そうなのよ。で、あの子、なんていってンの。そうお。そうお。フーン、フーン。あの
子、バカなのよ、惚れっぽくて。先のこと、考えないタチなんだから。相手見て尽くさ
なくちゃ――。ううん駄目よ――うん、うん、来たら言う。あ、じゃあ――おフロから
出て、ちゃんと着てないのよ。カゼひくといけないから、切るわ、じゃあ」
　切ったとたんに物凄い勢いで、貞治を追い立て、そのへんを片づけはじめる。二人、
　ぶつかったりしてしまう。

●里見家・居間（夜ふけ）

　巻子、鷹男。

巻子「自分のアパート、帰ったのかしらねえ」
鷹男「――」

●咲子のアパート（夜ふけ）

　ドアの前に立っている咲子。カギ穴から中をうかがう。暗くて何も見えない。

カギをあける。
真暗な室内。
まわりにはったチャンピオンたちの写真や、スローガンが、無惨に引きはがされて床に落ちている。その中で、陣内が、ひっくりかえり天井を見ている。
陣内「何しに来たんだよ」
咲子「――――」
陣内「出てったんだろ。どしてもどって来たんだよ」
咲子「――――」
陣内「オレなんかにかまってると、ロクなことねえぞ」
咲子「――――」
陣内「帰れよ!」
咲子、ポスターやスローガンをはりはじめる。
陣内「帰れよ、帰れよオ!」
言いながら、陣内、咲子の足にすがりつき、子供のように嗚咽する。

●里見家・玄関(朝)

カバンを持って玄関へ出てゆく鷹男。口を動かしながら父を追い越すように出てゆく、宏男と洋子。うしろから巻子。
二人「行ってまいります！」
巻子「いってまいりますもいいけど、お父さん、出張なんだから、いってらっしゃいぐらい、いいなさいよ」
鷹男「おう！」
巻子「いってまいりますもいいけど、お父さん、出張なんだから、いってらっしゃいぐらい、いいなさいよ」
鷹男「いいよ。そんな。ヨイショ（靴をはきながら）カバン、でかいなあ」
巻子「もひと廻り、小さいの買わなきゃダメねえ。ゴルフで当てないかしら。ブービー賞かなんか」
鷹男「そう都合よくいくかい」
巻子「あさっての夕方ね」
鷹男「なんかあったら、課の袖井君にいやあ、判るから」
巻子「ハイ、お風邪のクスリ」
鷹男「大丈夫だよ」
巻子「じゃあいってらっしゃい――」
あくびまじりで送り出す。
居間にもどって、食べ散らしたものを片づけはじめる。残したりんごを口の中に入れる巻子。
どこからか、たどたどしいピアノの練習曲が聞こえ、洗濯機の中で、家族みんなの下着が輪になって廻りはじめ、赤んぼうの泣き声がダブり、掃除機のモーターの音がかぶさる。

SE　電話のベル

掃除機のモーター。

SE　電話のベル

大きなりんごのひと切れを口にくわえた巻子、電話をとるが、とっさに声が出ない。

鷹男「あ、オレだ」

巻子「(モガモガと)あ、ああ」

電話の向うは、ひどくやかましい。

●たばこ屋の赤電話(朝)

ボストンバッグを置き、電話している鷹男。

うしろで工事をしているらしく、ひどくやかましい。

片耳を押えて一方的にしゃべる。

鷹男「オレ。今晩、大阪へ出張なんだけどね、宴会に間に合うようにゆけばいいから――

昼メシ、一緒に食おう。これからアパート、いくわ、モシモシ――」

アレ？　とダイヤルの上で、廻す手つき、

間違えたらしいぞ。――しまった。

相手はひとこともしゃべらない。やかましい工事の音。受話器をかける鷹男。そのまま立っている。

●里見家・居間（朝）

受話器を持ったまま、動かない巻子。

ピアノの音、赤んぼうの泣き声、まわりつづける洗濯機、夫の声が、遠いところから、もう一度聞こえてくる。

鷹男（声）「あ、オレだ。オレ。今晩、大阪へ出張なんだけど、（工事の音）昼メシ一緒に（音）アパート、いく（音）」

いきなり笑い出す。

巻子「間違えたんだ。ダイヤル、間違えて、こっちの番号、廻しちゃったんだ。あわて者ねえ、何やってんの」

笑いをやめて、ムキになってりんごを食べる。

電話の前で待つ。かかってこない。

巻子、ダイヤルを廻す。

●綱子の家・居間（朝）

朝の掃除をしている綱子、電話を取る。

綱子「あ、巻子。こなかったわよ、咲子は——。うん、うん、こっちはまにうけて、夜中に大騒ぎ（言いかけて）心配しちゃったじゃないの。あんまりおどかさないでちょうだいよ。うん。うん。そうよ」

●里見家・居間（朝）

巻子。

巻子「ね、あたし国立いくけど、つきあわない？」

●竹沢家・縁側（昼）

冬にしてはあたたかい昼下り。ふじ、綱子、巻子が、白菜を漬けている。何がおかしいのか笑っている三人。

洗い上げて、大きな平ザルに干した白菜を二つ割にして、大きなタルに漬け込む。あねさまかぶりかっぽう着のふじ。

まな板も、菜切り包丁も漬物樽（だる）も、アメ色に古びて、五十年の所帯をうかがわせる。

手伝う二人の娘。

柚子を切り、鷹ノ爪を輪切りにしたものを散らしながら。

綱子「ああ、しみる――」

巻子「ああハナ、出しちゃって、まあ――」

ふじ「何やってんだろうねえ」

塩を振り、馴れた手つきで漬け込んでゆくふじ。綱子は涙をこぼし目をこすっている。

巻子「とんがらしさわった手で、目こするからいけないのよ」

綱子「同じようにやるんだけどねえ」

巻子「年期が違うのよ」

ふじ「お母さんこれしか能がないから」

巻子「お姉さん、いまでも白菜漬けるの」

綱子「小さい樽だけど――あ、鷹ノ爪、多かったかな」

ふじ「ほら、また目、こする――」

巻子「一人暮しでよくやるわねえ、なんて――誰か、食べさせるかたでもいらっしゃるんですか」

綱子「いいえ。一人さびしくお茶漬ですよ」

巻子「本当かなあ」

綱子「本当よォ」

ふじ「自慢にゃならないよ」

綱子「あれ？」
巻子「あれ？　お母さんて、時々ドキッとすること、いうなあ」
綱子「昔からよ」
　綱子、白菜を落っことす。
ふじ「ほら、どこ見てやってんの」
　二人、少し働く。
巻子「お母さんねえ、あたしぐらいの時、なに考えてた？」
ふじ「――そうだねえ……（手を動かしながら）なに考えてたんだろ……」
二人「――」
ふじ「毎日毎日に追われて、考える暇なんか、なかったんじゃないかねえ」
綱子「昔の女は、忙しかったものねえ……」
巻子「あたし、お母さんが何もしないで坐ってるのってみたことない――」
綱子「ないわねえ……」
　SE　玄関チャイム
巻子「うちじゃない？」
　SE　チャイム
三人「ハーイ！」
ふじ「どなた？」

木戸口からのぞく若いクリーニング屋の御用聞き。

クリーニング「町田クリーニングです！」
ふじ「あ、今日は、間にあってます」
クリーニング「どうも！」
ふじ「ごくろうさま」

綱子と巻子、顔を見合せる。

二人「町田クリーニング……」
綱子「まだ、あそこなの」
巻子「ずっと同じ？」
ふじ「そうだよ」
二人「町田クリーニング」

二人、同時に何か思い出したらしい。

二人「町田クリーニングよォ！」
巻子「ほら、いつもこのへんにニキビの寄りつくって」
綱子「あれに似てンのよ、ほら！　ト、ト——」
巻子「ト？」
綱子「ほら、いるじゃない？　くちびる分厚くて、図々しいみたいな顔して——白い背広着て、こういうの（ジェスチュア）なんとかナイト踊るの——」

巻子「トラ――」
二人「トラボルタ！」
綱子「時間かかるなあ！」
巻子「そうよ。トラボルタに似てンのよ」
綱子「町田クリーニングなのよ」
ふじ「それがどしたの」
綱子「あの子絶対にお母さんに気があった！」
巻子「あたし、子供でも判ったもの！」
二人、肩を叩きあったりして――。
二人（「ねえー」
「うーん」
ふじ「なに言ってんの……」
巻子「くるとなかなか帰ンないのよ」
綱子「だいどこの戸のとこ、体よっかけて――田舎のハナシしたり、――あ、いつか栗もってきたじゃない」
巻子「そうそう！」
ふじ「ああ――そんなの、いたねえ――」
綱子「あの子、いないの？　もう」

ふじ「田舎で店でも出したんじゃないかねえ」
綱子
巻子）「町田クリーニングよォ」
「トラボルタよォ」
二人、笑う。
ふじ「笑ってないで、やんなさいよ。手伝ってンだか、じゃましてんだか判んないんだから――」
二人「やってるわよ」
綱子「あら柚子、もうおしまい」
ふじ「おだいどこに、もひとつあるから――」
綱子「あたしいく」
立ってゆく綱子。
ふじ「（ちょっとイミをこめて小声）鷹男さん、元気なの」
巻子「――元気よ。浮気するぐらいだもの」
ふじ「……」
巻子「――今日だって、出張だなんていって――出張じゃないのよ」
綱子「ねえ、どこ？　ないわよ」
ふじ「冷蔵庫のとこ――右の棚」
巻子「どこに、誰といるか、うすうす知ってるのよ。でもね、あたし、黙ってるの」

ふじ「そうだよ。女はね、言ったら、負け」

柚子を手にもどってくる綱子。

綱子「ねえ、これでひとつ、いくら」

ふじ「百五十円」

綱子
巻子 ）「高いなあ」

ふじ「昔のお父さんの月給だよ」

二人「ほんとだ――」

巻子「お塩、足ンないいんじゃない」

綱子「こんどは、アンタ、立ちなさいよ」

巻子、立ってゆく。

綱子「ね、巻子、なんかいってた？」

ふじ「うん？」

綱子「あたしのこと」

ふじ「何もいってないよ――（どなる）塩、判ったかい」

巻子「判ったァ！」

塩をもって、もどってくる巻子。塩をふる。

ふじ「あーあ。もっと、手、高いとこから――（白菜の）近くで振るから、ひとつとこにドサッと落ちるのよ。離して――こう」
綱子「それがコツか」
巻子「（やりながら）お母さん、心配ごとって、ないの」
ふじ「そりゃ、あるよ」
二人「なあに」
ふじ「お父さんの血圧だねえ」
巻子「それだけ？」
ふじ「子供は、もう一人前だもの。親が心配したってどうなるもんでもなし――」
二人「――」
ふじ「ほかに、なんかあるかい」

●国立駅（ひる下り）

ゆっくりと歩く綱子と巻子。
綱子「やり切れないわね」
巻子「お母さん？」
綱子「会社なんて言ってるけど今頃お父さんあっち行ってるの、知ってるわけでしょ。それで、ああやって、ゆったりと白菜漬けていられるなんて――」
巻子「あたし、かなわない、と思った……。

女もあの年になると、ねたましいとか憎いなんて気持、もう超越していられるのねえ」
綱子「――凄いわよォ」
巻子「かなわない……」
歩く二人。
巻子「お姉さん、まっすぐ帰る？」
綱子「うん。夕方、お客さん。アンタは」
巻子「買物してく」

●**里見家**（午後）

電話鳴っている。
お八つをたべていた洋子、とる。
洋子「里見です」
鷹男（声）「お母さん、いるかい」
洋子「あ、お父さん。出かけてる、お使いじゃないかな」

●**鷹男の会社**（午後）

電話している鷹男。
鷹男「じゃ、いいや。別に用じゃないから、――じゃあ」

●盛り場

歩く巻子。
買物のあてがあるわけではない。
ただ歩く。

●代官山あたり（夕方）

歩く巻子。街のざわめきの底から今朝聞いた電話の鷹男の声がよみがえってくる。

●イメージ・代官山あたり

――巻子とスケート・ボードの少年と友子とが出合いおじぎをされるシーンがよみがえる。

●代官山あたり（夕方）

小さなアパートの前に立っている巻子。
ふっと失笑してしまう。
巻子「いやだ。あたし、何してンのかしら」
ハッと凍りつく。

買物かごをさげて、ショールで顔をかくすようにしたふじが、放心して立っている。

巻子、とっさに身をかくそうとする。

子供用の自転車を倒してしまう。

物音でふじが気づく。

アッとなる。

その瞬間、ふじは、哀しいような、恥かしそうな、何ともいえない顔で少し笑う。巻子の顔を見て何か言いかける。

そして、ストーンと倒れる。買物かごの中の卵ケースのフタがはずれ、卵がコンクリートのたたきで割れる。

巻子「お母さん！

お母さん！」

割れた卵のカラから、黄味が流れ出す。いくつもいくつも――。

遠くから救急車のサイレン。

●アパート（夕方）

土屋、と小さく紙のはってあるドアを激しく叩く巻子。

巻子「(叩く) お父さん！　お父さん！　お父さん！」

となりのドアが開く。

　スナックづとめという感じの、白粉気なし、クリップで頭を巻いた中年の女マツ子。
マツ子「土屋さん、おでかけじゃないの」
巻子「あの――」
マツ子「おやこ三人で、さっき、出てったわよ」
巻子「出先、判りませんか！」
マツ子「さあ？」

●アイスクリーム・ショップ（夕方）

　若いカップル、母と子供たち、若いおやこ連れであふれているガラス張りのモダーンな店。

　隅のテーブルに恒太郎と友子。男の子は、アイスクリームを手に、ゲームに夢中。

恒太郎「なんだい、はなしって――」

　友子、息子の姿を目で追いながら、静かに言う。

友子「結婚しようと思ってます」

恒太郎「結婚――」

　男の子のゲーム台、陽気な音と共に当りが出る。

男の子「ママァ！　パパァ！　（叫ぶ）」

　二人、手を上げる。ジューク・ボックスが陽気なメロディを流す。

恒太郎、友子に何か言っている。

年の離れた愛人に愛情も未練もありながら、決断をした女と、突然の言葉に狼狽と衝撃を受け、しかし、年の分別でそれを押え、静かに何かたずねる恒太郎。静かに答える女。陽気なメロディの向う側で――

男の子、そばへゆく。

恒太郎「そりゃ、おめでとう――」

友子「――」

男の子、いつもと違った空気を感じたのか、黙って二人の顔を見つめる。

●綱子の家・玄関（夕方）

立っている枡川のおかみ豊子。上りかまちの綱子。
豊子「うちの主人、こちらへ伺っているんじゃありません？」
綱子「（にこやかに）いいえ――なんかのお間違えじゃあないんですか」
豊子「そこの下駄箱、あけると、主人の黒い靴入ってるんじゃないの」
綱子「どうぞ、おたしかめ下さい。黒い靴は入っておりますけど、亡くなった主人のと、息子のはき古しですから」
豊子「ご主人さま、サイズは」
綱子「主人が十文七分。息子が十一文」

豊子「そう、お二人ともお体格、およろしいのねえ。うちの主人は体格はいいけど足はキャシャで――。なんて言われなくても、ご存知よね」
綱子「いやですよ。――どうしてそんな」
豊子「拝見します」
　豊子あけようとする。
綱子「アッ！」
　白足袋でたたきにとび下りて、下駄箱の戸を押える綱子。
豊子「あなたもご主人なくされたんなら、あたしの気持は判るでしょ。女がつれあいを、もってかれた辛さは（言いかける）」
綱子「でも生きてらっしゃるじゃありませんか。あたしは、死なれたんですよ」
豊子「生きてるのに、気持が、そっぽ向いてる方が、もっとさびしいわ」
綱子「ご主人におっしゃって下さい」
　言いかけた綱子、アッと低いが鋭い悲鳴をあげる。うす暗い玄関、豊子の手に小さいピストル。
綱子「なに、なさるんです――」
　ガタガタふるえて声にならない。
　フスマがあいて、中から、貞治、ピストルを見て、一瞬、ひるむ。
貞治「バ、バカなまねはよせ！」

豊子、腰がぬけてへたり込んでいる綱子の胸に狙いをつける。

綱子、パクパクやって、声も出ない。

貞治も、動けない。豊子、ひきがねを引く。

ピストルから水がシュッと出て、綱子のお腹(なか)のあたりを濡らす。

二人「あ――」

豊子「うまく出来てるでしょ。水鉄砲――」

綱子「水鉄砲！」

貞治「豊子！」

豊子、水鉄砲をおっぽり出して、激しく笑う。それから、泣き出す。

貞治が何かいいかけた時、茶の間の電話が鳴る。

綱子、茶の間へくる。電話をとる。まだハアハア言っている。

綱子「モシモシ――あ、巻子――お母さんが倒れた――モシモシ！」

玄関から走り出てゆく豊子。

貞治、茶の間へくる。

綱子「病院どこ！　うん、うん、うん。どして国立でなくて広尾なの、モシモシ。じゃ、すぐいく」

電話切る。

貞治「お母さん、どう（言いかける）」

綱子「どうぞ、お引き取り下さい」
貞治「――」
綱子「かばって下さいとはいわないけど――本ものなら、あたし、死んでるのよ」
貞治「いや、あの――」
綱子「長い間、ありがとうございました」
　未練をみせて、追いすがる貞治。したたかに突き飛ばされている。

●病室（夜）

　意識なく、ねむるふじ。点滴。

　見守る四人の娘。

　廊下に乱れた足音。鷹男に抱えられるようにしてよろめきながら入ってくる恒太郎。したたかに酔っている。

巻子「お父さん――お父さん、お母さん、倒れたの、どこだか知ってるの？　あの人の、あの人の、アパートの前なのよ。そこに立っていたのよ」

　鷹男、恒太郎を支えながら、始めてみる妻の激昂（げっこう）した姿に衝撃を受ける。

巻子「お母さん、ずっと前から、知ってたのよ。火曜と木曜の午後、お父さんがどこで何してたか。でも、お母さん、ひとこともいわないで――でも、お母さん、やっぱり女だったのね。

買物かご下げて、アパートの前に――立ってたのよ、お父さん！　何とかいいなさいよ！」

むしゃぶりついてゆく巻子。

恒太郎をかばう鷹男。

鷹男「よせ！」

巻子の手が、鷹男の頬でしたたかに鳴る。

鷹男「お前に父親殴（なぐ）る権利はないだろう」

巻子「殴ったのあたしじゃないわ。お母さんよ」

鷹男「思い上ったこと言うな！　お母さん、許してたよ。だから知っててもひとことも（言いかける）」

巻子「許してるもんですか。許してる人がどうしてあの人のアパートの前に立ってたの。お母さんね、口でなんか言えないくらい、やきもちやいてたのよ。腹立ててたのよ。さびしかったのよ。お父さんのこと、好きだったのよ！（泣いてしまう）それ、何よ、お父さん！」

鷹男「マジメに働いてうちを建てて、四人の子供を成人させて、そのあと――誰にも迷惑をかけないで、少しだけ人生のツヤをたのしむのが、そんなにいけないのか」

巻子「女房泣かせてたのしんでるのよ！」

鷹男「その分、手合せて拝んでんだよ、すまない、すまないって思いながら」

巻子「それだけの気持があったら別れればいいでしょう」
綱子「よしなさいよ！」
滝子
咲子）「お母さんの枕もとで――やめてよ！」
　鷹男、恒太郎のコートのポケットから大きな祝儀袋が落ちたのに気づく。
鷹男「お父さん――」
　分厚い袋。
　竹沢と書いてある。
恒太郎「これ、君から――」
鷹男「――」
恒太郎「結婚するそうだ」
鷹男
巻子）「結婚――」
　恒太郎、枕もとへくる。
　娘たち、そっと立って父に席をゆずる。
恒太郎「（静かに語りかける）母さん、フラれたよ。フラれて帰ってきたんだ。ハハ」
　恒太郎の自嘲の笑いが急にとまる。
　無言。

子供たち、黙って静かに病室を出て行く。

●病室・廊下（夜）

四人の娘、鷹男の手にある祝儀袋を見る。
竹沢の字。

滝子「あの人、結婚するの……」
（間）

咲子「あたしと同じ」
一同「え？」
咲子「生れるのよ」
巻子「生れる？　じゃあ、あんた、食べないっていってたの、――やっぱりつわりだったの」
咲子「（うなずく）」
巻子、ふっと苦く小さく笑ってしまう。
鷹男も小さく失笑する。
細くあけたドアの向うの病室から嗚咽（おえつ）が洩（も）れる。
ふじの枕もとに恒太郎の姿が見える。
巻子。

綱子。

滝子。

咲子。

そして鷹男、その手の祝儀袋。

●竹沢家・縁側（夜）

月あかりの中で、出しっぱなしの漬物の樽。

あめ色に時代がつき、重石(おもし)をのせて、そこにある。その横に、これも柄が黒ずんだ菜切り包丁が、仕舞い忘れて、月の光に光っている。

●墓地

季節は春。

納骨式。

恒太郎、鷹男、巻子、綱子。そして滝子のとなりに勝又。陣内とならぶ、マタニティ・ドレスの咲子。めっきり老けた恒太郎。ギクシャクとした勝又と滝子が、墓に水をかける。

勝又「（小さく）あの――」

滝子「え？」

勝又「あのねえ、漱石の『虞美人草』の、ケツ」
滝子「ケツ？」
勝又「おしまいンとこ。何てのか知ってる？」
滝子「知らない」
勝又「『此所(ここ)では喜劇(きげき)ばかり流行(はや)る』」

●竹沢家・縁側（夕方）

ひとりですわっている恒太郎。
恒太郎「おい。
おーい、
おーい」
呼んでいる恒太郎の背中――。

●道（夜）

竹沢家の帰りらしい。
ならんで歩く四人の娘。そのうしろから鷹男を真中に歩いてゆく勝又と陣内。
鷹男「阿修羅だねえ」
二人「え？」

鷹男「女は阿修羅だよ」
勝又「アシュラってなんですか」
鷹男「アシュラってのは、インドの民間信仰上の神様でさ、外っ側は、仁義礼智信を標榜（ひょうぼう）してるんだが――気が強くて、ひとの悪口言うのが好きでさ、怒りや争いのシンボルだそうだ」
勝又「闘いの神様ってわけですか」
陣内「アシュラか――」
鷹男「勝目はないよ。男は」
うしろをふり向く四人。
四人「何か言った」
三人「何もいわない」
鷹男「（二人に）気をつけような」
また歩いてゆく女と男たち。

花いくさ

●夜の街

巻子が歩いている。

財布と買物袋を手に、マフラーを巻いただけの姿で、ゆっくりと歩いてゆく。

冬の夜ふけ。

すれちがう人も、追い越してゆくサラリーマン風も、オーバーを着こみ、風呂帰りは綿入れの袢天(はんてん)。それぞれ寒そうに身を縮めているが、考えごとをしている巻子は寒さも感じないらしい。

放心したまま、ゆっくりと歩いて吸い込まれるように深夜のスーパーに入ってゆく。

●スーパー（深夜）

二、三組のアベック、スナックのバーテン風にまじって、スーパーの黄色い籠を提げて、ぼんやりとショーケースの間を歩く巻子。食パンを籠に入れる。バターも入れる。
見ているようで何も見ていない目。
少し歩いてカンヅメを取る。自分の手提げに入れる。もうひとつ取ってまた手提げへ。
レジを出たところで、若い男に肩を叩かれる。

●スーパー・事務室（深夜）

手提げとカンヅメ。
蒼（あお）ざめて、こわばって、呆然としている巻子。ガムを嚙（か）んでいるスーパーの若い男。いっぱいに積み上げた商品にプライスをつけながら、巻子をジロジロ見ている初老の男。
巻子「万引――あたしが万引――失礼なこと、言わないで下さい。お金だって――はら、ちゃんと持ってて――そんなことするわけない――（言いかける）」
男「――――」
巻子「お金払いますから――おいくら――」

男「――」

巻子「やだ、やだわ。お、おかしいわねえ。どーして、こんなとこに入れたのかしら。あたし、どうかしてたのよ。こんなこと、生れて初めて――あたしねえ、スリにあって、電車ン中で、お金、スラれたことあったけど、人のものに手なんか出したこと、ただの一度も――本当なんです。みんなに聞いてもらったら、本当に判りますから――（言いかけて）」

男「――」

巻子「――主人――つきあってる女のひと、いるんです。

名前、判らなかった頃は、まだよかったんですけど――

秘書の赤木って女の人だって判ってからは――

夜、帰り、待ってると、頭の中で、アカギ、ケイコ、アカギ、ケイコ、――ごろごろ、ごろごろ石ウスが廻ってるみたいで――うちに居られなくて、それで――どうか名前だけは――勘弁して下さい」

うつむいてしまう巻子。

初老の男が、もうカンベンしてやれよという風に、若い男にあごをしゃくる。

●深夜の街

スーパーの紙袋を提げて帰ってゆく巻子。

街角の、ゴミ集積所に、早くも積んであるゴミの山。

そこに、スーパーの袋を投げ捨てる。袋の口があいて、例のカンヅメが二つ、ころがり出る。

●里見家・門（深夜）

門柱に寄りかかり、表札に頭をくっつけて立っている巻子。
鷹男「どしたんだよ」
うしろから夫の鷹男。
巻子「――お帰ンなさい」
鷹男「何してンだ。こんなとこで」
巻子「あ――」
玄関の電灯がつく。
ドアが内側から開いて、長女の洋子が出迎える。
洋子「お帰ンなさい！　なんだ、お母さん、お父さん迎えに行ったのか」
巻子「そうじゃないわよ。パンが切れてたから」
洋子「パン？」
奥から、長男の宏男、厚切りのパンをくわえながら、顔を出す。
洋子「パン、あるじゃない」

巻子「——あしたの朝の分、ないと思ったんだけど——あったの」
　巻子、やたらと笑う。
洋子「やだ、どうしたの？」
宏男「出掛けるんなら出掛けるんでさ、ちゃんと、どこ行くって、言ってけよォ」
洋子「お兄ちゃんたらさ、お母さんいないって、さわいでンの」
宏男「いつさわいだよ、お前、いい加減言うなよ。お前」
鷹男「ほら！　何時だと思ってンだ」
　鷹男、二人を追い立てるように上ってゆきながら、巻子に。
鷹男「そんな格好で、風邪ひくぞ」
　玄関に一人残る巻子。
　夫の靴を隅にかたづけかける。
　手が、おかしいほどふるえている。そのまま、しゃがんでじっとしている。
　急に大きな陽気な声を出す。
巻子「お父さん、お風呂ですかあ？」
鷹男（声）「風呂、いいや」
巻子「——」

●里見家・居間（深夜）

ネクタイをほどいている鷹男。

パンを食べている宏男。

洋子。

入ってくる巻子。

巻子「お父さんもトシね」

鷹男「なんだよ」

巻子「お風呂、一日やそこら抜いても、汚れないじゃないの。前は、毎日、入ってたって、ワイシャツの衿はまっ黒だし、靴の敷皮だって、脂でニチャニチャ（言いかける）」

洋子「お父さん、脂足だもンねえ」

宏男「物食ってるそばで、靴のハナシすることねえだろ」

鷹男「男のくせして、神経の細い奴だな。出世しないぞ」

宏男「オレ、出世なんかしたくないもン」

洋子「あと五年たつと、コロンと変ったりして」

宏男「寝ろよ、ガキは」

鷹男「うるさいぞ、二階いけ、二階！　――夜中に、こんなにパン食われちゃ、おやじも脂気が抜けるよ」

洋子「あれ？　お母さん、パン買いに行ったんじゃないの」

巻子「――行ったけど、しまってたの」

洋子「どこのスーパー。マル（言いかける）」
巻子「お番茶ですか」
洋子「駅の向うの、あそこだったらまだ開いてるじゃない」
巻子「お父さんのお茶碗――」
　　出しなさいと洋子にあごをしゃくって台所へ行きかける。
　　ＳＥ　電話のベル
　　洋子、鳴っている電話機を指さす。
洋子「だあれだ、当てっこ！」
　　四人、一斉に電話機を見る。
宏男「間違い電話！」
洋子「――誰か、すっごく珍しい人」
　　巻子にさっきのスーパーの男たちの顔が重なる。
　　飛びかかって取ろうとする。一瞬早く、鷹男が取っている。
鷹男「里見です。
　　家内――居りますが――」
巻子「――」
鷹男「どちらさん――国立（くにたち）の都筑（つづき）さん」
巻子「（取りながら）お父さんちのお隣さん――」

巻子、電話を取る。

巻子「モシモシ。父がどうかした――は？　ボヤ――ボヤって、火事――それで！」

●綱子の家・茶の間（深夜）

電話が鳴る。

食卓には、食べ散らしたあとの鍋もの、お銚子、二人分の皿小鉢。

しかし、誰も居ない。

電話のベル。

間仕切りの襖が細目に開く。

綱子の目がのぞいて、電話機を見つめる。長じゅばんを羽織っただけの素足。

その上から、枡川貞治の目ものぞく。これも何も着ていない。

綱子の手が、襖をパシャンと閉める。

●里見家・居間（深夜）

電話機を置く巻子。

鷹男。

鷹男「義姉さん、居ないのか」

巻子「――滝子ンとこは――ええと」

鷹男「オレ、かけるから——お前、支度——あ、オレもいかなきゃいけないなあ」
巻子「行ったら、夜明しになっちゃうわよ、会社あるんだから」
鷹男「そりゃそうだけど」
巻子「焼けたわけじゃないから——何かの時は、電話しますから」
　階段の手すりのところに洋子、宏男。
洋子「お母さん、行くの？」
鷹男「おい、金、大丈夫か」
　紙入れを出す鷹男。
巻子「姉さんとこ、もいっぺんかけて——滝子も、咲ちゃんとこも——みんなに知らさないと、あと、うるさいから」
　判ったから早く支度しろという感じの鷹男。

●綱子の家・茶の間（深夜）

　決心して受話器を取る綱子。
綱子「——なんだ、鷹男さん——」
　出てくる貞治に口の動きだけで。
綱子「弟。義理の——。どうしたのよ、こんな時間に——」

鷹男(声)「国立のおやじさんが、ボヤ出したんだってさ」
綱子「焼けたの？」
鷹男(声)「消防のお世話にはならなかったっていうんだけどね、水びたしらしいんだ」
　貞治、綱子に毛布をかけたり——。
綱子「どしてそんなことになったのよ」
鷹男「寝たばこだってさ」
綱子「寝たばこ！」
　綱子、貞治の口からくわえたばこをもぎとり、体をのばして、食卓の皿小鉢で消す。
綱子「そういうことになるんじゃないかと思ってたのよ。お母さん死んだとき、誰かと一緒に住んだ方がいいっていうのに、ひとりで大丈夫だって——お父さん、強情張るからいけないのよ」

●滝子のアパート（深夜）

　階段を上ってくる、滝子と勝又。
　滝子の手に「ロッキー」のプログラム。
　勝又、ボクシングのまねで、階段の手すりを殴ってみせる。
滝子「シッ——」
　勝又、半歩遅れながら、部屋の前へ。

滝子「──おやすみなさい」
勝又「──（入りたい）」
　滝子も迷う。勝又を部屋に入れたい。しかし──。
　見つめあう二人。勝又、少しひるむ。
滝子「おやすみ」
勝又「駄、駄目かな」
滝子「駄目って言葉、使わないで」
勝又「────」
滝子「勝又さんが駄目なんじゃないのよ。あ、あ、あたしが、女として、魅力ないから」
勝又「い、いや、あン時は」
滝子「あの時のはなしは、しないで」
勝又「（テレかくしにボクシングのまね）」
滝子「また駄目だったら──」
勝又「そっちも使ってるじゃない。駄目って」
滝子「あ──今度、そうなったら、もう、あたしたち──本当に駄目になるって」
勝又「また──」
滝子「あ──でも、この次──」
勝又「夕、滝子さん、今晩、そのつもりじゃなかったんですか。焼肉おごってくれて、こういうの見て（『ロッキー』のプログラム、ボクシングのまね）」
滝子「（図星）失礼なこと、言わないでよ！　あ、あたし、そんな、なに言ってンのよ！」
　ＳＥ　中で電話のベル
滝子「ハイ！　ハイ！　いま出ます」
　あわててカギ、あけて入ってゆく滝子。
滝子「——竹沢ですが——お義兄さん——国立のお父さん——ボヤ」
　ガックリしている勝又。
滝子「それで、——お父さん、大丈夫なの！　あ——（安心している）そうだ、あたし、すぐいく。あ、それで——咲子のとこ、知らせたの？」

●陣内のマンション（深夜）

　今出来の、成金趣味のマンション。
　すべて新しく買い誂えた調度品。
　二人の結婚写真。姑に子供を抱かせたお宮詣りのスナップ。
　陣内英光のチャンピオンの写真。ベルト、カップなどが飾りたててある。
　ガウン姿で、ミルクをあたためる咲子。
　その足許で、トレパンの陣内が、電気ごたつを組み立てている。
咲子「暖房完備なのよ、このマンション。電気ごたつなんかいらないじゃない」

陣内「田舎者だからさ、おふくろ——。こう——あたらないと、あったかくないだろうと思ってさ——出来た！　母ちゃん！　出来たよオ！　出来た！」

陣内、こたつを運び出そうとする。ドアのところで、つかえてしまう。

咲子「ほらア！　お母さんの部屋で組立てりゃいいのよ」

●陣内のマンション・まきの部屋（深夜）

和室。もう寝ている老母のまきを起して、こたつに入れてやっている陣内。自分も入って、ねころがったりしている。

見ている咲子。

幸福である。

SE　電話のベル

同時に、赤んぼうが泣く。

咲子「あーあ、せっかく寝たのに——」

陣内「こういうの（カバー）、電話にかけた方がいいな——あ、オレ出るから、坊主、見てやれ」

まき「あたし、見ようか」

陣内「母ちゃん、いいって」

咲子「お母さん、いい——」

陣内、出てゆく。

●陣内のマンション・居間（深夜）

電話に出る陣内。

陣内「陣内です。あ、義兄さん――咲子、いますが――はぁ、えっ？」

勝利(1)に哺乳ビンをくわえさせながら、咲子が出てくる。

陣内「国立のお父さんとこ、ボヤだってさ」

びっくりしている咲子の手から、勝利を抱きとる姑のまき。

●国立の家（深夜）

庭先におっぽり出してある焼けこげ、水びたしの夜具フトン。たたみ二、三枚、ほうり出してある。

上げられたたたみ、割れた縁側のガラスをかばうように、雨戸が半分しまっている。

辛うじて助かった掛布団を丸めた上に腰かけて、庭を見ている寝巻姿の恒太郎。

たたみを拭いている滝子。

スカーフで髪をしばりカーキ色のヤッケにズボン姿。

ＳＥ　玄関の戸が開く

●玄関（深夜）

とびこんでくる咲子。こっちは、派手な洋服姿。
咲子「なんだ。うち、ちゃんと残ってるじゃない」
滝子「残ってなかったら、大変でしょ」
雑巾を手に、出てくる滝子。
咲子「これ、滝ちゃん？（と長靴の格好を見て吹きだしてしまう）」
滝子「なに、おかしいのよ。火事場へそんな『なり』してくる方がおかしいわよ」
咲子「お姉ちゃんたち、まだ!?」
滝子「お隣り、あいさつ」
門のところで話しながら入ってくる巻子と綱子。
隣りの主婦とみ子、三人のひそひそばなし。
とみ子「実は、今までも、何か焦げ臭いな、お鍋でも焦がしてんじゃないの？なんて嫁と、そう言ってたことあったんですけどね、何か、言いつけ口みたいで——」
綱子「何にも言わないもんで——そうですか……」
巻子「気にはしてたんですけど」
とみ子「おじいちゃんひとりじゃ、無理だわ」
綱子「あたしたちも、口すっぱくして言っててんですけどねえ」

とみ子「火、出したとなると、一軒じゃ済みませんからねえ——あら凄い車……」

派手なスポーツカーがとまっている。

とみ子「——（ボクシングのまね）咲子さん『当り』じゃないの」

綱子「おかげさまで今のとこ……でもねえ、浮き沈みの多い商売ですから」

とみ子「沈む前に、一生分、残すのよ。滝子さん、まだ——図書館——」

巻子「ええ——なんですかモタモタしてて」

とみ子、玄関のところの二人に気づく。

二人、会釈。

とみ子「みなさん、ちゃんとやってらっしゃるンだから、お父さんのことも——ねえ」

巻子「——みんなで相談しまして」

とみ子「お願いしますよ」

綱子「申しわけありませんでした」

巻子「いずれ、改めまして」

玄関の二人も最敬礼。

とみ子、もどってゆく。

とみ子「——おやすみなさい」

四人姉妹、玄関のところで——。

咲子「お姉ちゃんたちも、気が利かないなあ。あたし、ひとりずつ拾ってってって上げたのに

——先出ちゃうんだもの」

綱子、巻子、何か言いかけるが。

滝子「車よか電車の方が早いのよ。すぐ乗りゃ最終に間に合うんだもの。あんた、一番遅かったじゃない」

咲子「小さいのがいると、一分や二分じゃ出らンないのよ。ミルクのこととか」

滝子「お召し替えに手間どったんじゃないの」

咲子「(口の中でブツブツ) 魚河岸の買出しじゃあるまいし」

滝子「なんてったのよ」

滝子、自分ひとりが、大げさな格好をしていることに気づいている。その分だけカッとなってしまう。

以下、四人姉妹、縁側の父を気にしながら、寒さにふるえ、ハナをすすりながら、早口のヒソヒソばなしでけんかをする。

滝子「今、何て言ったのよ。ハッキリ言いなさいよ」

綱子「よしなさいよ。二人とも」

巻子「けんかしてる場合じゃないでしょ。この位で済んだからいいようなものの」

綱子「聞こえる……あがろ——」

巻子「さあ——(二人に)」

滝子「——ちょっと——(三人を引きもどして) ハッキリ言った方がいいんじゃない?」

三人「――」
滝子「お父さん……言いにくい言いにくいで、ウヤムヤにしてたからこんなことになったんだから。――ハッキリ――」
咲子「ハッキリ何て言うのよ。自分じゃしっかりしてるつもりでも年にゃ勝てないとか、少しモウロクしてンじゃないのとか」
巻子「咲子――」
綱子「聞こえるでしょ」
咲子「年寄りってのはね、あたし一緒に暮してるから判るんだけど、一番はじめに粗相（そそう）した時」
滝子「粗相――」
咲子「お洩（も）らし――それと、こういう不始末した時、ガクッとくるもんなのよ。生きる気なくして首くくった人だっていンだから」
巻子、いきなり咲子を突きとばす。
裏腹に明るい声で。
巻子「おお、寒む、寒む。早く閉めて――入ろ入ろ」
乱暴なしぐさでみんなを玄関の中に入れ、バシャンと戸をしめる。

●座敷（深夜）

まだ庭を見ている恒太郎のうしろ姿。
娘たち、入って来て坐る。
誰も何も言わない。
柱時計の音だけがひびく。
無残な室内。
まだバケツがほうり出してある。
恒太郎「焼けたわけじゃないんだから——何も四人集って来るこたァないだろ」
滝子「お父さん（言いかける）」
巻子「（小突いて）」
滝子「アイタッ！」
巻子「——（陽気に）お父さん。お母さんの有難味わかったでしょ」
恒太郎「——」
巻子「いつも灰皿にお水張って」
綱子「そうよ。お客さま、帰ったあと、座布団、一枚一枚、こうやって押えて（手で）」
巻子「お父さんが、ご不浄出ると、あと火の気大丈夫かのぞいてたものねえ」
綱子「『たばこ一本火事のもと』って」

滝子「マッチ、一本でしょ」
綱子「たばこなの」
　また間があいてしまう。
　柱時計の音。
恒太郎「残るんなら、女だね。男は——（立ち上る）男は残らん方がいい」
　立って出てゆこうとする恒太郎。
滝子「お父さん、はなし（あるんだけど）」
巻子「あしたでいいじゃない」
咲子「お父さん。どこに寝るのよ」
恒太郎「あっちの、離れに——」
滝子「布団、ダメになったんでしょ」
恒太郎「客布団、出すからいいよ」
巻子「あたし——（腰を浮かす）」
恒太郎「いい。いいよ」
巻子「やるわよ」
恒太郎「いいったら、いいんだ」
　強い口調で言い、入ってゆく。
　見送る四人の娘。

巻子「(呟く)強情っぱり」
綱子「(失笑する)」
巻子「なにがおかしいのよ」
綱子「一番似てる人がそう言ってるから」

●縁側(深夜)

暗い中で柱に頭をもたせかけるようにして立っている恒太郎。
いきなり、自分の頭を柱にぶっつける。

●座敷(深夜)

四人の娘、ため息をついて、あと片づけ。
咲子「一、二、三、四──タタミ一枚、一万円として──ざっと六万円か」
滝子「咲ちゃん、何かするんだったら、みんなで相談ずくでやって頂戴よ」
咲子「え? やだ、ひとりでやるなんて言ってないでしょ。すぐ、気、廻すンだから」
滝子「心配してんのよ。あンたンとこの商売は、いいときはいいけど、バーンてやられたら」
咲子「太く短くで、いいじゃない」
滝子「『ロッキー』って映画見たんだけどね、(二人に)ほら、これ(ボクシング)」

咲子「すっごく愛妻家なのよね、あのロッキー。あ、勝又さん――ミスター興信所、元気？」
滝子「（専ら二人の姉に）どん底の貧乏暮ししてたのが一躍チャンピオンになるでしょ。もう有頂天になっちゃって、いいとこ見せて、パッパパッパ、お金使うのよ。成金趣味のおっきい家買って、車買って、まわりの人間に、いらないってのに高い時計買って、犬にまで、首輪買って、あっという間にお金なくなって、――」
咲子「何やってんだか判らないで、ウジウジしてるよか、人間らしいんじゃないの」
滝子「誰のハナシ？」
綱子「キリないわ」
咲子「あと、あしたでいいんじゃない」
巻子「寝ようか。あ、それとも、お茶いれようか」
滝子「ねえ、誰のハナシよ、ウジウジしてるって誰の」
綱子「よしなさいってのよ、二人とも」
巻子「けんかすンなら、帰ンなさいよ」
綱子「のんきでいいわね。下は――」
巻子「お父さん、どうしようかってときにロッキーとかロッキードのハナシじゃないでしょ」
滝子「自分だって、酒落（しゃれ）、言ってるじゃない」

咲子「どう考えてるわけ。上の方のかたは——」
綱子「——そりゃ——」
巻子「ねえ——」
　二人、少し困る。
巻子「ご近所の手前、このままってわけにはいかないでしょ」
　四人、目を見つめ合う。
綱子「——誰かがお父さん、引取るか」
巻子「誰かが、ここで一緒に暮すか」
咲子「わるいけど、うち、ダメ。赤んぼいて、おばあちゃんいるもん」
滝子「部屋のゆとりはあるけどね」
咲子「ゆとりからいやあ、綱子姉さんとこよ」
綱子「うちは困るわよ。あんな気むずかしいのが坐ってたんじゃ、お花のお弟子さん来にくいもの」
巻子「——お花のお弟子ねえ……」
　巻子と綱子、視線がからみ合う。
咲子「男の弟子もいるわけだ」
綱子「そりゃいるわよ。三味線だってお茶だって、女ばっかりってとこはダメなのよ。男が一人でもいるからこそ、女は、キレイにして通ってくるのよ。そういうもンなのよ」

滝子「綱子姉さん、汗かいてる」
綱子「――そろそろ更年期でございますからねえ。すぐ汗かくのよ」
巻子「――とってもそんなに見えませんですよ」
咲子「暗がりで逢ったらさ、滝ちゃんの方が老けてみえんじゃないの」
綱子「只今恋愛中の方つかまえて、何てことというのよ」
咲子「本当だもの。水気絞ったら、絶対綱子姉さんの方が多いわよ」
滝子「大根おろしじゃあるまいし――」
綱子「大根てばねえ、こないだ、ねずみ大根ての、もらったのよ。ほんとにねずみ色して
て、干からびた大根でねえ。水気はないけど。ピリッと辛くて」
滝子「どうせあたしはねずみ大根ですよ」
綱子「食べるとおいしいのよ。おそばの薬味にぴったり」
咲子「ミスター興信所もそ言ってンじゃないの。見かけはなんだけど食べるとおいしい
――なんて」
滝子、いきなり、咲子を突き飛ばす。
巻子
綱子）「――あッ！」
滝子「そういう下品な冗談は、うち帰って言いなさいよ」
咲子「うちはどうせ下品です――」

二人「二人とも——やめなさい！」
滝子「——咲子、あんた、何しに来たのよ。七十になる親が火事出したのよ。ダイヤの指
　環はめてくることないでしょう」
咲子「とれないのよ、フフ、子供生んだら、肥っちゃった」
綱子「あーあ、女のきょうだいも、四人いると、デコボコがあってむつかしいわ」
滝子「誰がデコで誰がボコよ」
　ちょうど時計が、二時を打つ。

●離れ（深夜）

　フトンの上に坐っている恒太郎。

　仏間。ふじの写真がある。

●茶の間（夜明け近く）

　雑魚寝(ざこね)している四人姉妹。みんな寝つかれないらしく、ポッカリと目をあけて、天井
　を見ている。

滝子「ああいうことなかったら、お母さん、まだ生きてたかな」

三人「——」

　巻子の中で、あの情景がよみがえる。

　夫の愛人のアパートの前でショールで顔をかくすようにして立っていたふじ。
　巻子の姿を見て、きまり悪そうに笑って、いきなり倒れたふじ。
滝子「お父さんが愛人なんか作らなかったら。あの寒い日にお母さんが、あの人のアパートの前で倒れたりしなかったら――」
　買物かごの中からころがり出る割れた卵。
巻子(声)「お母さん！　お母さん！」
綱子「寿命だったのよ。ああいうことなくたって――お母さんが先、いって、お父さんが残る――そういう『めぐり合せ』だったのよ」
三人「――」
咲子「あの人、なんてったっけ――お父さんの――」
滝子「友子。土屋友子」
咲子「全然、つきあってないのかな」
滝子「再婚したんだもの。つきあうわけないでしょ」
咲子「男の子も一緒なわけ？　名前、なんての」
滝子「何だっけ。あの頃は覚えてたんだけど」
　巻子、土屋友子とその息子省司と路上で出逢った光景がよみがえる。
　スケート・ボードにのった省司。頭を下げて通りすぎて行った友子。
滝子「判んないもんよねえ。あたしさ、うちのお父さんだけは、ああいうことしない人だと思ってた」
三人「――」
綱子「お父さん、ずうっと前にも、いっぺん、やってるのよ」
三人「え？」
綱子「――あたしねぇ、ずうっと長いこと忘れてたんだけど、こないだふっと思い出したのよ。戦争終ったあとだったかな、お父さん、アルマイトの会社手伝って、お金廻りよかったことあったじゃない」
滝子「あたし、生れてない」
綱子「――あの頃、いたのよ。戦争未亡人で、闇で小料理屋やってる――」
巻子「チリメンの派手なもんぺはいてた人じゃない？」
綱子「あんた気がついてた？」
巻子「夜中にご不浄に起きると、お母さん、石ウスひいてンのよ。田舎から送ってもらう小麦――石ウスで粉にしてンの。ゴーロゴロ、ゴーロゴロ、ゴーロゴロ。お母さん、とってもこわい顔して、あたし子供心に――あ、お父さん、あの人のとこ行ってるなって――」

●イメージ・スーパー事務室

男たちの前の巻子。

巻子「――主人、つきあってる女のひと、いるんです。名前、判らなかった頃は、まだよかったんですけど――秘書課の赤木って女の子だって判ってからは――夜、主人の帰り待ってると、頭の中で、アカギ、ケイコ、アカギ、ケイコ――ごろごろ、ごろごろ石ウスが廻ってるみたいで――うちに居られなくて、それで――どうか名前だけは、勘弁して下さい」

●里見家（深夜）

つけっぱなしのテレビの白い画面が、ザアザアいっている。
ソファで、うたた寝している鷹男。
テーブルにのみかけのウイスキー。
起きてきた洋子が、テレビを消す。
電気を明るくする。
気配で目を覚す鷹男。

鷹男「――なんだ、洋子か」
洋子「お母さん、いないと、これだもんねえ」
洋子、ウイスキーなどを片づけようとする鷹男の手をとめ、散らばったピーナッツの皮をひろいはじめる。
洋子「皮散らかすンだから、むいたのでなきゃ駄目だ、お父さんは」

鷹男、生あくびをしながら、見ている。
台所の方で、物音、宏男がビールととりのモモを手にそろそろと出てきたところ。
洋子「お兄ちゃん！」
宏男持ったまま立ち往生。
洋子「お母さん、居ないとこれだもんねえ」
宏男「(ガックリしている)」
鷹男「カンの悪い奴だな、お前も」
宏男「ああ、ついてねえ」
鷹男「持ってこい。(ここへ)」
宏男、仕方なくビールをかかえてくる。
鷹男「お前、いくつだ」
宏男「分り切った質問しないでよ」
鷹男「こんなもの、飲んで勉強出来るわけないだろ」
宏男「シンナーよかいいじゃない」
鷹男「(だまる)」
怒っていない。
自分から立ってグラスを三つ出す。
鷹男「セン、あけろ、ほら」

子供たち、顔を見合わす。
日頃をかえりみて、少しやましい父親は、仏頂面をしながら、子供にビールをついでやる。
鷹男「（洋子に）一センチだぞ」
洋子「――ハイ」
三人、黙ってのむ。
洋子は、泡をなめている。
洋子「ねッ！　お母さん、死んじゃったら、うち、こんな風かな」
鷹男「え？」
絶句する鷹男、目を輝かしている洋子を見る。
一人前の主婦として、男たちの役に立っている自分がうれしい洋子。
鷹男「そんなことというと、お母さん、化けて出るぞ」
宏男「死ぬわけないだろ。地震があったって火事があったってあの人、最後まで生き残るって」
洋子「しぶといもンね、お母さん――」
洋子、笑いながら台所へ何か取りにゆく。
宏男「――たまンねえな」
鷹男「気、つけろ、女の子ってのは、大学入試よか、ずっとおっかないぞ」

にこにこしながら、

洋子「お母さんたち、もう寝たかな」

●国立の家・茶の間（夜明け近く）

四人姉妹。

このあたりから咲子だけは、寝息を立ててねむっている。

巻子、はあと大きくため息をつく。

綱子「アンタずい分、タメ息大きいわねえ」

滝子「鼻の高いひとは、タメ息も大きいのよ」

綱子「はじめて聞いた――ちょっと――」

軽いいびきでねむっている咲子。

滝子「のんきなもんね」

巻子「子供にオッパイやって、お姑さんがいりゃくたびれるわよ」

滝子「そう思ったら呼ばなきゃいいのよ」

綱子「キツい言い方しなさんなよ」

巻子「きょうだいなんだから――（言いかけて）シッ！」

ミシ、ミシという床のきしむ音。

耳をすます三人。

戸のあく音、そして、いきなり、ガシャンという音。

●台所（夜明け近く）

パッと電気をつける。

ねまき姿の恒太郎が一升ビンを取り落し、こわしたところ。

綱子、巻子、滝子の三人。

グラスを持ったまま、中腰になり、硬直している恒太郎。

その足許に、一升ビンの破片と酒が流れ、恒太郎の素足、あわててはだしで飛び込んだ綱子、巻子、滝子の足の裏を濡らしている。

酒の匂い。

恒太郎、無言で、ガラスの破片を拾おうとする。

巻子「お父さん。ここ、お父さんのうちじゃないの。寝つかれなくてお酒飲みたかったら、どして堂々と電気つけてやらないの。あたし、そういうお父さん見るの、やなのよ」

激してしまう巻子、父を突き飛ばすようにして、自分でガラスの破片を拾いはじめる。

グラスを手に、突きとばされたままの恒太郎。

綱子、滝子の足。

冷たいのと気持悪いので、足の指を持ち上げている。

滝子「――やっぱり――お父さん、ひとりで暮すの、無理よ」

恒太郎「――」
滝子「もう一回、火事を出したら、今度はご免なさいじゃ済まないんですからね、野中の一軒家じゃないんだから」
恒太郎「――たばこ、やめりゃ、いいだろ」
　三人ポカンとしてしまう。
三人「たばこ……」
恒太郎「たばこ、やめるよ。それでいいだろ」
三人「お父さん！」
　音をたててグラスを置き、三人を押しのけるようにして、出てゆく恒太郎。
滝子「足も拭かないで――」
　滝子、雑巾で父の足あとを拭ってゆく。
綱子「あんた、自分の足、先に拭かなきゃダメよ」
滝子「ああ、酒くさい」
綱子「雑巾、フロ場でしぼってよ」
　滝子、出てゆく。
綱子「お酒の買い置き、無いのかな……」
巻子「持ってくの？」
綱子「このままじゃ余計寝つかれないわよ、お父さん」

別の戸棚をあける。インスタント・ラーメンの袋が重なっている。
巻子「インスタント・ラーメン」
綱子「こんなの、食べる人じゃなかったのに――」
巻子「――」
綱子「――こやって見るとかわいそうねえ。
お母さんには悪いけど、つきあってる人がいて、時々、そっちのアパートに行ってごはん食べさせてもらってる方が、気が楽だわね」
巻子「あたしはやだな。それじゃ、お母さん、死に損じゃない」
綱子「だから、お母さんには悪いけどって言ってるじゃないの」
巻子「お姉さん、口だけよ。本当は悪いなんて思ってない」
綱子「――鷹男さん、浮気でもしてンじゃないの」
巻子「（小さくサラリと）お姉さんじゃあるまいし」
綱子「（聞えないフリで）あった――」
一升ビンに少し残っている酒。
巻子「大丈夫？　お酢になってンじゃないの」
綱子、匂いをかいでみる。
綱子「大丈夫、大丈夫」
コップにつぐ。

　雑巾を手に入ってくる滝子。
滝子「ねえ、咲子ったら、大の字になって——あ、お酒？」
巻子「お父さんに持ってくんですって」
滝子「長女は気が利くわ」

●離れ（夜明け近く）

　コップ酒を持って声をかけながら、襖をあける綱子。
　うしろから、巻子と滝子。
綱子「お父さん、お酒——」
　襖をあけたのと、恒太郎が、離れの窓（又は戸）を庭に向って明け放したのと一緒。
　恒太郎、買い置きらしい幾箱ものたばこを、庭に向って投げる。
三人「——お父さん」
　庭にころがっている焼け焦げの布団。
　闇の中を投げられるたばこ。
　三人の娘たち。
　そしてひとり安らかにねむる咲子。
　Ｆ・Ｏ

●陣内のマンション（早朝）

ダブルベッドで、ねむる陣内。

サイドテーブルの電話が鳴る。

陣内、何かかんちがいをしたらしく、空いた隣りに手をのばし枕を抱えこむ。鳴りつづけるベル。陣内、取る。

咲子(声)「あたし」

陣内「え？　ああ」

●国立の家・茶の間（早朝）

電話のコードを長く引いて、声をひそめて電話している咲子。声は甘く、体全体で受話器とベッド・シーンをしているように見える。

咲子「時間よ」

陣内(声)「うん」

咲子「起きて」

陣内(声)「うん」

咲子「ちゃんとやンのよ」

陣内(声)「やる」

咲子笑いかける。

咲子「ちゃんと、着て寝た？」

陣内(声)「着て寝た」

咲子「嘘、何にも着ていない」

少し離れたところに外出姿の恒太郎立っている。

娘の声を聞いている。

陣内(声)「――判るか」

咲子「判る。肩、冷やしたらどうすンの」

陣内(声)「罰金、払うよ」

咲子「罰金いいからちゃんと起きて――あ、勝利、夜泣きしなかった？」

陣内(声)「いっぺん泣いて、おっかさんあやしてた」

咲子「あたし、おひる前には帰るからって、おばあちゃんに――」

陣内(声)「そっち、どうだ」

咲子「フトンとタタミが焦げただけ。お姉ちゃんたち、大げさなのよ。うん、お父さん、少し参ってるけど――あ、うん……うん」

そっとでていく恒太郎。

●離れ（朝）

キチンとたたまれた布団。座卓の上に大きな字で、

「早朝会議あり、出勤」

と書いてある。

四人の娘。

●物置（朝）

パッと戸をあけ見上げる滝子。

ガラクタのはかは何もない。

うしろから三人。

滝子、大きく安堵（あんど）のため息。

咲子「バカだな。滝ちゃん、お父さん、自殺なんか」

巻子「――咲子！」

綱子「そうよ。人間なんて厚かましいもんなんだから、ずい分、恥かいたって、けっこう
　ケロッと忘れてやってくんだから」

巻子「――――」

巻子、またスーパーでのイメージ。

●駅

ホームのベンチに坐っている恒太郎。
電車が入ってくる。
サラリーマンがのりこみ、発車してゆく。
見るともなく見ている恒太郎。
隣りに初老の男がすわる。
たばこを出して、火をつける。
恒太郎も、反射的にコートのポケットからたばこを出す。
くわえかけて、やめて、そばのくず入れに捨てる。ライターもほうり込む。

●国立の家・茶の間（朝）

朝食の食卓。
四人の娘が、旺盛(おうせい)な食欲を見せている。
四人とも、口いっぱいほおばったまま、しゃべる。
咲子と滝子は、どちらも、こだわっている。
咲子「お父さんさ、今日会社へいく日だった？」
綱子「ううん今日じゃない」

巻子「あたしたちに顔合わすのいやだったんでしょ」
咲子「いまごろ、何してるかな」
綱子「さあねえ」
咲子「もう、いくとこ、ないもんね」
巻子「どっかで、モーニング・コーヒーでも飲んでンじゃないの。お代り？」
咲子「もういい」
綱子「肝心のハナシ、出来なかったけど、まあ、ここ、しばらくは、お父さんも気をつけるでしょ」
巻子「あと、どうするかってハナシは、何でもない時に、落着いてした方がいいわよ」
綱子「いまだと、お父さん、追いつめるだけだものね。あ、そうだ、あたし、前から言ってた、あの大島、もらってくわよ」
滝子「大島って——泥大島」
綱子「お母さん、あたしにくれるっていってたから」
巻子「花火みたいなのでしょ。あれ、あたしにもそう言ってたわよ」
滝子「あれ、あたしも一番好きなんだけどな」
綱子「あんたたち着ないでしょ!!」
巻子「よそゆきは着物よ」
綱子「大島はよそゆきにはならないわよ」

滝子「お正月には着るもの」
咲子「あれ、一番高い着物じゃない」
綱子「あたしは商売用なんだけどな」
咲子「そんなこと言ったらさ」
巻子「ね、パッとやっちゃわない」
三人「？」
巻子「お母さんの——」
綱子「形見分け？」
巻子「お父さん、お前たちで、相談してやれっていってたじゃない」
滝子「四人揃うなんて、めったにないもんね」
咲子「ジャンケンで、ひとつずつとってかない」
綱子「ジャンケン？」
滝子「クジ引きの方が」
巻子「そんな高いもン、ないわよ。お母さん、お父さんにはいいもの着せてたけど自分は
つましかったもの」
綱子「ジャンケンでいいや」
滝子「取る順番決めよう！」
四人「ジャンケン（やりかける）」

SE　玄関ベル

滝子「お父さん——」

巻子「(ニコッとする) ハーイ！　うちのじゃないかな。来なくてもいいって言ってるのに、自分が出なきゃ納まンないと思ってンだから——ハーイ！　いまあけますゥ！」

とんでゆく巻子。

●玄関（朝）

カギをあける巻子。

外に男の姿がうつっている。

巻子「寄り道して——会社の方、いいの？　来るんじゃないかと思ってたんだ——お父さんたらねえ、あ、カギ、固い——顔合わすのテレくさいもんだから——」

少女のように弾み、甘えて、あける。

立っているのは勝又。

巻子「あ——」

勝又「ど、ど、どうも。このたびは——」

出てくる三人。

滝子「勝又さん——」

●国立の家・茶の間（朝）

勝又と四人。茶をいれている綱子。
滝子はプンプンしている。

滝子「びっくりさせないでよ。何しに来たのよ」
勝又「いや――あの、ちょうど、一緒にアパートに帰ったところに（お姉さんから）電話、あったもんだから――」
咲子「ウワァ！　ってことはァ、一緒に帰ってくるわけ」
勝又「いや、あの」
滝子「そんなんじゃないわよ。映画見た帰りに送って来たんでしょ。ヘンな言い方するから、みなさいよ」
綱子「ムキになって怒ることないでしょ」
滝子「何しに来たのよ」
勝又「何しにって――ミ、ミ……」
巻子「お見舞に来て下すったんじゃないの」
綱子「そうよ。来ない人だっているってのに――」
巻子「本当――」
滝子「常識ないんだから。ノコノコくること、ないでしょ」

咲子「――（笑って）勝又さん、よくつきあってるな。あたし、男なら、振ってるな」
勝又「いや、（モジモジ）ゼイタク、言えないす」
　巻子、立ってゆく。

●里見家・居間（朝）

　電話をとっているのは長男の宏男。
　口を動かしながら。
宏男「お父さん、出かけた」

●国立の家・台所（朝）

　電話をひっぱって、低い声で話す巻子。
巻子「もう出かけたの？　会社？」
宏男(声)「さあ――」
巻子「お母さんの方があとになるからちゃんとカギかけて出かけてよ」

●里見家・居間（朝）

　電話を洋子がとる。
洋子「あのねえ、今日ねえ」

巻子(声)「なんだ、洋子――」
洋子「課外授業で目黒いくんだけど、帰りにお父さんの会社、寄ってもいいでしょ」
巻子(声)「お父さん、いいって?」
洋子「いいって」
巻子(声)「仕事のじゃましないように――すぐ帰ンなさいよ。あ、それからね、お父さんにお母さん、怒ってますって――。そう言っといて」
　電話切る。
　後ろから朝刊を持った鷹男がくわえたばこで入ってくる。
宏男「なんだいたのか」
鷹男「お母さんか?」
洋子「かける?」
鷹男「いいよ、別に――あ、たばこ、たばこ」
　灰皿で丁寧にもみ消す。

●国立の家・離れ（朝）

　つづらや茶箱がひっぱり出されている。
　たんすの抽斗(ひきだし)も抜き出してある。四人姉妹。
四人「ジャンケン、ポン!」

●庭（朝）

四人(声)「アイコでショ！」
タタミの片づけをしている勝又、ヘンな顔をして、のぞきこむ。

●離れ（朝）

巻子が取って、綱子が取り、次が咲子の番らしい。
滝子「みんな、いいの、取るなあ」
綱子「ほら、次」
巻子「咲ちゃん——」
咲子「あたし、いいや」
綱子「いらないの」
咲子「ましなの、そのふたつじゃない。(姉たちの) ——あとはさ、古いし——傷んで——着らんないもの」
巻子「あんたね、形見ってのは、着る着ないじゃないのよ」
滝子「お金いくら出したって、これだけは買えないんだから」
綱子「いいじゃないの。いらないって人に、無理に分けることないわよ。あ、これもいいな」

巻子「みなさいよ。（ひろげて）居敷当てなんかこんなに、ほら――」
咲子「イシキアテってなによ」
綱子「あんた、イシキ当て知らないの」
巻子「お尻ンとこあてる布のこと――ほら、お母さん、丹念につくろって」
綱子「よく夜なべしてたもんねぇ」
巻子「働いて働いて、働き通した一生よ……」
たんすの底の地味な昔の柄の着物、ハラリとひろげて、肩にかけようとする。
とたんに、たたみの上にヒラヒラと、四、五枚の極彩色の絵が――。
昔風の春画。
綱子
巻子）「あッ！」
滝子
咲子）「何それ――アッ！　グッ！」
四人姉妹、それぞれの姿勢で時間が止ったように凍りつく。
咲子「（笑い出す）」
滝子「何がおかしいのよ。やだもう、しまってよ、そんなもの！　早く」
巻子「破けるでしょ」
綱子「怒ることないじゃない」

滝子「しまってっていうのよ！（金切り声になってしまう）そういうの、あたし、やなのよ」

もみあってるところへとび込んでくる勝又。

勝又「ど、どうかしたんですか！　ゴ、ゴ、ゴキブリでも――」

言いかけて、気づく。

これも、アッとなって棒立ち。

滝子「見ないで！」

咲子「もう見ちゃってるわよ」

滝子「男の人はあっち、行っててよ」

咲子「やだ、もともと男の人が見るもんでしょ、女が見る方がおかしいのよ」

滝子「こ、こんなもの、どして、こんなとこに入ってンのよ」

みな、見たいが、「はた目」があるので、チラチラと横目を使いながら。

綱子「お母さんよ、これ」

滝子「まさか、お母さんが」

綱子「お嫁に来た時、持って来たのよ」

巻子「聞いたことある――昔は――ほら」

勝又「ぼくも、あります。性、性教育の代りに、母親が、こういうの――娘のたんすの底に――」

滝子「へえー」
咲子「——意外だなあ。ほかの人なら（また笑ってしまう）ともかく——うちのお母さんがねえ」
綱子「はなしには聞いてたけど、まさかうちにあったなんて、ねぇ……」
滝子「あたし、やだな、自分の親が——こんなもの、何十年も持ってたかと思うと、ナマグサくて——」
綱子「お母さん。いいとこ、あるじゃない。お父さん、知ってたのかなあ」
咲子「知らなかったんじゃないの」
滝子「知ってたら、自分ンとこへしまってるわよ」
咲子「みんな、口、半分、あいちゃって」
滝子「昼間見るもんじゃないわよ」
滝子がひったくってかくすようにする。
巻子「やり切れないな、あ……あたし」
一同「——」
巻子「あたしたちの知ってるお母さんて——洗濯したり、お米といだり、下着のつぎしてるお母さんしかない。これ、持たされて、十九でオヨメに来て、それからずうっと、死ぬまで、これ、たんすの底にしまっといたお母さんなんて、あたし、考えてもみなかった」

一同「――」
　仏壇のふじの写真。
綱子「どうする、これ」
咲子「ジャンケンで分けようか、これも」
滝子「いらないわよ、あたし」
　春画。

●鷹男の会社・オフィス

　電話でどなっている鷹男。

　地方支店の部下に文句を言っているらしい。

鷹男「うん、うん。いや、君はね、なんかというと、ルールっていうけどね、うんモシモシ。ルール違反をしろと言ってるんじゃないんだよ。ただね、バカ正直に守っていたんじゃや、成績は上りませんよ、って――うん。うん。だからさ、統制の筈の米だって、スーパーで売ってるじゃないか。『ササニシキ一〇キロ四八五〇円』――。ルール違反しないで走ってる車はないよ。そのへんをだな――うん。融通利かせなさいよ融通を！　うん」

　恒太郎、立って聞いている。かつての自分の姿である。

鷹男「とにかく、九州で君のとこだけガタッと落ちてるっていうのは――」

どなりかけて、恒太郎に気づく。
恒太郎かまわずつづけなさいよ、という感じで手を振る。
鷹男「まあ、いろいろあるだろうけど、たのむわ。なあ、じゃあ」
電話切る。
鷹男「お父さん——」
恒太郎「じゃま、して——どうも」
鷹男「ちょうど、一服しようと思ってたとこだから——出ますか」
恒太郎「ここでいいよ」
鷹男、たばこをすすめる。
恒太郎「たばこは——やめることにしたんだがね」
鷹男「(何をいってるんですかという風に押しつける)」
恒太郎、くわえる。
火をつける鷹男。
鷹男「しぼられたでしょ」
恒太郎「こうと判ってたら、四人も作るんじゃなかったよ」
鷹男「(笑う) 四人とも女の子ってのが、ドジだったな」
恒太郎「全くだ」
鷹男「もう一人。次は男の子じゃないか——そう思ったんじゃないですか」

恒太郎「わたしよか、ばあさんがそう思ったらしいね」
鷹男「やっぱり、あととり生まないと、ひけ目なんですかねえ」
恒太郎「昔は、ね」
鷹男「——何か——（間）」
恒太郎「いや、通りがかりだよ」
　赤木啓子がコーヒーを持ってくる。
赤木「いらっしゃいませ」
鷹男「お父さん、これじゃ駄目だ、日本茶でなきゃ」
赤木「ごめんなさい」
恒太郎「いいよ、これでいい」
　恒太郎、啓子をじろりとみて、ゆっくりと煙草の煙を吐く。
　男の子を持たなかったかなしみ。四人の娘を成人させ、その娘に、そしられている老いの身。
　たったひとつの楽しみだった煙草すら、老いの証明として、自分を追い込んでいる。
　婿のところで、ゆっくりとたばこを吸う自分。
　そんな苦い老人の横顔をみつめる鷹男。
　恒太郎のうしろで電話がなり、タイプが音をたてている。
　ゆっくり吸い終り、灰皿にこすりつける恒太郎。

鷹男「お父さん、何かはなし（言いかける）」
恒太郎「いや、別に」
　恒太郎、手を振って帰ってゆく。

●オフィス・廊下

　帰ってゆく恒太郎。
　追ってゆく鷹男。
鷹男「お父さん！」
恒太郎「――――」
鷹男「――うち、来ませんか」
恒太郎「――――」
鷹男「せまいの我慢してもらえば」
恒太郎「――　（少し笑って）自分のうちで死にたいね」
　帰ってゆく恒太郎。
　うしろ姿を見送る鷹男。

●図書館

　働いている滝子。

カードを読み上げて、次々と本を足す。
すこし放心する。

●東洋ジム

スパーリングしている陣内をバックに、咲子が写真を撮られている。
女性週刊誌のインタビューという感じ。

インタビュアー「こっちの質問にこたえてるとこうつしますから――」
咲子「（髪を直す）」
インタビュアー「チャンピオンの妻として一番気をつかうことは」
咲子「食生活だわね。カロリー計算の本買って、本格的にやったんですよ」
インタビュアー「性生活の方は、どうですか」
咲子「これもカロリー計算の本を買って――」
インタビュアー「（笑って）赤ちゃんの名前、たしか勝利ちゃん」
咲子「カツトシってよみます」
インタビュアー「負けるってことばは、やっぱし、タブーですか」
咲子「主人の前じゃ使いませんけど、八百屋さんなんかじゃいうわよ。『おじさん負けてよ』なんて――」
人を笑わせ、自分も笑いながら答えている。

幸せの頂上にいる咲子。カメラマンがパチパチうつす。笑っていた咲子が、ふっと厳
粛な顔になる。

●綱子の家（夕方）

鏡台の前で、母の形見分けの着物を何枚も重ねて着て見ている綱子。
帯をせず、打ち合わせただけの、重ねた色目が、なまめいてみえる。
電話をみつめる。
着物を垂れたまま、体を斜めに伸ばしてダイヤルを廻す。

●料亭「枡川」の帳場（夕方）

おかみの豊子が電話を取る。
豊子「『枡川』でございます」
綱子「――――」
豊子「モシモシ。『枡川』でございますが」
電話、プツンと切れてしまう。
うしろを通りかかる夫の貞治。
豊子「あなた、電話」
さりげなく声をかける。

貞治「だあれ」

豊子、伝票をめくる。貞治、でる。

貞治「モシモシ――モシモシ」

間を置いて、貞治切る。

豊子「塗りもの、どうしましょうかね。平安堂から、注文早めにって言ってきてるけど――」

貞治「――昔とらがって、此の頃は板場の扱いが荒いからなあ」

豊子「――たまンないわよ。値段の方も、おっかないようだし――」

言いながら十円玉をひとつかみ、貞治の前に置く。

貞治「なんだい」

豊子「細かいのがいるんじゃないですか」

貞治「――年のせいかねえ。ポケットに十円玉、入れてると、肩が凝るんだ」

そのままでてゆく貞治。

豊子「――――」

●綱子の家（夕方）

灯もつけず、じっとすわっている綱子。電話機だけが黒く光っている。そのまわりに蛇のようにまつわっている色とりどりの腰ひもや帯じめ。

●里見家（夕方）

　スナップ写真を見ている巻子。
　社員旅行。
　鷹男を中心に、女社員。揃いのどてら、宴会の席らしい。
　鷹男の手が、隣りの赤木啓子の肩にかかっている。

●鷹男の会社（夕方）

　鷹男のデスクのところに来ている、制服姿の洋子。
　紅茶を出す啓子。
啓子「いらっしゃい」
鷹男「お茶なんかいいよ、赤木君。社員の家族は水で沢山だ」
啓子「部長、おうちでも、こうなの？」
洋子「――もちょっと見てないと判んない」
鷹男「そうずっと見てられたら、やりにくくてしょうがないよ」
　笑いながら――紅茶を出す啓子。
啓子「いくつ」
洋子「十五」

啓子「そんなに入れるの？　ふとるわよ」
洋子「やだ、あたし、年だと思った」
鷹男「カミさんと似てポオッとしてんだ……」
　鷹男、千円札を二、三枚出す。
鷹男「これで、友達とケーキでも食べて」
洋子「友達、みんな帰っちゃったもの」
鷹男「急の会議で、いけないんだよ。この次だ。な、お前、ひとりで帰れ」
啓子「あたし、つき合おうかな」
鷹男「赤木君、おデイトいいの」
啓子「たまには、あいてる日もございます」
鷹男「お姉さんにおごってもらうか」
洋子「――（上気してうなずく）」

●里見家・居間（夜）
　電話をとっている巻子。
巻子「赤木さんとお食事――赤木さんて、秘書の赤木啓子」

●会社・廊下（夜）

電話している洋子、うしろで啓子。

洋子「お父さん、急の仕事でダメなんだって。うん、あたし今晩、ごはん、いらないから、え？　あ、――おかあさんがちょっととって――」

啓子「あたし？」

●里見家・居間（夜）

巻子。

巻子「まあ、いつも主人がお世話になっております。このたびはなんですか、ええ、ご迷惑じゃなかったんですか」

啓子（声）「いいえ、今晩はあいてますから」

巻子「そうですか。子供ですから、もう、ラーメンか、ハンバーグで――はあ。申しわけありません。それでは――」

切る。

しばらくじっとしている。

ごろごろと石ウスが聞こえてくる。

●イメージ・国立の家・茶の間（夜）

暗い電灯の下。
もんぺ姿で、石ウスを廻す母のふじ。
（声）「アカギ、ケイコ。……アカギ、ケイコ」
石ウスの音。
春画がダブる。

●レストラン（夜）

食事をする赤木啓子と洋子。
啓子「そんな特別なこと、いらないわよ。タイプや速記が出来ればもっといいけど、日本じゃまだそこまで出来る秘書って、すくないんじゃないかな。秘書になりたいの？」
洋子「――（うなずく）なんか、ステキそう」
啓子「誤解してる人も多いわよ。秘書って聞いただけで、なんか、あやしいって」
洋子「『セクレタリ』っていうと、そうじゃないみたい」
啓子「トイレっていうのと同じよ。トイレっていうと、水洗だけど、お便所っていうと、汲取式（くみとりしき）みたいでしょ。同じよ」
洋子「あ、そうか」

啓子「お食事中にピッタシの話題じゃない？」
　洋子、うれしくなる。
　二人、おでこをくっつけんばかりにして笑う。
啓子「四人家族か」
洋子「代表的な核家族よね」
啓子「パパ——（はどうなのという感じで聞く）」
洋子「うちじゃ、お父さんてよぶの。水洗じゃなくて汲取式——」
二人「（声を合せて笑う）」
　笑って、
啓子「じゃあ、お父さん、お母さん」
洋子「ヘンな夫婦」
啓子「どーして」
洋子「小さいことだと、ちゃんとディスカッションするの。殺虫剤はどのメーカーのが一番匂いがないとか。でも、大事なことは、言わないの。明日にのばすの」
啓子「大事なことって——」
洋子「——（小さく）浮気のこととか」
啓子「どっちの？　お父さん？　お母さん？」
洋子「お父さん、してるんですか」

啓子「だって、浮気っていえば――」
洋子「おじいちゃん――七十になって、女のひと、いるの。もう別れたらしいけど」
啓子「日本も進んだなぁ」
洋子「秘書って職業も、認められるんじゃないですか」
啓子「水洗式トイレになるかな」
二人「（また大笑い）」

●里見家・居間（夜）

少女らしいブローチをみせながら興奮してしゃべる洋子。
巻子。

巻子「買ってもらったって、赤木さんに貰ってもらったの」
洋子「プレゼントだって」
巻子「どんなハナシしたの」
洋子「いろんなこと！　うちのことやなんか、お母さんのことも聞いてたから」
巻子「フーン」
洋子「ステキだな、あの人。足なんかすごく細くてスーとしてね」
巻子「若い時はみんなスーとしてンのよ」
洋子、台所へ入ってゆく。

また石ウスが聞こえる。
ブローチを手に巻子。
ブローチの針ピンで手の甲を突く。
プクッと血が盛り上る。

●里見家・夫婦の部屋（夜）

腹這（はらば）いになってたばこをすう鷹男。
着たものをたたんでいる巻子。
母の形見の着物を着ている。

鷹男「朝、出掛けに寄ってくのは判ってたけどさ――お父さんの気持考えたら――オレだったら、来て欲しくないね」
巻子「――――」
鷹男「なんかっていうと、四人集って騒ぐのは、どうなのかねえ。
本当は、オレとお前だけで行って処理する方が」
巻子「そしたら、お父さん、あたしたちで面倒みることになるわよ」
鷹男「（呟（つぶや）く）あ、そうか……」
（間）
巻子「赤木さんて人ねえ、秘書の（言いかける）」

鷹男「見馴れないの、着てると思ったらお母さんのか」
巻子「かびくさい？」
鷹男「(かいで) すこし、な」
巻子「――この間から、凄いもの出てきたんだから」
鷹男「ヘソクリか」
巻子「――」
鷹男「――なんだい」
巻子「――絵……」
鷹男「絵？」
巻子「………」
鷹男「――フーン。どんなの」
巻子「どんなのって……」
鷹男「沢山か」
巻子「四枚かな、五枚だったかしら」
鷹男「ハ、ハッキリした奴か」
巻子「ほかのみたことないから判らないけど――もうびっくりして」
鷹男「みんなどんな顔した？　滝ちゃんなんか (好奇心丸出しで、言いかける)」
巻子「あたし、お母さんかわいそうになってきた。お父さんが浮気して、お母さん夜、ひとりで待ってた時ね、あたしたち、割りと、平気だったの。お母さんて、そういうことにガマン出来る人だって――そう思ってたのよ。キチンとしてたし、色気とかそういうこと、関係ないって顔してたから――でも、そうじゃなかったのね。お母さん、タンスの抽斗(ひきだし)にああいう絵――何十年も」

鷹男「――」

巻子「タンスの底にあるってことは、ここに（胸に）あるってことよ。お母さん――（言いかける）」

鷹男、珍しく激している巻子に手をのばす。激しく振りはらう巻子。

鷹男「その絵どうした」

巻子「そのまま、置いてきたわ」

鷹男のたばこをとって水を入れた灰皿でジュンと消す。

立とうとする。その白足袋を押える鷹男。立っている巻子。

●滝子のアパート（夜）

滝子、抽斗をあける。

化粧品が入っている。

口紅をつける。目張りを入れ、アイシャドーをつける。

極めて真剣に行うのだが、馴れない上に不器用ときているので、はみ出したり、いびつになったりで不細工この上ない。
最後につけまつ毛で仕上げをする。別人のような濃い化粧。それから電気を消す。
着ているセーターを脱ぎ――ほかのものも脱ぎ、ベッドに横になる。
じっと目をつむる。
またあぶな絵が、出てくる。
SE　ドア、ノックの音
滝子、気づかず、ぼんやりしている。
SE　ドア、ノック

滝子「ハイ！　ハイ！」
　とび起き、脱ぎ散らしたもので体をおおってドアのところへとんでゆく。
滝子「どなた？」
勝又(声)「ぼくです」
滝子「勝又さん――」
　ドアの外の勝又。
勝又「急に顔見たくなって――」
滝子「あたしも――」
　滝子ドアをあけかけて、小さな鏡にうつる自分の異様なメークアップに気づく。
滝子「あ、駄目よ」

勝又「駄目って言わないって約束じゃないの」
滝子「本当に駄目なのよ。あたし――パ、パ――パックしてンの」
勝又「見たい――」
　滝子、ドアを、細目にあけ、顔を見られないように、用心しながら片手を出す。
滝子「この次――」
　勝又、その手をにぎる。手のひらにくちづけをする。
　何度も何度もする。
　押え切れず、地団駄を踏んでいる。
　ドアの内と外の、不器用な恋人たち。
　滝子、開けたい自分にピリオドを打つように手を引っこめる。
　かすれた声で。
滝子「この次――」
勝又「――おやすみなさい」
　ドアがしまる。
　勝又、ドアを抱くようにして、体をはりつける。
　中の滝子も、体ごとドアにもたれかかっている。

●病院・表

出てくる恒太郎と巻子。
恒太郎「血圧なんてもンはね、高い高いってさわぐから、高くなるんだよ」
巻子「そりゃ、そうだけど——お母さんの遺言だと思って、三月にいっぺんは、ちゃんと
行ってよ」
恒太郎「——」
巻子「お父さん……」
恒太郎「行くよ」
歩いて表通りに出る父と娘。
巻子「まっすぐ、帰る？」
恒太郎「いや、会社、のぞいてく」
巻子「——なんか、買うものあったら、つきあうけど——靴下とか下着」
恒太郎「いや、当分、大丈夫だ」
巻子「そう……」
たばこ屋の前。
巻子「——お父さん、たばこ、切れてんじゃないの」
恒太郎「いや、いいんだ」
巻子「——」
恒太郎「たばこは、やめたよ」

巻子「――」
　少し歩いて。
巻子「国立のうちのことだけど――下宿人、置いたらどうかしらねえ」
恒太郎「――」
巻子「あたしたちだと、気づまりだから、アカの他人置くのよ。掃除ぐらいはしてくれる、男のひと」
恒太郎「しゃべったりするの面倒くさいよ」
巻子「無口なのよ、その人。気がおけなくて、――お父さんも知ってる人よ」
恒太郎「誰だい」
巻子「勝又さん」
恒太郎「滝子のつきあってる――あれか」
巻子「お父さん、きらい」
恒太郎「きらいじゃないよ」
巻子「そりゃ収入とか学歴は問題あるけど、このへんで、まとめないと、滝子、売れ残っちゃうもの」
恒太郎「知恵が廻るな」
巻子「女なら、みんなこのくらい考えるわよ」
恒太郎「そうか」

恒太郎、おかしそうに笑う。
巻子も笑いかけてハッとなる。
向こうからくる、三人連れ。
中年の男、土屋友子、そして息子の省司。友子も気づく。
恒太郎、巻子。よそ見をしていた少年が恒太郎を見つけ、鋭く叫んでしまう。
省司「パパッ！」
立ちどまる恒太郎、巻子。
少年の手をひっぱる友子。
三人、通りすぎてゆく。
少年だけが振り返る。
恒太郎の目に灯がともりはじめる。
省司（エコー）「パパッ！　パパッ！」
遠ざかってゆく三人。
立ちつくす恒太郎と巻子。

裏鬼門

●国立の家・縁側

すわって、冬枯れの庭を見ている恒太郎。
その目は何も見ていない。
恒太郎のうしろに黒い電話機。
恒太郎、自分の肩越しに電話機を意識する。

●病院前の道（イメージとして）

話しながら歩いてくる恒太郎と巻子。
巻子「国立のうちのことだけど――下宿人置いたらどうかしらねえ」

恒太郎「――」
巻子「あたしたちだと、おたがい気づまりだから、アカの他人置くのよ。掃除ぐらいしてくれる男のひと」
恒太郎「しゃべったりするの面倒くさいよ」
巻子「無口なのよ、その人。気がおけなくて――お父さんも知ってる人よ」
恒太郎「誰だい」
巻子「勝又さん」
恒太郎「滝子のつきあってるあれか」
巻子「お父さん、あの人、きらい？」
恒太郎「きらいじゃないよ」
巻子「そりゃ収入とか学歴は問題はあるけど、このへんでまとめないと、滝子、売れ残っちゃうもの」
恒太郎「知恵が廻るな」
巻子「女なら、みんなこのくらい考えるわよ」
恒太郎「そうか」
恒太郎、おかしそうに笑う。
巻子も笑いかけてハッとなる。
向うから二人連れ。

中年の男。土屋友子。そして友子の息子省司。
友子も気づく。
恒太郎、巻子。
よそ見をしていた省司、恒太郎を見つけ鋭く叫んでしまう。
省司「パパッ！」
立ちどまる恒太郎。巻子。
少年の手をひっぱる友子。
三人通りすぎてゆく。
少年だけが振り向く。
恒太郎の目に灯がともりはじめる。
省司(エコー)「パパッ！　パパッ！」
遠ざかってゆく少年。
立ちつくす恒太郎と巻子。

●国立の家・縁側

庭を見ている恒太郎。
しかし、その目は何も見ていない。うしろにある黒い電話機を意識している。
滝子(声)「お父さん、荷物来たわよ！」

●国立の家・玄関

トラックから、机や本箱、整理ダンスなどをおろして運び込んでいる勝又と滝子。出てくる恒太郎、手を出しかける。

滝子「お父さん、いいわよ。勝又さん、大した荷物無いんだから」

勝又「――」

恒太郎「そうか」

恒太郎、こまかいものをおろしながら、トラックの運転手がこちらを見ているのに気づく。

恒太郎「滝子（突っついて）」

滝子「え？」

恒太郎「チップ……」

滝子「いいんじゃない？」

恒太郎「そうもいかんだろう」

滝子「勝又さん、チップだって」

勝又「え？　ああ――」

勝又、ポケットをさぐり、くしゃくしゃの五千円札を出す。

さすが、細かいのがないらしい。

恒太郎「——わたしが（払っとくよ）」

勝又「すみません」

　滝子、ゆきかけて——もどる。

滝子「お父さん——」

恒太郎「なんだい」

滝子「——あたしね、まだ決めたわけじゃないんだから。勝又さんまだ他人なんだから。

　お金のことハッキリ——」

　分けてよ、というしぐさ。

恒太郎「判ったよ」

　滝子入ってゆく。

恒太郎(呟く)「融通の利かん奴だな」

　苦笑しながらチップを出す。

滝子(声)「あ！　引きずらないで！　キズになるでしょ！」

●勝又の部屋

　勝又に手を貸して、運び込む滝子。持ち方が悪かったらしく、ガツンと柱にぶつける。
勝又「あッ！」
　壁にキズ——。

滝子「それちがうわよ。いまつけたんじゃないのよ。昔の――」
勝又「ああ――びっくりしたア」
滝子「咲子とけんかして――。あたしたち、一緒の部屋だったでしょ。けんかばっかしよ。全然性格、ちがうんだもの――これは（荷物）」
勝又「そこかな」
滝子「小さい時から、あの子、きょうだいで一人だけちがってたわね。勉強出来ないくせして、お母さんの鏡台の前、坐りこんで、これ（口紅つけるまね）――そいで、よそ、遊び、行っちゃうのよ。下着だって何だって、自分、洗濯ためといて、人のはいてくんだもの」
勝又「――これは（キズ）」
滝子「あたしじゃないかな」
勝又「なんかこう――（ぶつけるまね）」
滝子「文鎮ぶつけたのかな」
勝又「文鎮？」
滝子「うち、みんなやる（投げる）のよ」
勝又「お姉さんたちも（やるの？）」
滝子「う、うん……」
勝又「あの顔で？」

滝子「遺伝じゃないかな」

●国立駅前通り

目立つスポーツカーが走ってゆく。

運転しているのは咲子。

アメリカン・レッド・フォックスの派手なジャケットを着ている。

あッとなる。歩いているのは、父の恒太郎。

お父さん、と言いかけ、窓をあけようとするが、うしろから、警笛を鳴らされて、あきらめ発進する。

●国立の家・勝又の部屋

踏台にのり、かなり大きな鉄鎚で高いところに釘を打っている滝子。
踏台を押えている勝又。
滝子「いっくら高所恐怖症だって——踏台がおっかないなんて聞いたことないわよ」
勝又「二階は平気なんですけどね」
滝子「あっちの方がずっと高いじゃない」
勝又「でも、手摺ついてるから」
滝子「手摺のついた踏台はないわよねえ」

笑ってしまう、滝子。

ごくりと唾をのみこむ勝又。

勝又「わ、わ、笑うと、体中の筋肉が、地震というか、津波っていうか――特にこのへん」

滝子の尻を抱き顔を押しつける。

滝子「あ、なにすンのよ」

勝又「滝子さん」

滝子「やめてよ。お父さん、帰ってくる」

勝又「大丈夫」

滝子「あたしやなのよ。こんなとこで、ドサクサまぎれっての、やなのよ。

一生に――はじめての――はなして！」

滝子、はげしく抵抗するが勝又、ひるまない。

もみあううちに、滝子、手にした鉄鎚で勝又の頭を殴る形になってしまう。

蛙のつぶれたような声を出して、頭を抱え、たたみに伸びてしまう勝又。

滝子「勝又さん！

大丈夫？

勝又さん」

勝又「――ああ――」

SE　玄関チャイム

菊ずし(声)「毎度オ！　お待ちどおさんす！　菊ずしです！」

滝子「菊ずしなんて、たのまないわよ！」

菊ずし(声)「菊ずしです！　どうも！」

どなっている若い衆。

滝子「うち、たのまないわよ！　もう！」

出てゆく滝子。

●国立の家・玄関

滝子があける鼻先に突き出されるバカでっかいすし桶(おけ)、菊ずしの若い衆。

菊ずし「へい。特上五人前」

滝子「たのまないって言ってるでしょ」

菊ずし「いや、あの、ちゃんと、お代もらってますけど」

滝子「――お父さんかしら」

菊ずし「いや、女の人」

滝子「女の人？」

うしろで、車のキイを廻しながら、ニヤニヤして立っている咲子。

咲子「一緒になっちゃった――ごくろうさん」

滝子「咲ちゃん？　これ」

咲子「滝ちゃん好きな、とろと穴子余計入れといた。食べて」

　言いながら、どんどん上ってゆく。

滝子「咲子――ちょっとあんたどこゆくのよ」

●国立の家・茶の間

　咲子、コートもぬがずに仏壇の前に坐る。

　うしろの滝子。

咲子「まず、お母さんにあいさつしないと」

滝子「着たまま拝むの？」

咲子「このうち、寒いんだもの。暖房費けちるから。それと（チーンと鉦（かね）を叩きながら）見せたいじゃないのお母さんに――」

　拝みながら――。

咲子「あの人と一緒になってから、ずうっと、コートなしだったもん。寒いと、かけ出して歩いてたもン。――お母さん、ヘソクリで買ってくれるって言ってた矢先にバタンてなったのよ」

滝子「なにこれ？　ミンク？」

咲子「アメリカン・レッド・フォックス」

滝子「狸(たぬき)がキツネ、着てるわけだ」
咲子「――勝又さん――（キョロキョロする）」
勝又、うしろから頭を押えて入ってくる。
咲子「どうしたの」
勝又「鉄鎚でちょっと」
咲子「ぶったの？　大丈夫（見ようとする）」
滝子「大丈夫よ」
咲子「どして、鉄鎚で、頭なんかぶったのよ」
滝子「あの――」
勝又「自分で――高いとこ（トントン）やってて――」
滝子「おっこったのよ」
咲子「――いいクチあったわよ」
バッグから「ボクシングファン」(雑誌)を出す。
咲子「ここの編集部なんだけど、うちのが、売り込んだでしょ。月給すっごくいいのよ」
滝子「待ってよ。勝又さんたのんだの」
勝又「いや――里見のお兄さんにはたのんだけど――」
咲子「あたし、鷹男さんからいわれたのよ。どっかいいとこないかなって――」
滝子「(勝又をにらむ) 知らなかった――」

咲子「おにいさん」
滝子「言葉は正確に言ってよ」
咲子「え？　あ、おにいさん……かるいイミで言ったんじゃない」
滝子「じゃあ、魚屋のオニイさん、すし屋のオニイさんてのと同じなの」
咲子「滝ちゃん――」
滝子「男の職業は、お金だけじゃないのよ」
咲子「拳闘の雑誌よか興信所の方が上等ってわけ？」
滝子「世の中の役に立ってるわよね」
咲子「そうだ。うちのお父さんの浮気もちゃんとつきとめて下すったし」
勝又「そ、そのことに関しては」
滝子「血流すよかいいじゃない」
咲子「ボクシングはスポーツよ。ちゃんとルールにのっとってやってるわ。どういうご事情か知りませんけどね。鉄鎚で頭ぶつ方が、よっぽどあぶないんじゃない」
二人「――」
咲子「ねえ、通りでお父さん、みかけたけど、どこいったの」
勝又「さあ週刊誌でも買いに行ったんじゃないすか」
咲子「ねえ、つまんでない？　マグロの色、変っちゃうよ」
滝子「あたし、沢山」

咲子「──（呟く）すぐひがむんだから」
滝子「（笑って）あたし、なにひがむことあんのよ。ちゃんとした仕事だってあるし、貯金だって」
咲子「（これもニコニコして）仕事と貯金ねえ。それだけで、女はしあわせかなあ」
滝子「………」
咲子「あたしなんか、仕事も貯金もないけど、ああ女に生まれてよかったなあって、しょっちゅう思ってるもんね」
滝子「………」
咲子「（ニコニコして）勝又さんの責任だから、勝又さんが男としてすることしないからさ、滝ちゃん、ヒス起してさ」
滝子「帰ってよ」
咲子「すぐ本気にする──」
滝子「帰って」
咲子「ここ、父さんのうちですからね。えらそうに言わないでよ」
滝子「お父さん、あたしたちに押しつけといて、なによ。こんなもんでごまかさないでよ！」
すし桶をおっぽり出す滝子。

●スーパーの一階・ハンコ屋

　隅の方の表札などのコーナー。

　勝又と書いて、頼んでいる恒太郎。

ハンコ屋「勝又静雄さんですね」

●国立の家・玄関

　散らばったたすしを拾っている滝子。

　勝又手伝おうとする。

滝子「勝又さん、いいの。男なんだから、こんなことしないでよ！」

　勝又、ちょっと滝子を見て、目を伏せ手伝う。

　あわてて、踏みつぶし、足の裏についてしまったりしている。

●里見家（夕方）

　リビングで、姉の巻子に話している咲子。

巻子「あんた、悪いわよ」

咲子「タメ、思って、したのよ」

巻子「やり方が、ヘタなのよ」

出てくる宏男と洋子。

宏男「あ、咲子オバさん」

洋子「いらっしゃい」

咲子「(バッグから、出す) はい、お小遣い」

二人に紙包みを手渡そうとする。

宏男「どうも」

洋子「ありがと」

巻子「いくら入ってンの」

咲子「いいじゃない」

巻子「くるたんびに——困るわよ」

咲子「今日だけ」

巻子「(二人に) 返しなさい」

二人 (「チェッ!」「どうしてエ」)

巻子「(返させる)」

咲子「巻子姉さん——」

巻子「きょうだいや親戚(しんせき)は、平均てことがあるのよ。お金余ってしょうがないんなら貯金しなさい」

咲子「そういうことすると、負けそうな気がするのよ。パアッと、派手に使えば勢いがついてまた必ず入ってくる。

シミシミ貯めたりしたら、次の防衛戦でチャンピオン、おっこちるみたいで――。

こういう商売の人、みんなそうよ（真剣に言う）ほんとよ、巻子姉さん」

巻子「じゃ自分のうちだけでやってちょうだい」

洋子が派手なレッド・フォックスのコートを羽織っている。

巻子、手荒くぬがせる。

咲子「――滝ちゃん、欲求不満よ。あたしね、この頃、判るのよ。道歩いてて、女の人とスレちがうでしょ。あ、この人、満たされてるな。この人満たされてないな」

巻子「――あたしは、どう」

咲子「言わない、一日に二人とけんかすンの、やだもの」

巻子「――――」

咲子「おにいさん、おそいの」

巻子「なんか――ねえ」

咲子「興信所のかたに、調べてもらった方がいいんじゃないの」

巻子「そういう言い方するから、けんかになるのよ」

●国立（夕方）

勝又の表札をつけている恒太郎。

空を見上げる。チラホラと雪。

●台所（夕方）

勝又と滝子、二人とも寒い。手をこすり鼻水すすりながら。

滝子「言っちゃ駄目よ、それだけは絶対に」

勝又「でも——。とぼけてるってのは、このへん固まりがあるみたいで——全部白状して、あやまりたいって」

滝子「男親はそんなこと気にしないって。二人がどこで知り合ったかなんて」

勝又「気がとがめるなあ」

滝子「そう思ったら掃除ぐらい手伝ってよ」

恒太郎「滝子」

うしろに立っている恒太郎。

恒太郎「お前、今晩泊ってゆくんだろ」

またまた絶句する滝子。

滝子「お父さん——親のくせして、なんてこと、いうの」

恒太郎「え？　いやあ――」
　棒を呑んだような勝又を見て、苦笑してしまう。
恒太郎「（呟く）何、いってるんだ。気廻すな、バカ――」
　男二人、ちょっと微妙な視線があって、恒太郎、茶の間に入ってゆきながら。
恒太郎「綱子のとこの、正樹、仙台から転勤だってな。あのうちも、これで落着くだろ」
二人「――」

●三田村家・茶の間（夜）

　すきやきの用意のととのった食事。
　皿小鉢は二人前、綱子、目でたしかめ、鏡台に向う。
　強すぎる口紅を拭う。
　抽斗をあけハッとなる。男物のローションに気づき、手にしてうろうろする。
　ＳＥ　玄関チャイム
綱子「ハーイ！」
　叫びながら、あわてて台所へとびこみ、しょう油のびんの奥にローションをかくす。
綱子「ハイハイ！」
　玄関へとんでゆく。

●三田村家・玄関（夜）

カギを開ける綱子。

綱子「びっくりしたんじゃない、マアちゃん。お隣りさん、アパートになっちゃって。アンタ、あわてん坊だから、うち間違えンじゃないかと思って、お母さん気もんじゃったわよ」

しゃべりながら、あけかけて、アレ？ となる。

雪がふりはじめている。

長男正樹(25)とならんで坪田陽子(26)。

正樹「陽子さん。――坪田陽子さん」

綱子「あ――」

陽子「どうも」

正樹「おじぎは上ってからにしてよ。寒いんだから。うー寒む」

テレくささをごまかして、わざとじゃけんに陽子を玄関に押し込むようにする。

陽子、綱子とぶつかってしまう。

爪先をしたたかにふまれる綱子。

綱子「アイタタ……」

●三田村家・茶の間（夜）

綱子、正樹、陽子。

綱子「（傷ついている分だけわざと陽気に）お正月に帰ってこないでしょ。スキーだなんて、おかしいと思ったのよ。こういう人がいるんならいるで早く言ってくれりゃいいのに」

正樹「手紙だと、何かことばがちがっちゃうし、電話ってのも雑だしさ――そのうち、そのうちって言ってたんだよな」

二人、笑い合う。

綱子「カヨ子さん、ご――（言いかける）」

正樹「陽子――」

綱子「陽子さん、ごめんなさい」

正樹「太陽の陽」

綱子「なに年――」

正樹「ラクダ」

綱子「――」

正樹「一日水飲まなくても平気だしさ。いくら歩いてもへばらないんだよな」

陽子「ひとつ上なんです」

綱子「あ、そうお。ご、ごきょうだい」
　SE　電話鳴る
　出る綱子。
　何か言いかける前に、大きな女の声がとびこんでくる。
女(声)「陽子オ？」
綱子「え？　あ、少々お待ち下さい（陽子にわたす）」
陽子「ごめん。駅から電話しようと思ったんだけどさ、ならんでんのよ。うん、うん、いま、彼のとこ――。うん、うん。今晩？　うん、まだ決めてないけど――」
正樹「ああ、うち、泊りゃいいじゃない、ねえ――」
綱子「どうぞ、どうぞ――」
　言いながら台所へ立ってゆく綱子。

●台所（夜）

　水道を出したままの綱子。
　若い連中のはしゃいだ笑い声が、うしろで聞こえている。

●国立の家（夜）

　恒太郎、滝子、勝又が夕食。

恒太郎は、ゆったりと箸を動かしているが、滝子は意識して固くなっている。
勝又は極度に緊張している。
三人、無言で、黙々と食べる。時々、皿小鉢のふれ合い。
勝又、たくあんを嚙む。
バリバリと大きな音がしてしまう。
勝又「あ——どうも」
滝子「あ……」
恒太郎「いやあ……」
声とも言葉ともつかないやりとり。
勝又、音を立てまいとして、気をつかって、そっと嚙む。
かえって、ポリッと大きな音を立ててしまう。
身も蓋もない勝又。
恒太郎、何か、いいかける。
それより早く、滝子、すっとん狂な声で、
滝子「ア、アラブの、石油の」
二人「え？」
滝子「石油の方の大臣で、日本人みたいな名前の人、いたわよねえ。ヤ、ヤヤ——」

恒太郎
勝又 ）「ヤマニか」
「ヤマニ石油相」

滝子「そ、そうそう、ヤマニ石油相、あ、あたし、あの名前聞くと、どうしても、山って字の下に二（二本指を出す）って書くような気がして、しかたがないの」

勝又「あ、ぼくも、そ、そういう——」

滝子「前、いたでしょ。ほら、ビートルズで、ドラム」

勝又「リンゴ・スター」

滝子「あれもそうなの。りんごってむずかしい、あるじゃない。あの字が、パッと出てくるの」

勝又「図書館つとめてるから、何でも字にくるんだ、ハハ、ハハハ」

少しキイの高い、無理をしている会話が絶えると、あとは、また沈黙。

噛む音。食器のふれあいだけになる。

黙々と食べる三人。

恒太郎には、この静かさをたのしむゆとりがあるが、チン入者の勝又には重荷である。

不意に大きくむせてしまう。

滝子と恒太郎の視線に対して、大丈夫ですよ、という風に手を振り、こらえて食事をつづけようとするが、更にもっと大きくむせてしまう。

グ、グッとむせて、食べたものを、はき出す。

息が出来なくなって、背中を丸め、七転八倒になってしまう。
滝子「どうしたの！　つっかえたの」
勝又、何か言おうとするが、しゃべれるどころではない。
恒太郎「背中！　背中！」
滝子、背中を叩こうとする。
勝又、いいですという風に身をよじるが、息が出来ない。
ハナをたらし、たたみを引っかいて苦しむ。
滝子「どしたの！　息、出来ないの？」
恒太郎「気管に入ったんだ、さすって！」
滝子「大丈夫？　ねえ」
勝又、涙とハナのいっしょになった顔でうなずく。
恒太郎も背中をさすってやる。
やっと納まる。
勝又「あ――、あ――」
滝子「あ、びっくりした。死ぬかと思ったわよ」
恒太郎「いやあ、本当に死んだ人だっているんだよ」
勝又「ああ――」
恒太郎「気、つかわないで、ラクにしないと、また、つっかえるよ」

勝又「はあ――。はあ――」
　はあはあいっている勝又。
　恒太郎、箸を置く。
滝子「お父さん、お代り」
　恒太郎、手を振る、立ち上る。
滝子「お手洗い――」
恒太郎「う、うん――」
　あいまいな返事で立ってゆく。
滝子「――大丈夫？」
　鼻をグスングスンやっている勝又にちりがみを持ってくる滝子。
勝又「ここ一番てとき、しくじるんだなあ」
滝子「別に、ここ一番じゃないじゃない」
勝又「だって、越してきて最初の晩だし、お父さんと三人で、メシなんて――オレ、最初の晩にしくじる運勢かな――」
滝子「やぁねえ、やだ！」
勝又「あ、あーいや」
　二人、あわてる。
　恒太郎、廊下を通る。

マフラーを首に巻きつけ、外出の支度。

滝子「出かけるの」

恒太郎「うん」

滝子「どこ、いくの」

恒太郎「ちょっと、用、思い出したんだ」

滝子「用って、なによ」

恒太郎「――」

勝又「たばこなら、ありますよ」

恒太郎「いや、はかにも」

滝子「ほかにも、何よ」

二人、しゃべりながら、玄関へ。

勝又もあとから追ってゆく。

恒太郎「二人で、ゆっくりお茶でも」

滝子「お父さん、あたし、そういうのやなのよ。そういう風に気廻されるの、すごく、やなのよ」

恒太郎「気廻したわけじゃないけどさ」

滝子「じゃあ、なんなのよ」

滝子、恥と怒りで、ハアハア言ってしまう。

勝又「あの、ぼく」
　勝又、すすみ出る。
勝又「ぼく、やっぱ、やめます。ここへ住むの、やめますから」
滝子「勝又さん」
　恒太郎、笑ってしまう。
恒太郎「もう一度引っ越すこたァないよ」
　二人を押すようにして出てゆく。

●国立の家・恒太郎の部屋（夜）

　ねている恒太郎。

　フスマが開く。

　パジャマの上に袢天（はんてん）を羽織った滝子がズルズルとフトンを引きずって入ってくる。

恒太郎「――」

●国立の家・勝又の部屋（夜）

　フトンの中で天井を見ている勝又。

●恒太郎の部屋（夜）

目を開いている恒太郎。

となりで、目をあいている滝子。

みちたりた咲子と陣内の顔がイメージとしてよぎる。

フトンをかぶり、寝がえりをうつ滝子。

●綱子の家・廊下（夜）

湯上りの陽子の肩を抱くようにして話している正樹。
正樹「おふくろさ、気遣っちゃって『あの人のオフトン、あんたの部屋でいいんでしょ』だってさ——」

●台所（夜）

陽子の甘えたふくみ笑いが聞えてくる。

ねまきの綱子、ガスの元栓をしめてから、さっきあわててかくした男もののローションを手にとる。

中身を流しにあけかけてやめる。

●里見家・リビング（夜ふけ）

時計は、一時。食卓の前にすわりカラつきの南京豆を食べながらひとりで待っている巻子。

イメージで、夫の鷹男と赤木啓子のラブシーンが次から次へと出てくる。

咲子(声)「あたしねこの頃判るのよ。あ、この人満たされてるな、この人満たされてないな」

巻子(声)「あたしは、どう」

ガラス戸棚にうつる、自分の顔。

南京豆をポンとぶつける巻子。

●里見家・リビング

ネクタイを結んでいる鷹男。
正樹が来ている。
お茶をいれている巻子。行って参りますと子供たちが出かけてゆく。
鷹男「随分早いじゃないの。近頃は銀行も夜討ち朝がけかい」
正樹「笹かまぼこ、いたむからさ」
鷹男「うちでグズグズしてると、おふくろさんの愚痴(ぐち)聞かされるもんな」
巻子「電話で言ってたわよ、綱子姉さん。『いきなり連れてくるんだもの』って」
正樹「あれ、もう?」
巻子「あんたがうち出ると、すぐ――」

鷹男「あんまりみせつけるなよ。おふくろさん、後家なんだから」
正樹「――いいのかね、あれで」
二人「――――」
正樹「おふくろ。――もういっぺん、結婚する気、ないのかな」
鷹男「おう（たばこをすすめる）」
正樹「あのまま、おばあさんになっちゃうの、ちょっとかわいそうだなと思って」
鷹男「親孝行みたいに聞こえるけど――本心はトレードに出したいんじゃないの」
正樹「四月になりゃ、オレたちこっちだからね。おたがいにその方がいいと思って」
巻子「綱子姉さん、何ていってるの」
正樹「さあ、おばさんから、聞いてみてくれないかな」
巻子「――――」

●綱子の家・茶の間

気落ちしている綱子。
湯上りの貞治が、ゆうべ捨てかけたローションをつけピタピタ叩いている。
貞治「ラクダってのはよかったね」
綱子「もう、かばってンのよ」
貞治「コブツキだって言いたかったんじゃないの」

綱子「あ、そうかも知れない──」
貞治「冗談だよ」
綱子「恥じらいってものがないのよ。たとえ、そういう間柄だとしてもよ。最初の晩ぐらいは、一人だけ、ここに泊るとか、泊るんだったら別の部屋にするとか」
貞治「それもお体裁だけどね」
綱子「──」
貞治「この間とはずい分風向きが違うねえ。どてらもこれも（ローション）みんな捨てます。息子にヨメもらって、孫抱いて煩悩を絶って静かに老いてゆきますなんて言ってたのが──宗旨がえか」
綱子「ムキになって損した」
　綱子、立とうとして、フラついて貞治につかまる。
貞治「立ちくらみかい」
綱子「(うなずく)」
　貞治、綱子を坐らせ、茶ダンスから赤ぶどう酒を出す。
　大きい、グラスについで、持たせる。
綱子「パァッて、やりたい」
　障子にぶちまけたいと示す。
貞治「やンなさいよ」

綱子「あと、はり替えるの、大変だもの」
貞治「やったげるよ」
　綱子、グラスの赤ぶどう酒を、白い障子に向って叩きつける。
　赤いしぶきが散る。
　SE　玄関ベル
　二人。――

●綱子の家・玄関

　玄関のくつぬぎの上に、男物のゴルフ靴。上りかまちにゴルフ・バッグ。くもりガラスの向うに人影がうつる。

　ベル鳴りつづける。

巻子「綱子姉さん」

　カラのグラスを手に、出ない綱子。貞治。

●綱子の家・外

巻子「綱子姉さん、いないの？」

　巻子。

　華道教授の看板の下で、もう一度、ガラス戸をガタガタやり、ちょっと中をのぞきこみ、あきらめて、帰りかける。

巻子。
二、三歩行ったところで、呼びとめられる。
豊子「お妹さんですか」
「枡川」のおかみ豊子。

●和風喫茶

隅の席に向い合って坐る巻子と豊子。

二人の前にはお汁粉が置かれてあるが、どちらも手をつけていない。

豊子「よそへかたづいていらっしゃれば、きょうだいっていったところで、別ですからねえ。お妹さんにどうこうして下さいっていうんじゃないんですよ。ただ——あたしの気持も聞いていただきたくて——」

（間）

巻子「——前に、姉がふっと言ったことがあるんです。

ひとのお葬式から帰って、うちへ入るときがとても嫌だって。お浄めのお塩、誰も撒いてくれる人がいないから、出かける前に玄関のところへ、小皿にのせて——お塩置いとくんですって。ドアの戸あけて、うちの中に体入れないようにして、自分でパアって自分にふりかけるの、さびしいもんよって」

豊子「――さびしくない人って居るのかしら」
巻子「――」
豊子「そりゃ一人はさびしいでしょうよ。でも、二人でいると思ったら、一人ぼっちだったって方がもっとさびしいわ」
巻子「――」
豊子「お幸せなかたには判らないかも知れないわね」
巻子「判ります」
豊子「いいんですよ。無理にそんな」
巻子「いいえ判ります。うちの主人も、浮気してますから」
豊子「――」
巻子「主人だけじゃないわ。父も、実家の父にも、そういうことがありまして」
豊子「――」
巻子「年のはなれた、男の子のひとりある――。あたしたち――四人きょうだいで、みんな気がついていたんですけど、母だけは知らないと思ってました。ことばにも顔にも出しませんでしたから。
そしたら今日みたいに寒い日に――。その人のアパートの前に立っていて」
豊子「――」
巻子「そこで倒れたんです」

豊子「それで、お母さま」
巻子「意識、もどらないままで、亡くなりました」
豊子「――おどかされてるみたいねえ」
巻子「倒れたのは、代官山で……持ってた卵が割れて、黄味が舗道の上を、おもちゃみたいに滑ってたわ」
ふじの倒れるイメージ。
豊子「――――」
巻子「――――」
豊子「では、その方、いまも」
巻子「いいえ、子供連れて、もっと若い方と再婚されたって聞いてます」
（間）
豊子「こういう時、なんて言えばいいんでしょうねえ。おたがい体だけは大切に――死んだらつまらないわよ、っていうのもヘンだし」
巻子「それでよろしいんじゃありませんか」
豊子「――」
巻子「――廻るところがありますので――主人が一日ドックってとこへ入って、胃カメラですか、あれのむんで、去年あと気持ち悪くなったもんだから――」
巻子、伝票を取ろうとする。

豊子「あっそれはあたくし」
巻子「いえ」
豊子「でも、おさそいしたのは、こっちですから」
巻子「困ります」
　二人、つかみ合いになる。カガミにうつる二人の姿、ふと気がついて——失笑してしまう。
豊子「二人で摑み合いすることたァないわねえ」
巻子「相手がちがいますよねえ」
二人「——」
豊子「じゃあ」
巻子「ワリカンで」
　二人それぞれの財布から硬貨をつまみ出し、伝票の上に置く。何となく、おかしい。
二人「三百五十円！」

●綱子の家・茶の間

　障子をはっている貞治。
　見ている綱子。
　紙を切る音だけがひびく。綱子の横顔に意外なさびしさがある。

●街

赤電話をかけている巻子。

巻子「向井クリニックですか。あの、今日、一日ドックに入ってます、里見でございますが、終りましたでしょうか、――里見です、里見鷹男、はい――はあ?」

●向井クリニック・小部屋

勢い込んでドアをあける巻子、ハッとなる。

鷹男の枕もとに、秘書の赤木啓子が坐って、ハンカチで鷹男の額の汗や、よだれを拭いてやっている。

巻子「失礼しました!」

とび出して、バタンとドアをしめる。ひと呼吸あって――ふっと笑って、またドアをあける。

鷹男「なにやってんだ――」

巻子「部屋間違えたのかと思っちゃった――」

鷹男「あわて者なんだよ。(啓子に)新婚旅行ン時もね、ひとりで大きいフロ行ってさ、帰ってきたと思ったら、オレ、着がえてンのみて、失礼しました! とび出していっちゃったんだから――」

巻子「やあねえ――よしなさいよ、そんなはなし。いつも主人が」
啓子「――こちらこそ――」
巻子「あと気持悪くなったんですって、去年と同じねえ」
鷹男「どうも、オレ、胃カメラは性に合わないな」
巻子「すみませんお手数かけて」
啓子「ちょうど急ぎの書類持ってきたとこだったもんですから――」
鷹男「助かったよ」
巻子「ハンカチ、汚したんじゃありません？」
啓子「いえ――」

啓子、バッグにしまおうとする。

巻子「お預りして、洗濯してお返ししましょう」
啓子「そんな」
巻子「ほんとに、どうぞ」

啓子笑いながらしまってしまう。三人――。

巻子「お水――」
啓子「たばこ――」

二人、ちょっと、口ごもる。

巻子「お水」

啓子「たばこ」
鷹男「たばこ、もらおうか」
巻子「いけないいんじゃないの、たばこ」
鷹男「ムカムカ、納まったから——」
　巻子、立ってさがっている背広のポケットをさぐる。
　啓子、バッグからマイルドセブンを出す。
鷹男「切らしてたから、たのんだんだ」
巻子「——セブンスターでしょ」
啓子「部長、三月前から、マイルドセブンです」
鷹男「お前、気がつかなかったのか」
巻子「自分がすわないもんだから」
啓子「似てますもんね」
巻子「——」
　鷹男たばこをすう。
啓子「菊村さんからお電話がありました」
巻子「珍しいわねえ。菊村さんとこ、マンション買ったのかしら」
鷹男「その菊村じゃないよ。千北銀行の菊村さんなんだ」
啓子「貸付金の明細を……」

鷹男「あした一番で電話しよう」
啓子「はい」
　巻子黙って立っている。
巻子「あの、仕事の方、よろしかったら、あと、わたくし（やりますから）――」
啓子「じゃあ、お大事に」
　啓子、ちょっと具合が悪そうに隅にある脱衣かごに入れたコートとバッグを取り上げる。
　皮のジャケットは、巻子と同じ色をしている。
巻子「あら――似てる――」
　啓子、ちょっと当惑するが、思い切ったように着る。
　全く同じもの。
巻子「――」
鷹男「（笑って）悪いことは出来ないな」
巻子「――」
鷹男「というほどのことじゃないが」
啓子「暮のボーナスで、これ買って着てたら、部長――いいねえっておっしゃって女房に買ってやりたいけどどこに売ってたって――」
巻子「――そうですか――」

ドアをあけて帰ってゆく啓子。

巻子、コートをぬぐ。

巻子「お揃いだなんて、知らなかったわ」

鷹男「洋服の見立てってやつは全くダメだな」

巻子「あれも、あなたが買ったんじゃないんですか」

鷹男「買うんなら、二人に同じものは買わないよ」

巻子「――」

鷹男「恋人がいるよ、ちゃんと（あれは）」

巻子「だあれ」

鷹男「名前までは知らないけどさ」

巻子「――綱子姉さんにもいるのよ、つきあってるひとが――」

鷹男「なんとかって、料理屋の」

巻子「その人の奥さんと、ばったり逢ったの。二人で、お汁粉食べちゃった」

鷹男「フーン」

巻子「裏切られるのは、さびしいって、もともと一人でいるよか、二人だと思ってたら、ひとりだって方がもっとさびしいって。聞いてて、辛かった――」

鷹男「――」

巻子「綱子姉さん、再婚した方がいいな」

鷹男「――」
巻子「あなた、おねがいしますね」
　目を閉じている夫。
巻子「ねむったの？――」

●里見家（夜）

　綱子が来ている。
　鷹男と巻子。
綱子「(笑う）なんのはなしかと思えば、結婚なんて一回でたくさんよ」
巻子「一生ひとりでいられりゃ、それでいいわよ。でも」
綱子「でも、なんなの」
巻子「人、泣かせることになるんじゃないの」
綱子「誰、泣いてるかしら」
巻子「――いるんじゃないの」
綱子「笑ってる人もいりゃ、泣いてる人もいるのよ。そういう役廻りになってンのよ」
巻子「(夫を突っつく）ねえ……」
鷹男「義姉さん、のむ？」
巻子「お酒すすめるのもいいけど、あっちの方もちゃんとすすめてよ」

鷹男「どうしても、ねえさん再婚させたいんだってさ」
巻子「新しい留袖、つくったから、着たいのよ。氷、出す——」
立ってゆく巻子。
鷹男「——（巻子）修身が好きだね」
綱子「修身ていうよか、教育勅語じゃないの、『兄弟ニ友ニ夫婦相和シ朋友相信ジ』」
鷹男「ねえさんも古いね」
巻子「博愛——なんだっけ」
三人つづける。
SE　玄関ベル
巻子「ハーイ！」
ドアのところへゆく巻子。
立っている滝子。
巻子「滝ちゃん——」
滝子「いい？」
巻子「いいわよ。綱子姉さん（きてる）」
滝子、上りながら。
滝子「あたし、もう咲子とつきあいたくないんだけど」
巻子「どうしたのよ」

滝子「あんまり、人、バカにしてンだもの」
巻子「——何言ったか知らないけど、きょうだいでしょ」
滝子「いくらきょうだいだって、何かっていやあ、自分の方が収入がある——ああ、みせびらかされたら」
鷹男「咲ちゃん、無邪気なんだよ」
滝子「無邪気なフリして、仇討ちしてンのよ。子供のとき、勉強出来なくて、一人だけ成績悪かったでしょ。ウダツの上ンないボクサーと同棲してたくせに、バカにされてた仇討ち、いっぺんにしてンのよ」
綱子「いいじゃない、させとけば」
滝子「——」
綱子「ひとはひと。自分は自分。いちいちくらべるから腹が立つのよ」
滝子「でも、いやなんだもの。きらいなんだもの」
鷹男「滝ちゃんは、ノオが多いよ」
滝子「ノオって——」
鷹男「これ、きらい。あれは間ちがっている。それはいや、ノオが多いよ」
綱子「やっぱり男は目のつけどころがちがうな。いいこというわ」
滝子「あたし、ノオが多いかな」
鷹男「多いね。女として、損じゃないかな。ここ一番てとき、しあわせとりにがすよ」

綱子「その通り！」
巻子「綱子姉さんと反対ね」
綱子「――」
巻子「綱子姉さん、イエスが多いもの。それで、昔からモテたのかしら」
綱子「きょうだいって、一番の味方かと思うと、一番の敵なんだなあ」
巻子「（笑いながら）今頃判ったの？」
滝子「――（ポツンと）ノオが多いかな――あたし――」

●咲子のマンション・入口

モダンな白い壁に、ネズミ色、黒などの着物や洋服を着た、背の低い老婆たちが、三人、五人と、群（むれ）をなして入口に吸い込まれてゆく。

老婆たちは、みな手に珠数（じゅず）を巻きつけている。

●咲子のマンション・玄関

中から念仏の大合唱。

トロフィーなどで、せいいっぱい豪華に飾り立てた玄関に老婆たちのぞうりや靴がいっぱいにならんでいる。

壁には例のアメリカン・レッド・フォックスの毛皮がブラ下っている。

念仏の大合唱もひときわ高く聞こえてくる。

その合唱を聞きながら廊下でひとり黙々とダーツをする陣内（トレパン姿）。

目をこらし狙いをさだめてひとつひとつ投げる。

台所の方から咲子が出てくる。盆にいっぱいのみかんを持って。

陣内の体とぶつかりそうになるのでよけたはずみに、みかんが二つ三つころがって床へ落ちる。

拾う陣内。

合唱最高潮。

陣内、盆にのせながら。

陣内「済まないな」

咲子「うん？」

陣内「嫌いなんだろ」

咲子「でも毎日じゃないんだから」

陣内「あれしか楽しみないからね、おふくろ。カンベンしてやってくれよな」

咲子、ふくれっ面がだんだん笑顔になる。

夫の体に体をあずけて甘える。

またみかんが落ちる。

別の部屋で赤んぼが泣く。

陣内、お盆を受け取ると、オレが持ってくよという感じ。

陣内ドアをあける。六畳ほどの和室にあふれそうな老婆の大群、うしろ向きになって念仏の真最中。

陣内から、みかんの盆を受取る母のまき。

背伸びして、息子に囁く。

まき「今日は、どこお頼みするんだい」

自分の目を指さす陣内。

まき「お前、目が悪いのかい」

陣内「――悪くなってからじゃ大変だからさ」

まき「(うなずく)」

陣内「しっかり拝んでくれよ、母ちゃん」

まき「(うなずく)」

ドアを閉める。

少し念仏を聞いている。

ダーツの矢を取り、ねらいをさだめる。

的の中心のところがぼけて、ゆれて二つに見える。

念仏。

勝利の泣き声。

あやしている咲子のやわらかい声が聞こえて、ドアが開く。勝利を抱いた咲子が出てくる。

陣内、幼い息子の髪の毛に、ほっぺたに、おでこに、手に足に、顔を押しあてる。うしろで、哺乳ビンを自分の頬にあてながら幸せそうに見ている咲子。

勝利を抱きとり、哺乳ビンの温度を頬でたしかめながら台所へ入ってゆく。

陣内、またダーツの的を見る。二つに見える。

ダーツを投げる。

大きくはずれる。

念仏の合唱高くなる。

立ちつくす陣内のうしろに、咲子の赤い毛皮のコートが下っている。

●国立の家（夕方）

恒太郎、庭を見てすわっている。

うしろに黒い電話機。

勝又、台所からとび出してくる。

不器用な手つきでしょう油つぎをならべ、皿小鉢をならべ、バタバタと膳立てをする。

恒太郎「手伝おうか」

勝又「いいす。いいすから」

電話がチンと鳴る。
恒太郎、振り向く、電話はそれっきり。
勝又、また、ナベシキを持って来、次にナベを持ってくる。
またひとしきりバタバタする。

また、電話が鳴る。
恒太郎、老人とは見えぬすばやい身ごなしで、体ごととびつくようにするが、一瞬早く勝又がとる。
勝又「モシモシ！」
省司(声)「――パパア？」
勝又「え？」
省司(声)「パパ――じゃないの」
勝又「何番かけたの？」
電話切れてしまう。
恒太郎「間違いかい」
勝又「子供――」
恒太郎「子供――」
勝又「男の子。塾の帰りに映画みにいくけど、いい？　なんてとこじゃないのかな」

恒太郎「そんなとこだろうな」

　また庭を見ている恒太郎。

　うしろでは、勝又ごはんをよそい、汁をよそっている。

　恒太郎、背中を向けて、ポツンポツンとしゃべる。

恒太郎「勝又君」

勝又「は」

恒太郎「はじめきらめき奈良刀ってのゝ、知ってるかい」

勝又「はじめきらめき奈良刀――なんすか、そりゃ」

恒太郎「室町時代だったかな、奈良のあたりで、安くて出来のわるい刀が大量生産されたことがあったらしいんだなぁ、奈良物とよばれてねえ」

勝又「あ、それが奈良ガタナ……」

恒太郎「はじめはキラキラして、切れそうなんだがいずれメッキははげてくる」

勝又「――ぼ、ぼ、ぼくのことすか」

恒太郎「悪いイミで言ってるんじゃないんだよ。少し働きすぎだといってるんだ」

勝又「――――」

恒太郎「年寄りは、すぐ、アテにする。ずうっと、そういうもんだと思い込んだら、君も大変だろう」

勝又「いや、体だけは丈夫すから」

恒太郎「そんなにするこたァ、ないよ」
勝又「メシにしませんか」
恒太郎「(席につきながら) それとも、なにかい。何かヒケ目でもあるのかい」
勝又「そ、そ、そんなもの、ないすよ」
恒太郎「なら五分と五分でいこう。メシの当番は一日おきだ」
勝又「――」

恒太郎、ちょっと目礼して、はしをとる。

二人、黙々として食べる。

また電話が鳴る。

恒太郎、はしを捨て、取ろうとする勝又を体でとめて体をたたみに投げ出すようにして、電話をとる。食べものがのどにつまって、すぐには声が出ない。

女の声 (滝子)。

滝子(声)「モシモシ――」

少し甘い声――。

恒太郎「なんだ、お前か」

滝子「なんだ、お父さん――」

恒太郎、黙って、電話機を勝又にわたす。

勝又「あ、滝子さん――」

●図書室（夕方）

　仕事を片づけながら電話している滝子。

滝子「うまくやってる」
勝又(声)「ま、なんとか」
滝子「ごはん、ちゃんとつくってンの」
勝又「馴れてるから――もう――」
　竹沢さん、お先にという声――。
滝子「――お父さんね、お芋、ダメなの」
勝又「あ、今夜イモだ。こま切れとじゃがいも煮たやつ」
　恒太郎――。
滝子「あ、それは大丈夫なの、それだけは食べるんだ。食べてるでしょ」
勝又「食べてる――」
　話しているうちに気持がほぐれてくる滝子。
滝子「ああ、あたしも、食べたくなった！」

●国立の家・台所（夜）

　洗いものをしている勝又。

水をザアザア出して、瀬戸ものやなべをガチャガチャいわせて、洗っている。

●茶の間（夜）

電話線が長く廊下に伸びている。
恒太郎、低い声で話している。

省司（声）「パパ、元気」
恒太郎「元気だ。――坊主も元気か」
省司「元気ない」
恒太郎「駄目じゃないか。元気出せ」
省司「出ない」
恒太郎「困ったなあ」
省司「パパと逢えば、元気出る」
恒太郎「そりゃ駄目だ」
省司「どして」
恒太郎「――もう切るぞ。おやすみ」
省司「また電話していい？」
恒太郎、答えず電話を切る。
そのまま、じっと廊下にすわっている。

ガシャンと台所で皿を割る音がする。

●恒太郎の部屋（深夜）

ねている恒太郎。

目をあけて、天井を見ている。

咳払いをいくつもする。

廊下に足音。

勝又「竹沢さん」

襖が細目にあいて勝又の目がのぞく。

勝又「は、はなしたいことあるんすけど——いいすか」

起きる恒太郎。

入ってくる勝又。

パジャマの上にオーバーを引っかけ素足、恒太郎のフトンの足許にすわる。

暗いスタンドのあかり。

勝又「竹沢さんの、浮気を調べたのぼくなんす。週に二回、土屋友子という人のアパートに通ってること、男の子は竹沢さんの子供じゃないなんてこと、調べたの、ぼくなんす」

恒太郎「——」

勝又「それがキッカケで、滝子さんと知り合ったんす」
恒太郎「――」
勝又「いまンとこ、結婚するかどうか判んないすけど、もしも、結婚したら――。お、おわびのしるし、っていうか――、あの人、大事にしますから。一生、浮気、しないすから」
　恒太郎、笑ってしまう。
　笑いはだんだん大きくなり、哄笑(こうしょう)になる。
　びっくりしている勝又。
恒太郎「何年ぶりかねえ、こんなに笑ったのは」
　笑いつづける恒太郎。

●喫茶店（夕方）

　恒太郎と省司が向い合ってすわっている。
　椅子にランドセル。
　テーブル一面にひろげて宿題を見てやっている恒太郎。
省司「ちがうよ、パパ。ダメだなあ」
恒太郎「むつかしいんだよ、此の頃のは。こういうの習ったことないからねえ」
省司「こう！」

恒太郎「文句言うんなら、自分でやれ」
省司「文句言わないから――言わない。あ、うまい」
恒太郎「おだてにはのらないぞ」
省司「やっぱし、ママの方がうまいや」
恒太郎「――」
ガラス窓の外の遠くの方に街路樹のかげにかくれるようにして土屋友子が立っている。地味な和服姿。
ショールで顔をかくすようにして、ひっそりと立っているので、恒太郎は全く気がつかない。
宿題をする恒太郎と少年。
立ちつくす土屋友子。
枯れてしまった街路樹の下で。

●国立の家・玄関（夕方）

竹沢とならんだ勝又の真新しい表札を指でさわって少し立っている滝子。
決心したように入ってゆく。

●国立の家・勝又の部屋（夕方）

踏台にのり、かなり大きな鉄鎚（かなづち）でクギを打っている滝子。

踏台を押えている勝又。

勝又「わざわざ、クギ、打ちに来たんすか」

滝子「だって、こないだ、やりかけだったから」

滝子トントンと打って――。

滝子「あ、あたしのこと笑わしてくれないかな」

勝又「？」

滝子「なんか、おかしいこと言って」

勝又「急にそう言ったって――」

勝又、カナヅチが気になる。

滝子「今日はおとさない……」

勝又「おかしいこと何もないから」

滝子「この前とおなじ気持に――なってもらえないかなあと思って――」

勝又「え？」

泣きそうな必死の顔で言う滝子。

滝子「（消え入りそう）今日はあたし――嫌だって言わないから――」

勝又、滝子の足を抱く。
滝子、手をひっぱり上げて、自分の腰を抱かせる。
勝又、尻に顔を押しつける。
滝子、体中がふるえてくる。
鉄鎚を持ったままガタガタふるえる。
勝又もふるえている。
鉄鎚をそっと下へ落す。
二人抱き合ったままころげるように下へ落ちる。
ドンと大きな音がする。

●里見家・リビング（夜）

滝子が来ている。
甘い色のセーター、珍しく薄化粧。
鷹男と巻子。
洋子が、戸棚をあけたりして、ウロウロしている。
巻子「なんなの？　はなしって」
滝子「うん――」
滝子、洋子が居ないところではなしたい。

滝子「あとでいい」
巻子「なあに」
鷹男「オレ、はずそうか」
滝子「ううん。お義兄さんいて……」
巻子「え？　あ、ああ。洋子、二階——」
　ゆきなさいと言いかける。
洋子「(つまみぐいをしながら) 滝子おばさん、結婚スンでしょ」
滝子「——洋子ちゃん——誰に聞いたの」
巻子「本当なの」
鷹男「本当？」
滝子「(うなずく)」
巻子「勝又さんと？」
滝子「うん——」
洋子「アタった！　そうじゃないかなと思ってたんだ……滝子おばさん、いつもと全然ちがうんだもン。ピッカピカしてンだもン」
鷹男「これからおヨメにいこうって人間が、ショボショボしてちゃしょうがないだろ。二階いけ——」
巻子「二階——(いってなさい)」

洋子「（捨てゼリフ）本当のこと言うとすぐ二階いけっていう」
鷹男「そのために無理して二階作ったんだ。ほれ！」
　洋子、二階へゆく。
巻子「やあねえ此の頃の子供って」
鷹男「あいつら、体とカンは、大人以上だよ」
滝子「姉さんたらも大変ね」
巻子「あたしがぼんやりして気がつかないことでもあの子、気がついてたりすンのよ」
鷹男「――」
巻子「油断もスキもないんだから」
鷹男「『忍ぶれど色に出にけり』だ――なあ」
滝子「――」
巻子「（じろじろ眺めて）前からこうすりゃいいのに」
鷹男「本当だよ。顔立ちは滝ちゃん、一番いいんだからさ――五年も前に気がついてりゃ、もっと」
滝子「もっと、なあに」
鷹男「もっと――」
滝子「勝又さんよかいいの、めっけてたって言いたいんでしょ」
鷹男「いや、もっと、もっと早くまとまってたって――」

巻子「そうよ。こんなに気もませないで」
滝子「いいのよ。お義兄さんや巻子姉さんだと、何言われても、腹立たないの。だけどね
　(言いかける)」
鷹男「式はいつにするんだい」
滝子「しなくちゃ、駄目かな」
巻子「当り前でしょ。人のすることはね、するもンよ」
滝子「二人とも、きらいなのよね」
巻子「好き嫌いの問題じゃないの、子供が大きくなったとき困るわよ、必ず見せてってい
　うんだから。親の結婚式の写真――」
鷹男「――うちうちで、こぢんまりやりゃいいじゃないか」
巻子「貸衣装でもいいから、やンなさい」
滝子「うん――」
鷹男「問題は、よぶ範囲だな」
滝子「親、きょうだいとあと(いいかける)。きょうだいねえ――」
　玄関の方からヌーと宏男が入ってくる。
巻子「ただいまぐらい言いなさいよ」
宏男「ただいま」
巻子「おばさん来てンだから、『いらっしゃい』――」

宏男「いらっしゃい」
鷹男「オームか、お前は」
滝子「また、背仲びたんじゃない」
巻子「一日四食だもの、伸びなきゃ計算合わないわよ」
宏男「また、出てるよ」
　宏男、週刊誌をポンとのせて二階へ上ってゆく。
　陣内と咲子の晴れがましい家庭訪問のスナップ。
滝子「この方だけは、来てもらいたくないな」
巻子「滝子――」
滝子「あたしはいいのよ。何て言われたって、根になんか持たないわよ。でもねえ、勝又さんかわいそうなのよ。やっと男として、自信つけて」
二人「え？」
滝子「うん、あの――、やるぞ！　って、思ってるときに出鼻（でばな）くじきたくないのよ」
巻子「よばないの」
滝子「（うなずく）」
鷹男「それは、勝又君も同じ意見か」
滝子「ううん」
鷹男「君ひとりの意見か」

滝子「――」
鷹男「そりゃ、しこりが残るぞ」
巻子「あたしも、それ言いたかったの。きょうだいの結婚式によばれないなんて、咲子だって陣内さんだって、一生あんた」
鷹男「女ってのは、浅ハカだね」
二人「え?」
鷹男「しこりはね、勝又君の方にのこるんだよ」
二人「――」
鷹男「オレだったら、やだね、女房がそういう風に気遣ってたって判ったら、オレ、男としてダメになるね」
女二人、顔を見合せて、下を向く。
鷹男「村八分だって、冠婚葬祭は、声かけるんだ」
滝子「あら、声をかけるのはお葬式だけでしょ」
巻子「あんたそれがいけないのよ、リクツじゃないのよ」
滝子「(小さく笑う)――(うなずく)――」
(間)
巻子「咲子たちには、あたしから、それとなく、上手にいうから――ね」
滝子「――」

巻子「もともと、陣内さんは、派手なタチじゃないわよ。咲子が少し有頂天になってンのよ。だから――ね」
滝子「――（小さくうなずく）」

●国立の家

勝又が滝子に怒っている。
勝又「滝子さん、おかしいよ！」
滝子「――」
勝又「そんなこと、お姉さんのとこへ言いにいくなんて、おかしいよ」
滝子「だってさ」
勝又「きょうだいだろ。きょうだいなら、よぶべきだよ。ロックフェラーみたいな大金持だろうと、人殺しだろうと、そんなこと問題じゃないよ」
滝子「――」
勝又「そりゃ、オレだって人間だからさ、ひがみもあるよ。クソって思うよ。でも、それとこれとは、別だよ」
大事にしていたらしい舶来のウイスキーを抱えた恒太郎、やってきて、一人の話し声に足をとめる。
滝子「――（うなずいて）あたしね、もしも、気にさわることしたら」

勝又「オレのぼせ性だから、目に入ンないんじゃないかな」
滝子「フフ」
　恒太郎、入ってくる。
　ウイスキーを勝又の鼻の先で、ゆすぶってみせる。
勝又「お、すげえ」
恒太郎「とっときだ」
　滝子、グラスを出す。
　恒太郎、ついでやる。
　三人、ゆっくりとのむ。

●結婚式場・両家控室

　「勝又家
　竹沢家　　控室」

簡素な式場らしく、入れこみの控室。
ついたてで仕切られている。
ささやかな人数だが、両家の親戚(しんせき)の顔が見える。
少し大き目のモーニング姿の勝又が、鷹男たちに冷やかされている。

鷹男「いいよ、勝又君」
綱子「ちょっと大き目だけど」
巻子「綱子姉さん……似合うわよ」
勝又「一目で借着って判るんじゃないかな」
鷹男「みんなそんなもんだよ。一日きゃ着やしないんだ、自前だって借着だって同じだよ」
巻子「もっと胸張って」
綱子「あたし、男は猫背の方が好き」
鷹男「迷うだろ、いろいろ言ったら――」
隅の方で、聞いている恒太郎。
入口の方がさわがしくなる。
入ってくる陣内と咲子。
陣内は大げさなフリルのついたシャツにカーマインベルト。白タキシード。咲子は、色こそ少しひかえ目だが、それでもかなり目立つロング・ドレス。
巻子、綱子、ハッとなる。
綱子「どういうことなの、あれ」
巻子「あんなに言ったのに――」
陣内と咲子くる。

陣内「どうも、このたびは（言いかける）」

　布のついたての向うから、どよめきが起る。

声「陣内じゃない」

　「チャンピオンの陣内英光よ」

　「陣内がいるわよ！」

　「どこ！　どこ！」

　わっと取り囲まれる二人。

　メモやハンカチが突き出される。

　ボーイが色紙をもってとんでくる。

　人波の中の陣内、もみくちゃになってサインをしている。

　巻子と綱子、咲子をその中からひっぱり出す。

綱子「どういうつもりなのよ」

巻子「ちゃんと言ったでしょ。オヨメさん、しのがないように地味にしてちょうだいよって」

綱子「主役はあんたたちじゃないのよ」

咲子「判ってるわよ」

綱子「ならどうしてあんなかっこうさせるのよ」

咲子「あたし、ちゃんと黒の背広、出しといたのよ。出がけに急にあの人、黒着るのいやだっていうのよ。――今日だけは明るい色の着たい」
巻子「それでなくたって目立つンだから」
綱子「チンドン屋じゃあるまいし」
巻子「あたし、言ってくる――」
綱子と巻子、人垣に囲まれている陣内のそばへゆく。
巻子「（まわりの人たちに）恐れ入りますが、今日はうちうちの、『なに』ですから、このへんでご勘弁ねがえないでしょうか」
綱子「もう、式もはじまりますし、すみませんが――あとにして」
陣内「義姉（ねえ）さん、いいじゃないすか。ぼくたちの商売は、ファン大事にしないとね」
書きつづける陣内、うしろから、勝又声をかける。
勝又「に、にぎやかで、いいじゃないすか。（二人に）かえっていいじゃないすか」
二人「――」
笑う陣内。
書いた自分のサインが二つにも三つにもゆれてゆがんでみえる。
陣内、書きながら、勝又に笑顔をみせる。
陣内「おめでとう」
勝又「ありがと」
陣内、押されて、勝又の方へよろけながら、囁（ささや）く。

陣内「少し、明るくした方がいいんじゃないかな」
勝又「え？」
　そばの女たちもヘンな顔をする。
陣内「一世一代じゃない。これじゃ照明が暗すぎるよ」
一同「え？」
　言いかけたとき、ボーイが、ジュースのグラスを満載した盆を持ってくる。
陣内「もっとパアと明るく」
　よろけてしまう。
　支えた勝又。しかし、支え切れずボーイに倒れかかる。
　ジュースなどが勝又の頭から顔、純白のワイシャツにかかってしまう。
　花嫁衣装の滝子が勝又を抱えようとする。綱子、巻子がとびつくように、滝子の白い衣装をかばう。
滝子「帰ってよ」
　滝子、咲子と陣内をにらみつけ、低いがハッキリした声で言う。
滝子「あんたたち帰って」
一同「――」
滝子「あんたたちが帰らないいんならあたしたちが帰るわ」
咲子「――（陣内に）――帰ろ。（言いかける）」

間に入る恒太郎。
にらみ合う二人の娘を抱くようにして、ちょっと笑う。
恒太郎「――十年たったら、笑いばなしだよ」
それから勝又に――。
恒太郎「わたしの着なさい。どうもそりゃ、君には似合わないよ」
勝又「でも、お父さん」
恒太郎「わたしはここで借りるさ」
案内係が呼びにくる。
案内係「勝又様、竹沢様、会場の方へどうぞ」
綱子「はーい」
巻子「ちょっと待って下さい！」
勝又を抱えるようにした恒太郎、綱子、巻子を先頭に見守っていた一同腰を浮かして出てゆく。
残る咲子と陣内。
咲子「――具合悪いんじゃないの」
陣内「――いや別に」
咲子「さっきどうしてよろけたの」
陣内「押されたからさ」

咲子「(何か言いかける)」
体格の小さい気の弱そうな少年ファンが一人、紙を手に遠くからみつめている。
陣内、手招きをする。
咲子「あんた――」
陣内「(先いってくれというサイン) すぐいく」
咲子、不安ながら出てゆく。
陣内サインをしてやる。
ファイト! 陣内英光という字がひどく乱れる。
びっくりして見上げる少年ファン。
サインペンを落とす陣内。ひろおうとして、そのまま床に崩れる。

●結婚式場 (神社)

神主の前の二人。
そして、勝又、恒太郎の紋つきはかまで少し堂々とみえる。
祝詞(のりと)。
うしろにならぶ一同。
一人だけこない咲子のとなりの陣内。
そこへ黒い服の男が入ってくる。

男、咲子に耳打ち。
咲子、顔色が変わる。
よろけるようにして出てゆく。
顔を合わせる巻子、鷹男、綱子、父の恒太郎がさわぐなととめている。

●控室

椅子をならべた上にねかされている陣内。
とびこむ咲子。
咲子「あんた！」
陣内の手はダランと下っている。

●式場

三々九度の盃。
感動に上気し、涙ぐんでいる新郎新婦。
そして不安をかくしてならぶ姉妹、恒太郎——。

じゃらん

●病院・廊下

脳外科。頭に繃帯(ほうたい)、車椅子の患者が通りすぎる。

花を抱えた巻子が急ぎ足でくる。

「陣内英光」の名札をたしかめてから、ノック。

滝子(声)「どうぞ」

ドアをあけて、アッとなる。

フトンもシーツも取りはらったマットレスだけになった殺風景(さっぷうけい)な病院のベッド。

滝子がポツンと坐っている。

巻子「陣内さん……あ——あの(絶句してしまう)死、まさか死——」

滝子「退院したんだって」
巻子「退院？」
　見習い看護婦が陣内の名札をはずしてゆく。
　ポカンとしてしまう巻子。
滝子「あたしも、びっくりしちゃってね。あわてておそば食べて来たでしょ、しゃっくり出て困ったのよ。見たとたん、あ、死んだ、グッ――とまっちゃったわよ」
巻子「縁起でもないこと、言いなさんなよ」
滝子「――フフ、自分だって同じこと考えたくせに――」
　滝子、ヒクッ、ヒクッとしゃっくりが出てくる。
滝子「やだ、直ってないんだ――」
巻子「――よくなったのかしらねぇ」
滝子「そうでもないみたいよ。いま看護婦さんに聞いたんだけど、どうしてもうちへ帰りたいって、なんか無理いって退院したみたい」
巻子「あたしたちが今日くること知ってたわけでしょ。
ワッ！（背中を叩いておどかす）」
滝子「ヘタクソ――そのくらいじゃとまんないわよ」
巻子「そうか。――退院するならするで、ひとこと電話ぐらいしてくれたっていいのにねぇ」

滝子「――（ヒクッ）」
巻子「第一、今日来てくれって指定したの、咲子の方じゃないの」
滝子「（ヒクッ）昔から自分勝手なのよ、咲ちゃんは」
巻子「直んないもんね。あーあ、バラなんか買うんじゃなかった」
滝子「あたしだって一個三百円のオレンジよ」
果物包みを示す滝子。
滝子「食べようか」
巻子「よしなさいよ、こんなとこで食べたっておいしくなんかないわよ。そうだ、せっかく出て来たんだから、これ持って咲子のマンションの方、いってみようか」
滝子「ううん――（腕時計を見る）あたしちょっと――待ち合せしてるから」
巻子「あ、勝又さん――」
滝子、しゃっくりをしながら果物の包みを出す。
巻子「あたし、寄ってみるわ」
二人、カラのベッドをみて出ながら。
巻子「あと、これ（ボクシング）出来るのかしらねぇ」
滝子「勝又さんもね（ヒクッ）目やられてンじゃないかって」
巻子「あんたたち、寝ざめが悪いわよねぇ。結婚式で倒れて、それが原因でもしものことがあったら」

しんみりと話していた巻子、いきなり別人のような大きな声で、ワッとおどして背中を叩く。

滝子「（グッとなって、しゃっくりがとまる）あ、とまった――」

●咲子のマンション

パジャマの上にガウンを着た陣内、ぼんやりと焦点を失った目で坐（すわ）っている。うしろにチャンピオン姿の写真。トロフィーなどが飾られている。

念仏の声が聞えてくる。

大きな盆にみかんをのせて、咲子が出てくる。

念仏の合唱、次第に大きくなる。

咲子「頭、痛くない？」

陣内「（ぼんやりしている）」

咲子「アタマ――」

陣内「――」

咲子「アタマ――痛くない」

陣内「（かすかに）いや――」

咲子「おばあちゃんにそ言って、やめてもらおうか」

陣内「ありがたいなあ」

咲子「え？」
陣内「ありがたいよ」
　咲子、夫の顔を見る。やさしい目をしている陣内、静かに合掌する。
咲子「（不安を笑いでごまかす）ふざけて――」
　別の部屋で赤んぼが泣く。
　陣内、盆を受取る。
　咲子、リビングの方へゆく。
　咲子、赤んぼのはずれていた哺乳ビンをふくませてやり、またもどってくる。
　玄関に立つ陣内の姿を見て、立ちすくむ。
　玄関のたたきいっぱいに老人の黒い靴やぞうりがならんでいる。
　陣内、靴の真上に立って、靴の中に入ったみかんを狙い、別のみかんを片目に当て、狙いをつけて靴の中に落し込んでいる。入らないとやり直す。真剣に狙う。七、八足ある靴の中にはみんなみかんが入っている。
咲子「――なにしてんの」
陣内「――――」
咲子「なにしてんの」
陣内「ビー玉」
咲子「――ビー玉……」

陣内「子供の頃、うまかったんだけどなあ」

　咲子、靴の中からみかんを出そうとする。

　陣内、いきなり咲子を突きとばす。

陣内「邪魔、すんなよ」

咲子「あんた——」

　陣内、また、みかんを片目にあててねらう。

咲子「よしてよ。よして」

　むしゃぶりつく咲子を陣内、もっと激しく突きとばす。

　咲子、ドアにぶつかって大きい音を立てる。

　陣内ねらうが、みかんはズレて、二つ、三つにゆがんでみえる。念仏ひときわ高くなる。

陣内「うるせえ！」

　陣内、みかんを玄関のドアに叩きつける。

　みかん、割れて汁がしたたる。

陣内「やめろ！　やめろ！」

　ドアがあいて母のまき、ほかの老女たちの顔が鈴なりになる。

まき「お前——」

陣内「帰ってくれよ」

まき「なんてこと言うんだい、みなさん、お前のため思って」
陣内「帰れ！　帰れよオ！」
まき「拝んでくれって言ったのは、お前じゃないか」
陣内「帰れ！　帰れよオ！」
　陣内、老女たちにみかんをぶつける。
まき「およし、ヒデ！　よしとくれ」
咲子「あんたやめて」
　咲子、まき、むしゃぶりつくが、陣内二人をふりほどき、みかんをひろってはぶつける。
　あわてふためいて自分のぞうりをさがして右往左往する老女たち。
　一人が小さな声で念仏をとなえ出す。
　みんなも唱和する。
　ドアをあけてころがり出てゆく老女たち。
陣内「帰れ！　帰れよオ」
　ドアをあけたところに花を抱えた巻子が棒立ち、老女たちに突きとばされそうになって立っている。
咲子「巻子姉さん！」
陣内「帰れ！」

陣内の投げたみかんが、巻子のコートの肩のあたりに当る。
陣内の目は、もう何も見ていない。

●マンション・屋上

部屋のナンバーをつけた物干場。
コートの汚れをとっている咲子。
巻子。
咲子、さも何でもないと言った風をよそおい、ケラケラと笑いながら。
咲子「おばあちゃんが悪いのよ。退院して、クサクサしてるってのに、ナンマイダリンマイダって大合唱やンだもの」
巻子「――」
咲子「あの人やンなきゃあたしやってやろうかって思ったくらいよ」
巻子「――それにしたって――」
咲子「あのくらいのファイトなかったら、こういう商売つとまんないってとこもあンのよね」
巻子「――退院して、大丈夫なの」
咲子「大丈夫よオ。おあとがつかえているしね。個室、とるの、もう大変なんだから。いつまでもいたら、わるいじゃない。あ、しみ、ついちゃったなあ、弁償する」

巻子「――いいわよ。そんなことよか、あと、どうすンの」
咲子「あとって」
巻子「陣内さん――これ（ボクシング）もう、無理なんじゃないの」
咲子「どうして？　少し休んで、春になったら、防衛戦じゃないかな」
巻子「――――」
咲子「どう、滝ちゃん、すこしはフワッとしてきた――」
巻子「うん」
咲子「じゃ、うまくいってンだ、ね、滝ちゃんどんな顔して勝又さんに甘えンのかな」
巻子「（少しこわばった笑い）」
咲子「（まじめになって）滝ちゃんには、言わないで（また笑って）ご新婚の方に、心配かけんのワルいもン」
巻子「――（うなずく）」
無理して、さりげなく振舞っている妹の姿に、やり切れなくなってくる。
寒い屋上。強い風で洗濯ものが、はずれ、二人にかぶさったりする。

●道（夕方）

帰ってゆく巻子。
しみのついたコート。

●里見家・リビング（夜）

八ミリの画面が白い壁いっぱいにうつっている。まっくらい室内。

テニスをしている赤木啓子と洋子。みじかい白のプリーツスカートがひるがえって、白いショーツが、若々しい脚が走りまわる。風になびく髪、のけぞるあご。二の腕、白い歯、笑顔、素人（しろうと）くさい、ぎくしゃくした画面がかえって、ナマナマしいものを伝える。

プレーをミスしたり、コートを滑ったり、画面で、洋子けたのしげに笑い、宏男、鷹男の笑いもまじる。

巻子「誰がうつしたの、これ？」
一同「え？」
プツンとフィルムが切れる。
洋子「なんだ、お母さん」
鷹男「帰ってたのか」
宏男「あ、びっくりした」
巻子「だれ、うつしたの？　お父さん？」
鷹男「オレ、うつすわけないだろ」
洋子「キミちゃんよ、テニス部の彼女よ、八ミリに凝っちゃってどこへでもくっついてきて、撮りまくってンのよ（小さく）お兄ちゃん、見てエ」
カタカタいっていた八ミリは、宏男がいじって直る。再び、啓子と洋子の姿がうつりはじめる。
家族の顔、八ミリ映写機の下からのあかりでいつもと違った奇妙な表情に見える。
巻子「フーン。あたし、お父さんがうつしたのかと思ったわ」
鷹男「どうだった。病院の方は（いいかける）」
洋子「スッテキでしょ。赤木さん」
巻子「スッテキとか、スッゴイとかそういういい方、お母さん」
いいかけて、ガタンと何かにつまずく。
洋子「ああ――」
宏男「動くとアブナイだろ」
巻子「赤木さんとテニスしたなんてお母さんに言わなかったわねえ」
洋子「言ったわよ、ちゃんと」
巻子「言わないわよ」
洋子「言いました！」
巻子「いつ――」
洋子「お母さん編物してるとき、ちゃんと」
巻子「目数かぞえてるときに、物いわないでって言ってるでしょ。お母さん聞いた覚えないけどね」
鷹男「いいじゃないか。別に悪いことしたわけじゃないんだから」
ひるがえる白いプリーツスカート。
また、ガタンとつまずく巻子。
宏男「キエ！　カッコイイ！」
巻子「ストリップみたい――（呟く）」
一同「え？」
巻子「こんな短いスカートはかなきゃ、テニス出来ないのかしらねえ」
フィルムが切れてカタカタいう。
鷹男、電気をつける。
洋子が巻子の顔をじっとみつめる。
洋子「お父さんの秘書とテニスするとどうしていけないの」
巻子「――いけないって、いってンじゃないのよ。ちゃんと（いいかける）」
鷹男「病院の方、どうだった」
巻子「――」
鷹男「病院！」
巻子「退院してンのよ、行ったら」
鷹男「そりゃよかったじゃないか」

巻子「よくないわよ。──咲子、あたしたちに見せたくなくて、それで無理に連れて帰ったのよ」
鷹男「見せたくないって、陣内君──」
巻子「普通じゃないわよ。あたしに向って──」
　手を上げ投げるしぐさをしかけて、子供たちの視線に気づき口ごもる。
鷹男「──どしたんだ」
巻子「──あの人、もう──駄目じゃないかな」
宏男「駄目って、ボクシング──」
洋子「出来ないの」
巻子「咲子、どうするつもりなんだろ」
　言いかけて、宏男の前にもビールのグラスがあるのに気づく。
巻子「今日は何の日なの」
宏男「なんの日って──」
巻子「お正月でも、誕生日でもないのに──人がいないのいいことにして」
鷹男「アワなめてるだけだろオ。なあ」
巻子「すぐ子供のきげん、取る──」
　巻子、台所へ入ってゆく。
　水をのむ。

うしろから鷹男。

鷹男「おい、（声にならない声）」

巻子「（ふりむく）」

鷹男「四人も姉妹がありゃ、いろいろあるだろうさ。それ、いちいち、うちへもちこむなよ」

巻子「――――」

鷹男「八つ当りはよせって言ってるんだ」

巻子「八つ当りかしら」

夫のうしろで、こっちを見ている洋子、うしろに宏男。

巻子「――（子供に聞えるように大きな声で）咲子見てたら、やり切れなくなったのよ」

リビングへもどってくる。

鷹男「新婚ホヤホヤもいるじゃないか」

巻子、少し笑って八ミリのうつっていた壁のあたりを眺める。

もう何もうつっていない。

●国立の家（夜）

夕食後。

茶の間で将棋をしている恒太郎と勝又。勝又、小さな咳をひとつする。

恒太郎、パチリと打つ。

勝又「あ……」

恒太郎、待とうかという風に目をのぞきこむ。

勝又、いいスというように手を振る。恒太郎、パチリと置く。

勝又、また咳(せき)をする。滝子が通りかかりざま、勝又に袢天(はんてん)を羽織らせてスウッと行ってしまう。

勝又「――（テレる）」

恒太郎「――（少しおかしい）」

二人の男、ちょっと視線をかわしあうが、またコマを置く。

滝子は、障子(しょうじ)のすぐうしろで雨戸をしめはじめる。

二、三枚しめたところでつっかえたらしく、ガタガタやっている。振動が伝わって、障子がガタピシする。

勝又、ちょっと、という風に立ってゆく。

二人で、ガタガタやる気配。

恒太郎、しばらく盤面をながめ、曲ったのを置き直したりして――。

恒太郎「三枚目か四枚目が引っかかってンじゃないのか」

立ってゆきながら。

恒太郎「押すようにして、上のとこガタンと――コツがあるんだよ、コツが――手伝おうか」

廊下へ半分出かけて戸袋のところの二人に気づく。

雨戸に手をかけた滝子をうしろから抱きすくめた形の勝又。上気している滝子。

恒太郎、とっさに何も見ない目になってもどる。

恒太郎「（パチリとおいて）手伝うこたァないんだ——」

ガタガタ音がする。

二人で雨戸をしめているらしい。

ガス・ストーブの上で、新しい赤いヤカンが湯気をあげて、あたたかいものが流れている冬の夜。

●里見家・居間（夜）

湯上りの鷹男。

コートのしみぬきをしている巻子。

鷹男「国立のおやじさんに、聞いてもらった方がいいんじゃないかねえ」

巻子「国立ねえ」

鷹男「咲ちゃん——言わないわけだろ」

巻子「どう見たって虚勢だけどねえ。陣内さんと一緒になるとき、みんな反対したでしょ。

それ押し切って、アレしたから、今になって弱音吐けないってとこあると思うの」

鷹男「言われりゃ、オレだって——出来ることはするけどさ、何もいわれないのに、のこのこ行くのも——なあ」
巻子「————」
鷹男「おやじさんがいいって。週二回か？　つとめにいくほかは、何もしてないわけだろ」
巻子「浮気ってイミ」
鷹男「う、うん、まあ」
巻子「してないでしょ。——土屋っていったかな、つきあってた人、子供連れで再婚したもの。あ、そういえば、こないだ道でバッタリ逢ったけど」
鷹男「何か、相談ごと持つと、その方が、年寄りはボケないよ」
巻子「ほかはみんな、フラフラしてるものねえ——」
夫をみつめる。
鷹男「うちは別にフラフラしてないだろう」
巻子「さあ、どうでしょう」
巻子、白い壁をみつめる。
巻子「ああ、綱子姉さんとこの縁談、みつからない？」
鷹男「男の五十ってのは、カンタンだけどさ、女の五十ってのは」
巻子「まだ四十代よ、綱子姉さん」

鷹男「同じようなもんだよ。——相変らずつき合ってんのか。例の——料理屋の——」
巻子「それ、切るために、たのんでンじゃないの」
鷹男「切る——か」
巻子「一生、カゲのつき合いってのさびしいんじゃないの。何年か待って、結婚できるってのならいいわよ。でも、相手の夫婦だって、二十年、三十年の歴史があるわけでしょ。そうそうカンタンに離婚して結婚しますってことには、ならないと思うのよ。そう思わない」
鷹男「——一般論としちゃ、そうだろうな」
　巻子には、鷹男のうしろの白い壁に赤木啓子のテニス姿がうつったようにみえる。
巻子「綱子姉さん、いまのままじゃ絶対いけないわよ」
鷹男「お前、どっちのはなししてんだ」
巻子「え？」
鷹男「咲ちゃんとこの心配してンじゃないのか」
巻子「——そうよ。——あ、やっぱり、落ちないわ」

●料亭「枡川」玄関（夕方）

　入ってくる勝又。
　玄関に出迎えているおかみの豊子。

豊子「いらっしゃいまし」
勝又「米本さんの——」
豊子「お見えでございます。さ、どうぞ——」
　言いかけて——。
豊子「あら、こちらさま、以前にたしか、わたくしどもに」
勝又「はあ、一度——」
豊子「そうそう。三田村さんとご一緒じゃありませんでした。以前うちでお花いけて下すってた——三田村綱子さん——」
勝又「いまは義理の姉貴に——なったもんで」
豊子「じゃ、お妹さんと結婚なすった——興信所におつとめの」
　このあたりから、帳場で貞治が聞いている。
勝又「はあ、取引先でちょっと役に立った、ってほどじゃないんすけど、御馳走するっていうんで、ここの名前言ったもんで」
豊子「まあ、それはそれは。ごひいきいただいて、有難うございます。お姉さまには、いろいろお世話になったんですよ。いまお元気？」
勝又「元気です」
豊子「そうですか。よろしくおっしゃって下さいまし」
勝又「はあ」

勝又、ぬいだ靴を自分で、直そうとする。
豊子、にこやかにとめて、自分で直す。
豊子「――興信所は、どちらの――お名刺、いただけます？」
貞治――。

●国立の家・仏間（夜）

仏壇のふじの写真の前に、持ってきたそなえ物をする巻子。
チンチンと叩いて手を合す綱子。
滝子（声）「ねえ、お酒、ビール？」
綱子「お酒」
巻子「ビール」
言ってから――。
綱子「ね、声、ちがわない？」
巻子「滝子でしょ。あたしもそれ言おうと思ってたとこ」
二人、クスクス笑いをしながら茶の間の方へ、ゆきかける。

●国立の家・茶の間

すきやきの支度（したく）をしている勝又。

台所の間を行ったりきたりの滝子。
二人の姉、入ってくる。

滝子「せっかく来たのに、お父さん遅いんじゃ、しょうがないわねえ」
巻子「いいわよ。——御円満なとこ、みせてもらって帰るから」
綱子「お父さん、なんなの？」
滝子「『つきあいでおそくなる』ガシャン」
巻子「お父さんでもつきあいがあるのかな」
綱子「そりゃあるでしょ。男は、つきあいしなくなったらおしまいよ。学校の友達だって、まだ、ピンピンしてるだろうしさ」
滝子「ええと、あとは白タキだ。お酒は、綱子姉さん？」
二人「手伝おうか」
滝子「いいわよ」
勝又「オレ——」
滝子「いい——ワルいけど（ビール）先にこれで」

三人、のみはじめる。

綱子「どうするんだろうねえ——咲子」
二人「——」
綱子「乳のみ子とお姑（しゅうとめ）さん抱えて——」

滝子「あのマンションだって、ローンじゃない」
巻子「あたしね、いっぺん言ったことあったのよ。パッパパッパ、お金使ってないで、貯金しなさいって」
綱子「あたしだって言ったわよ。そしたら、何て言ったと思う。あたしたちが、シキシキ、シキシキ、お金使うようになったら」
巻子「シビシビじゃない」
綱子「なんだ、あんたにも言ったのか」
巻子「そういうことすると、負けそうな気がするって言ったでしょ」
綱子「こういう商売の人、みんなそうだって——妙にマジメな顔して言われたわよ」
巻子「同じだわ」
滝子「それにしたって、陣内さん、悪いんなら悪いで、何もかくすことないでしょ、きょうだいじゃない」
綱子「きょうだいだから言いたくないのよ。あたしたちが男なら、別よ、女でしょ」
巻子「あるかもしれないわね」
綱子「特に——滝子には、みじめなとこみられたくないんだろうなあ」
巻子「あ、それ、あるみたい」
滝子「どうしてよ。年だってくっついてるし、子供の時、ずっと一緒の部屋で（言いかけて）」

綱子「いがみ合ってたじゃない、ずうっと」
滝子「いがみ合うなんて」
綱子「早いはなしが、あんたはいつも一番だけど、ラブレターは、全然こなかったじゃない。咲子は、勉強はダメだけど、男の子は佃煮にするほど、いたじゃない」
滝子「あら、あたしだってさ、言わないだけで、全然、一人もってことは」
綱子「早いはなしが、って言ってるじゃない」
　テンポの早い女姉妹のやりとり。
　勝又は、テニスのレフェリーの如く、あっち見たり、こっち見たり、口をさしはさむ暇など全くなし。
綱子「一人だけ出来そこないみたいに言われてたのがよ、陣内さんああなって、もうパアッてさ、二十何年の恨み、いっぺんに晴らしてさ、こうやってたら（肩で風を切る）ドスンでしょ。いまさら引っこみつかないわよ」
巻子「滝ちゃんとこ、しあわせだしねえ」
綱子「ほら見たことかって言われんのくやしいのよ」
滝子「そんなこと言うわけないじゃない」
綱子「口に出して言うバカないわよ。でもね、腹ン中で思ってるだろうってさ、ひがむものなのよ、落目になると」
勝又「はああ（感心する）」

滝子「なんか言いなさいよ、あんたも」
勝又「はなし早くて。言おうと思うと次のとこいってるから足も手も出ないんすよ」
滝子「手も足も」
巻子「いいじゃない」
綱子「同じでしょ」
滝子「日本語、メチャクチャなのよ」
二人「勝又さん？」
滝子「話す順序が人とちがうのよ。――『私は昨日、東京駅で、ガマ口をひろいました』」
巻子「ひろったの」
綱子「いくら入ってたの」
滝子「例！」
巻子「あ、カラ」
綱子「なんだ」
滝子「そうじゃなくて、ゼロじゃなくて――例として言ってるのよ」
二人「なんだ――」
滝子「普通はそう言うでしょ。この人、ちがうのよ。『ヒ、ヒ、ヒロッタンスよ』こうくるのよ」
巻子「ワルイ」

綱子「滝子――」
滝子「いいのよ、本当だもの。ネッ」
勝又「うん、まあ」
滝子「人が何を？　どこで？　いつ？　って聞くでしょ、それでやっとハナシになるのよ」
巻子「同じことじゃない」
綱子「滝子が四角四面なのよ！」
滝子「綱子姉さんにビール――」
言いおいて、滝子、台所へ立ってゆく。
勝又「おお」
勝又、二人の姉にビールを注ぐ。滝子、台所から、皿の上にのせたものを持ってくる。
(じゃがいもをゆでて、うす切りにしたもの)。
二人「あッ！　じゃがいも！」
二人、アルコールが入っていることもあり、女学生のようにはしゃいで叫ぶ。
すきやきをはじめながら。
綱子「これ、入れンのよねぇ。うちのスキヤキ！」
巻子「食べたかったんだ！」
滝子「お姉さんとこ、入れないの」
巻子「いも入れると、甘くなるからいやだって」

綱子「うちもそうなのよ」
滝子「もう義兄さん、いないんだから遠慮しないで入れりゃいいじゃない」
綱子「そういうもんじゃないのよ。お位牌の前で、ワルいじゃない」
巻子「ウワァ――貞女貞女」
滝子「中村汀女」
勝又「なにそれ」
滝子「俳句の人！」
巻子「もういいんじゃない」
綱子「アブラ――！　――アチ」
勝又「アチアチ――」
滝子「おしょう油――」
巻子「おしょう油――だって」
綱子「まあねえ、ジェット・コースターじゃないけど、グーンと上ってもまたグーンとおっこって、キャア！　っていうよか――興信所だって何だって」
巻子「綱子姉さん――」
滝子「うちなんか三輪車か自転車だけど」
巻子「案外そっちが勝つんじゃないの」
滝子「もすこし、月給高いとね」

綱子「でも、アレじゃないの。職業柄、誘惑あるんじゃないの」
滝子「適当にやってる人もいるらしいんだけど、この人、全然、ダメ（だもの）」
勝又「――どうすっかな」
三人「え？」
勝又「ハナシ、出たから、いいか」
勝又、ポケットから白い封筒を出す。
勝又「今日、これ」
滝子、中を改める。
滝子「お金じゃない」
勝又「（片手）」
三人「五万！」
勝又「主人の浮気、しらべてくれって。――料金のほかに、喫茶店、よび出して、（これ）」
綱子「ヘソクリおろしてきたんだ」
巻子「必死なのよ……」
勝又、こんどは上衣のポケットから普通のハトロンの封筒を出す。
滝子「これも？」
勝又「（両手）」

三人「十万円？」
巻子「一日に二つもらったの」
綱子「すごいみいりねえ」
巻子「やっぱり女？　奥さん？」
勝又「いや、（両手）は男す」
三人「オトコ」
勝又「これ、（片手）の亭主」
三人「ご主人」
勝又「すぐあとに、来たんすよ。そいで」
　勝又、たたみの上に平伏してみせる。
女三人「ああ——」
　「あッ」
　「そうか」
巻子「先手打ったわけだ、御主人が」
綱子「男同士じゃないですか。武士の情で——どうか」
滝子「お見逃し下さい！」
綱子「こっちも必死なわけだ」
滝子「そりゃ、バレるもの」

巻子「奥さんが五万で主人が十万ての、いいじゃない」
綱子「(おかしいがマジメくさって) あんた笑うけど、女の五万て大変よ」
巻子「そりゃヘソクリから出すんだもの。血の出るようなお金よオ」
滝子「どうすンの――調べるの」
勝又「どうしたらいいか。そこんとこ (みなさんに――という感じ)」
巻子「そりゃ調べるべきじゃない。興信所は調べるの、商売じゃない」
綱子「そうすると、五万――奥さんの方はとって、十万は、返すわけ?」
巻子「家計のため思えば、こっち返す方がトクだけど」
勝又「あ、あのオ」
滝子「もらわないわよねえ、勝又さん」
綱子「あんたまだ勝又さんなんていってるの」
勝又「両方、返しますよ。汚職したら、一発でこれ (クビ) すから」
綱子「あたし、どっちかは、もらっていいと思うなあ」
巻子「そりゃ、こっちよ」
滝子「奥さんの方――」
綱子「そうなるかなあ……」
巻子「女の五万て大変だって、言ったばっかしじゃない」
綱子「よし! キマリ! カタイことといわないでこれは、(手刀切って、ポケットに入れるまねして）こっちへ（滝子へわたす）こう！」
巻子「おごってよ、滝ちゃん！」
滝子「ううん——（少し困っている）」
綱子「こっちは返すと！　（十万の方）」
巻子「決定！」
綱子「決定！」
　まだもたもたしている勝又に、綱子封筒を押しつける。
勝又「それから」
巻子
綱子「まだあるの」
勝又「いや、あの、義姉さんによろしくって」
綱子「（スットン狂な声）あたし？」
勝又「え」
綱子「誰が？」
勝又「奥さんの方が」
綱子「だあれエ？　名前」
勝又「『枡川』って料亭の、奥さん」
綱子「（絶句する）」

巻子「――」
滝子「ああ、綱子姉さん、お花いけてアルバイトしてた」
綱子「そ、そうだけど。――へえ、あの人、きたの――へえ、きたの」
このあたりから巻子、おかしくておかしくて、笑いがとまらなくなる。
巻子「世の中、狭い。日本は狭い」
滝子「本当ねえ」
綱子「来たの、へえ――」
巻子「それで、奥さん、全然知らないっていうの？　相手の人」
勝又「らしいすねぇ。――いっぺん切れたと思ってたら、また、よりもどしたらしいって」
滝子「お世話になったわけでしょ。そりゃ調べて上げなきゃワルいわよ」
巻子「ワルいわよォ、ねぇ（笑う）」
綱子、うしろで笑いころげる巻子の尻をつねる。
綱子「でも、しらべたら、もめるわよ」
巻子「さっき、お姉さん、キマリっていったんじゃなかったの。決定！　って」
綱子、またつねる。
巻子「アイタタッ！」
滝子「なにやってンのよ。ゲラゲラゲラゲラ何にもおかしくないでしょ」

巻子「まあ、これは、こっちをもらって、こっちを返すのね」
　五万をとり、十万を返す。
勝又「いや、あの」
綱子「滝子、お酒！」
滝子「あるじゃない」
綱子「ないわよ。アツカン！　あのさ、南天のついたお銚子（ちょうし）、あれでのみたいな」
滝子「急にそんなこといったって出ないわよ」
巻子「いいじゃない、お銚子なんかどれだって」
綱子「南天！　上の戸棚に入っていたわよ、早く！」
　滝子、出てゆく。
　綱子、台所をうかがい、目にもとまらぬ早わざで、五万をのけ、十万を勝又のポケットに押しこむようにする。
勝又「あ、あの」
綱子「そういう人はいたらしいけど、もう切れてます」
勝又「義姉さん……」
綱子「――あたしなの！」
勝又「――」
巻子「勝又さん、物いう順序、ワルいわよ。どして、名前から先にいわないの」

勝又「あ――」
巻子「こんなに笑ったことなかったなあ。咲子のことでクサクサしてたの、すっとしちゃった――」
綱子「(笑いながら) ね。滝子には (内緒) よ。あの子、固いから――」
勝又「は」
巻子「興信所だもの、ヒミツ守るわよね。あ、それからもひとつ、五万の――奥さんにね、その人は近々、再婚のはなしがもち上ってますって、そういっといて」
綱子、もひとつ、巻子の尻を大きくつねる。
巻子「あいた! いたいなあ」
滝子、ほこりだらけの古い形の銚子をもって出てくる。
滝子「これ?」
綱子「それそれ――」
滝子「なに笑ってンノォ? あたしたち、そんなにおかしいかなあ」
二人の姉、折り重なって笑いころげる。勝又も下をうつむいて笑いをごまかすためにパクパク食べる。
滝子、ヘンな顔をして、姉たちを見る。

●咲子のマンション (夜)

玄関に立っている恒太郎。
陽気に笑いながら、しかし体は一歩も上らせまいとするように、奥をのぞかせまいとして立ちはだかる咲子。

咲子「すごく元気。もともと体力あるでしょ、先生もびっくりするくらい恢復早いのよね。いまジムへトレーニングにいっている。休んでたでしょ、体なまっちゃって」
陣内(声)「母ちゃん！　母ちゃん！」
恒太郎「――」
陣内が子供のように母を呼ぶ声が小さく聞えてくる。
咲子「ナマっちゃってるでしょ、サンドバッグやると息切れるって、食べものやなんかだって」
陣内(声)「母ちゃん！　母ちゃん、咲子ォ、咲子ォ」
恒太郎「――」
咲子「こっちだったら、全然心配いらない。春にはリングにもトれると思うわ。全然心配いらないから」
恒太郎「――」
咲子「お父さんの方こそ、気をつけて。この間みたいに、寝たばこでボヤ出したりしたら、大変だから」

恒太郎「――」
咲子「本当に大丈夫」
陣内「咲子！　咲子ォ――」
咲子「おばあちゃん、呼んでいる。――お茶もいれないで、ごめんなさいね」
　ドアの外に父を押し出すようにする。
恒太郎「――おやすみ」
　ニコッと笑って、しめかけたドアのかげから、手だけだして振る咲子。
　帰ってゆく恒太郎。
　ドアに寄りかかって立っている咲子。
　奥からガウンをはだけた陣内が出てくる。つやのないやせた顔、焦点のない目、上りかまちのところでよろける。
陣内「カエルが鳴いている」
咲子「――」
陣内「な――ほら」
　何も聞えない。
咲子「――」
陣内「な――ハハ」
　かすかに聞える赤んぼのなき声、奥のドアがあいて、泣く勝利をあやしながら、まき

　　が出てくる。
陣内「カエル、鳴いているよ」
咲子「――」

●夜の道

　帰ってゆく恒太郎。

●図書館

　例のアメリカン・レッド・フォックスの毛皮を着た咲子が笑いながら立っている。

滝子「咲ちゃん――」

　滝子。

　のしをつけた大きな包みを出す。

「快気祝」

咲子「ご心配かけました」

滝子「快気祝い――咲子――」

咲子「(滝子の口を封じるようにペラペラしゃべる)滝ちゃん、口紅つけてるじゃない。

　あ、オーデコロンもつけてる。変ったなあ」

滝子「咲子――」

咲子「ここまで変えたんならさ、めがねも取っかえた方がいいんじゃないかな。ピンクのふちかなんかで、もっとパチッとしたの」
滝子「お茶のみに出ようか」
咲子「ワルいけど、チビ、いるから。おばあちゃんもいるし――。『みんながあたしを待っています』フフフ」
滝子「――」
咲子「勝又さん、お父さんとうまくいってる？」
滝子「――大丈夫」
咲子「よかった」
滝子「ねえ、余計なことだけど。（言いかける）」
咲子「バイバイ！」
　手を振って出てゆく咲子。
滝子「――」

●綱子の家・茶の間

　外出から帰ったという感じの綱子が、ショールをしたまま電話をかけている。

　たたみの上に五十六、七の男の少しあらたまった写真。経歴書、破った封筒が散らばっている。

綱子体をのばし、ガス・ストーブをひねり、泥はねの上った足袋をぬぎながらしゃべる。

綱子「いきなり速達よこすんだもの、何事かと思うじゃないの」

●里見家・リビング

こちらは編物をやりかけの巻子。

巻子「もう着いた？」

綱子(声)「冗談だと思ってたら本当なのねぇ」

巻子「本当よォ――ひとつ、ふたつで表編――ええと、あ、ごめん、キリのいいとこまで――やんないと、一、二、三――」

綱子(声)「あたしの縁談よか、編物の方が大事ですか」

巻子「そうじゃないけど、模様編って、一、二、ひねって――目まちがえても、あとメチャクチャになるから――一、二、三でよしと――。おまたせ、モシモシ、モシモシ――」

●綱子の家・居間

電話に出ないも道理で、綱子は受話器をたたみの上に置いて、ジャーから湯をあけ、のみながら、体を伸ばして受話器を取る。

巻子(声)「モシモシ！　モシモシ！」

綱子「ごめん。体の芯(しん)から冷えちゃった——お湯のんでンのよ」

巻子(声)「——写真見た？」

綱子「拝見いたしました」

巻子(声)「御感想はいかがですか」

　実直そうな初老の男が緊張してうつっている。

綱子「なかなかご立派なかただと思いますよ。立派な肩書もおありになるし、子供はみんな独立しておいでだし」

●里見家・リビング

　巻子。
巻子「だけどねぇ、ってつづくンじゃないの」
綱子(声)「フフ……」
巻子「やっぱり十万円のかたのほうが、よろしいですか」
綱子「なに言ってンのよ」
　姉と妹、笑いながらやってはいるが——。
巻子「シオドキじゃないかなあ」
綱子「『沖のかもめにシオドキ聞けば』か」

巻子「『わたしゃ発つ鳥』って、歌の文句もそいってますよ」
綱子「――アンタでもそういうシャレいうことあンのね」
巻子「（マジメになって）――四月になれば、正樹クン、オヨメさんつれて仙台から帰ってくるわけでしょ」
綱子「まだ同居するかどうかは決めてないわよ」
巻子「同居しなくたって、東京に住んでりゃ――今までよか、行ったり来たりあるわけでしょ、子供って知らない顔して親見てるもんよ」
綱子「五万円のかたの気持も考えて――」
巻子「あたし、言うこと、なくなっちゃった」
綱子「（ヘラヘラ笑う）」
巻子「とにかくいっぺん逢ってみなさいよ、ね？」
綱子「――うん」
巻子「せっかく、うちのがみつけて来たんだから、ねッ！　あ、――切っちゃった」
うしろから、ラケットを持った洋子。
巻子「テニス？」
洋子「この格好で野球は出来ないの」
巻子「いまの中学生って、そういう言い方、はやってンの。どうして素直に、そうよ、っていえないの」

洋子「聞かなくったって、かっこみりゃ判るじゃない」
巻子「――だれと」
洋子「赤木啓子さん」
巻子「――――」
洋子「出来るわけないでしょ。彼女おつとめあるから、土日しかあいてないもン」
巻子「目上の人、彼女って、よばないの」
洋子「お母さん、彼女――赤木さんみたい人、きらい？」
巻子「好きよ」
洋子「（そっくり口まねする）好きよ」
巻子「――――」
洋子「そうだ。こないだの八ミリ、彼女にみせなきゃ」
巻子「――――」
洋子「彼女じゃなくて赤木啓子さん」
巻子「カゼひかないようにしなさいよ」
出てゆく洋子。
白い壁にいつかの八ミリの赤木啓子の姿がうすく見えてくる。

●駅

公衆電話をかけている制服の小学生の男の子。（ランドセルを背負っている）省司。

●国立の家

庭木の手入れをしている恒太郎。中で電話が鳴っているのに気づく。ハサミをおっぽり出し、木戸の方から、大急ぎで中へ入ってゆく。

●駅

公衆電話をかけている省司。
省司「パパァ？　ボク！」

●国立の家

手土産を抱えた綱子がくる。

恒太郎とならんだ新しい勝又の表札の歪(ゆが)みを直して入ってゆきかけ、足許(あしもと)に植木ばさみが落ちているのに気づく。

綱子、はさみを手に、横手の庭木戸から入ってゆく。

●国立の家・茶の間

　電話している恒太郎の声が庭から入ってゆく綱子に聞えてくる。

恒太郎「電話してはいかんと言ったろ。うん。いけないいんだよ。こういうことをしちゃ——公衆電話からかけてンだろ？　うん、うん。（やわらかく笑い出して）いっぱし、理屈言うなあ」

　綱子——そっとのぞく。

　恒太郎、若々しい声で、たのしそうに笑ったりしている。

恒太郎「そりゃ駄目だ、もう駄目だよ。これ一回きりって約束だろ。うん、うん——うん——フフ、困った奴だな。よし。ほんとに、これっきりだぞ。うん、うん、よし。うん——ハイ——」

　綱子——。

　電話切った気配。

　恒太郎、何と鼻唄まじりで、弾んで縁側へ出てきて、綱子に気づく。

恒太郎「玄関から入りゃ、いいじゃないか」

綱子「（はさみを出して）御用聞きがつまずいたら、どうすンの」

　恒太郎、ハサミを受取り、縁側に置く。

綱子「お花にくる人に、筋子（すじこ）のおいしいのもらったの。カス漬」

恒太郎「フーン」
綱子「――なんか、うち、キレイになったみたいね」
恒太郎「若い人間が住むようになったから、うちも若返ったんだろ」
綱子「――お父さんも、若返ったわよ」
恒太郎「タダで乗りものに、乗れるようになっちゃ、おしまいだよ」
綱子「それからが、本当だって人もいるわよ」
恒太郎「茶でもいれるか」
綱子「ううん、いい」
　二人だまって庭を見てすわっている。
綱子「巻子から何か聞いた？」
恒太郎「咲子のことか」
綱子「ううん、あたし……」
恒太郎「鷹男君が、縁談をさがしてるってはなしか？」
　綱子、写真と経歴書を縁側に置く。
恒太郎「（チラリとみて）いいじゃないか」
綱子「見もしないで」
恒太郎「写真見たぐらいじゃ判らんよ」
綱子「（笑ってしまう）それもそうね」

自分で手にとって見る。
綱子「どう思う。お父さん」
恒太郎「うむ——」
綱子「——いまさらって、気もするけど……」
恒太郎「お前、いくつだ」
綱子「(子供のように、パッと片手をひろげてみせる)」
恒太郎「寿命が伸びたからな。あと三十年、ひとりで溜息(ためいき)ついてても、つまらんだろ」
綱子「——お父さんは、どうなの」
恒太郎「——男は、ため息はつかないよ」
綱子「ずるいな、お父さん。(小さく)これでお母さん、やられたわけだ」
恒太郎「そりゃズルイさ。
男の方がずうっとズルイさ、そう思ってた方が、ケガがすくないよ」
生垣の向うを、とうふ屋のラッパが通る。
綱子「あ、おとうふ屋さん、この辺、まだくるのね」
恒太郎「あのじいさんで、おしまいだろ」
綱子「いま時分が一番やだな」
(間)
恒太郎、写真と経歴書を手にとる。

恒太郎「逢ってみりゃ、いいじゃないか」

●喫茶店（夕方）

コーヒーをのみながら少年が宿題をするのを見てやっている恒太郎。二つ、三つ教えてやったりして――。

少年の手を持ち上げる。

恒太郎「汚ない手だな」

恒太郎、おしぼりで拭いてやろうとする。

省司「いいよ」

省司、ふり切って宿題。

道をへだてた街路樹のかげに、立ってみている土屋友子。

●国立の家・玄関（夜）

帰ってくる恒太郎、玄関の刈りかけの植木の枝ぶりをちょいと気にしたりする。

●国立の家・茶の間（夜）

着物に着がえ、帯をしめながら入ってきかけてハッとなる。

亡妻のふじがうしろ向きになって膳立てをしている。

恒太郎、ぼんやりと立っている。

ふじと思ったのは滝子。

地味な着物姿で、髪をひっつめにして、ふじと、同じ中腰同じ手つきで、膳立てをしている。

恒太郎「――そっくりだな」

滝子「?」

恒太郎「母さんにそっくりだね」

滝子「着物のせいじゃないかな」

恒太郎「それ、母さんのか」

滝子「この前分けたの。――覚えない?」

恒太郎「そういやあ、そんなの、着てたなあ」

恒太郎、すこし、眺めている。

恒太郎「おやこだな、手つきまで、そっくりだ……」

そのまま、黙って、暗い庭を見ている。

玄関にチャイム。

滝子「あ、帰ってきた――おかえンなさい！」
とんでゆく滝子。

●綱子の家

花を活けている綱子。実生木(みしょうぼく)(梅もどきなど)を活けている。
花バサミを鳴らして余分な枝を落してゆく。
うしろで見ている貞治。
二人とも、ひとこともしゃべらない。
綱子、花バサミを鋭く鳴らして、枝を落す。
未練を断ち切るように、どんどん枝をおとしてゆく。
貞治、いきなり、うしろから、羽交(はが)いじめにする。振りほどこうとする綱子。
ハサミがカチカチ鳴る。
抗し切れず、ハサミを持ったまま、たたみに崩れる。
枯れかけたと見える枝に、赤い実がたわわについている。
ただでさえこぼれやすい実が、かすかな揺れで、こぼれ落ちる。
切り落した枝。鋭い切り口。こぼれる実。二人の顔。
昼下り。赤い実。花ばさみ。

●里見家・居間

姿見の前で、帯を結んでいる巻子、あわただしいが弾んでいる。
宏男がノソノソ出たり入ったりして、冷蔵庫から何か出して食べている。
巻子「なに、バタンバタンやってるの？」
のぞいて。
巻子「ハム、食べないでよ。晩のオカズなんだから。勉強につまると、冷蔵庫あけるのねえ」
口を動かしてのぞいている宏男。
巻子「そっち、引っぱって」
宏男「どこ」
巻子「そこ――あ、いいわ。そんなベタベタした手でさわられちゃたまンないわ」
宏男「なんだよ。引っぱれっていったりよせっていったり」
巻子「早く勉強しなさい」
宏男、二階へゆきかける。
宏男「見合いって、どこでやンの」
巻子「いいでしょ、どこだって――あんたのお見合いじゃないんだから」
SE　電話鳴る

巻子「ほら、電話取って」
宏男「――チェッ！　（とって）モシモシ――あ、あ、いる」
　電話機を突き出す。
巻子「だれ」
宏男「お父さん」
巻子「電話代りました。え？　今晩帰れないって――あの」

●オフィス

　電話している鷹男、まわりを意識して声をひそめている。
鷹男「あした、急に、会計検査があるらしいんでね、旅館へこもって夜明しでやんないと――全員じゃないけどね、あ、高浜君、それはいいや。七月からの分――そうそう」
　あわただしいまわりの気配。段ボール箱に帳簿などをつめている赤木啓子や男子社員たち。
巻子(声)「そうすると下着やワイシャツ」
鷹男「大丈夫だよ、一日ぐらい」
巻子「旅館――」
鷹男「旅館はね、いつもマージャンで使っている神楽坂の――おい、どっちとれた？　ときわか、よしだ――そのへんだ」

●里見家

巻子。

鷹男(声)「あしたは普通に帰れる」

巻子「モシモシ、今晩のお見合いねぇ——」

電話切れてしまう。

巻子「——」

●綱子の家

こちらも着物を着ている。

鏡に向って、目尻のしわを気にする。

少しそのまま坐っている。

●里見家・居間

着物を着終った巻子がすわっている。

うすぐらくなっているのに電灯をつけないでじっとしている。

うしろの白壁にテニスをする赤木啓子のイメージ。

巻子、電話機に手をのばす。ダイヤルを廻す。

巻子「――あ、恐れ入りますが営業二課の赤木さん――赤木啓子さん――あ、外出ですか
――神楽坂のよしだ。ありがとうございました」

●旅館よしだ前（夕方）

よしだの軒灯。

小粋な路地。

少しはなれたところに、外出着の巻子が放心して立っている。

軒灯に灯が入る。

若い女の子の笑い声がする。路地を入ってくる二人の女子中学生。

洋子と友達のキミコ。

洋子「お母さん――」

巻子、我にかえる。かなしいような、きまりがわるいような顔で、娘に笑いかける。

巻子「お父さん、ここで徹夜で仕事だから、ワ、ワイシャツや下着持ってきたのよ。あ、
あんた、どうしてこんなとこ」

洋子「八ミリわたそうと思って赤木さんに電話したら、こっちだっていうから――」

洋子、言いながら母の目をじっと見る。

視線を下へうつす。

小さな抱えのバッグ以外何も持っていない母。

洋子「ワイシャツ、もうとどけたの」
巻子「え？　あ……」
　不意に洋子、笑い出す。これも泣いているようなヘンな笑い方。
　いきなり走り出して、今来た道をもどっていく。
キミコ「里見さん！
　洋子！」
　友達も、追いかけて行ってしまう。
　歩き出す巻子。

●旅館よしだ・座敷

　座敷いっぱいに帳簿や書類をならべて、照合している鷹男、課員の男二人と手伝う赤木啓子、かなり切迫した空気。
鷹男「はじめから、バアッと洗い直すか」
高沢「その方が早いですよ」
光本「ようし！　バッとやって」
高沢「うまくいけばイーチャン、囲めるかな」
鷹男「そっちの方は、日を改めた方が――ひっかかるとすれば、これだなあ」
　赤木啓子、書類を手わたす。

鷹男「個人でこれやってる（ポケット）わけじゃないのに、何でこんな苦労するのかね」
光本「会社のためとは言いながら」
　二人の男たち、座敷のすみで書類を突き合わせている。
鷹男「全くだ。
あ、おう、赤木君はもういいよ。メシ食ったら帰ンなさい、こっちも徹夜ってほどじゃないから――」
啓子「――部長も、二、三時間、ぬけて――出かけるんじゃないんですか」
鷹男「――」
啓子「（フフフと笑う）」
鷹男「（こっちも仕方なくフフと笑う）」
　少しはなれていた高沢が声をかける。
高沢「やっぱり疑われてンだろうなあ」
鷹男「うちの社か。まあ、目はつけられてるだろうなあ。
現に、やってるもの。しかたないよ。ええと――」
啓子「――（呟く）あたしも、疑われてるみたい」
鷹男「――」
啓子「ゆうべ、『かくれみの』ってのの、辞書で引いてしらべちゃった――」
鷹男「『かくれみの』――」

啓子「あれ、本当に、そういう名前の植物、あるんですね。びっくりしちゃった。『かくれみの』にする――それ利用して、身をかくすっていうイミのほかに――ちゃんとあるんです。『うこぎ科』の常緑樹で六メートルぐらいになるんですって」
鷹男「フーン」
啓子「黄ウルシ――っていって、家具やなんかに塗ったりするらしいですよ」
鷹男「カブレるわけだ」
啓子「みたいですね。(時計を見て)もうぼつぼつくるんじゃないかな」
鷹男「だあれ」
啓子「お宅の洋子さん」

●道(夕方)

歩く巻子。


母ふじの倒れるイメージ。巻子に見られて、かなしい顔で笑いかけ、枯木のように路地に倒れるふじ。

巻子「あたし、お母さんと同じ顔してた――。あの時のお母さんと、同じ顔してた……」

笑いかけるふじ。

見ている洋子。

●薪能(たきぎのう)

女の面が、たきぎのあかりで、赤く燃えているように見える。つづみ。謡曲、能役者。
観客の中に巻子、綱子、写真の男。
男何か話しかける。綱子、よそゆきの顔で、つつましく答えるが、すぐ正面を向き、
舞台をみつめる。
貞治のイメージ。
つづみ。
かがり火。
貞治、綱子を羽交(はが)い締めにする。乱暴に首筋にくちびるを押しつける。
かがり火。
つづみ。
話しかける男。
綱子、そっと立ち上る。
巻子、気にする。
出てゆく、綱子。
巻子、男にちょっと会釈する。

●夜の街

公衆電話の前で順番を待つ綱子、あわただしくバッグをさぐり、十円玉をさがす。前の学生が、電話口で文句を言っている。

学生「じゃアウトかよ、アテにしてたのによ。ま、いいや、別のバイト、さがすって」

切る。

どうもという感じで行こうとする。

綱子「ね、アルバイト、しない」

学生「え？」

綱子「十秒で、千円。──ちょっと、人呼び出してほしいのよ」

●「枡川」帳場（夜）

電話をとるおかみの豊子。

豊子「『枡川』でございます。主人おりますが、どちらさま」

学生(声)「プレイ・ゴルフ編集部ですが」

豊子「プレイ・ゴルフさま──」

●街（夜）

学生に千円わたして受話器をとる綱子。
綱子「あたし。いますぐ逢いたい」
見ている学生。

●綱子の家・茶の間（夜）

向き合ってすわっている綱子と貞治。
綱子「その人とならんで坐ってたら、さびしくてたまらなくなったの。死ぬまでの二十年だか三十年、この人に、どんなによくしてもらっても、このさびしさはどうにもならないって」
貞治「女房と別れる。結婚しよう」
綱子「──やっぱり、さびしい、と思う。さびしさは、同じよ」
貞治「どうすりゃいいんだ」
綱子「判らない──」
貞治「────」
綱子「こうやっていれば、いい」
二人、ただすわっている。
SE　玄関ベル

●綱子の家・玄関（夜）

出てゆく綱子。

格子戸のすりガラスの向うに着物を着た巻子が立っているのが、うすぼんやりと見える。

巻子「綱子姉さん、そこ、いるんでしょ、あけてよ、あけて」

綱子「――」

ガタガタやるが、綱子あけない。

巻子「途中ですっぽかして帰っちゃうなんて、どういうつもりなのよ。お膳立てしたこっちの身にも――あけてよ」

綱子「――」

巻子「非常識よ！　嫌ならはじめから」

綱子「その時は、そう思ったのよ」

巻子「なら、どして」

綱子「途中で、気が変ったのよ」

巻子「子供じゃあるまいし」

綱子「大人だから、気が変ったのよ」

巻子「姉さん――」

綱子、顔が出るだけ、戸をあける。
それ以上はあけられぬように必死で押える。
貞治、すぐうしろの唐紙のところで聞いている。
綱子「玄関先で金切声、出さないでよ」
巻子「あの人に、相手の人に何て言ったらいいのよ！」
綱子「興信所で、身許をお調べ下さいっていったらどう？　姉妹のことでも、これだけは
　判りませんからって、勝又さん、紹介してあげなさいよ。そうすりゃ」
巻子「姉さん、自分のしてること、恥かしくないの」
綱子「――あんたはどうなの」
巻子「あたし？」
綱子「鷹男さんが浮気してるからって、あたしに八つ当りしてる方が、恥かしいんじゃな
　いの」
巻子「姉さん」
綱子「みんなひとつやふたつうしろめたいとこ、持ってるんじゃないの。お父さんだって、
　あの人とまたヨリがもどったらしいし」
巻子「本当なの」
綱子「七十過ぎたって、男は男なのよ」
巻子「だから、大目にみろっていうの。あたし、そういうの、人きらいよ」

いいかけて急に巻子、胴ぶるい。

声の調子が切実になる。

綱子「どうしたのよ」

巻子「お手洗い――薪能で冷えちゃった――。ねえ――お手洗い」

綱子「駅ゆきゃ、あるわよ」

巻子「お姉ちゃん！」

綱子、手をゆるめる。

巻子、中へとびこむ。

立っている貞治の鼻先を、体がスレちがうほどの近くを通りながら、完全に無視して、せいいっぱい落ちついて、廊下を歩いてゆく。

曲って、姿が見えなくなったとたん、バタバタといそいで、せわしなく戸がパタンとしまる。

貞治「――」

綱子「――」

少しおかしい二人。

●国立の家（夜）

こたつでみかんを食べている勝又と滝子。

滝子「やっぱりそうか――」
勝又「君には言うなっていわれたんだけどね、ウソっていえないね」
滝子「綱子姉さんのあわて方、普通じゃなかったもの。あたしだって、わかったわよ」
勝又「怒ンないの」
滝子「(ううん) ――ずうっとひとりだったら平気なのよ。さびしいの、当り前だから。でも、一度誰かに寄っかかること、覚えたら――あたしでも、同じことするかも知れない――」
　勝又、不思議そうな目で、滝子をみつめ、目をパチパチさせる。
　SE　電話
滝子「竹沢――あ、お父さん」

●病院・病室（夜）

　意識のない陣内。
　点滴。
　凍ったようにすわる咲子。
咲子(声)「陣内さんが倒れた！」

●国立の家（夜）

勝又と滝子。

勝又「行った方がいいんじゃないのか」
滝子「お父さん、行くからいいって」
勝又「――」

滝子、立って縁側の方へゆく。

急に頭を押えてすわりこむ。

勝又「どしたの」
滝子「――」
勝又「どしたの！」
滝子「やり切れないの」
勝又「――」
滝子「あんまり見せびらかすからあたし、口惜しくって――陣内さん、どうかなりゃいい、うんと惨めなことになって、咲子ペチャンコになりゃいい――そう思ったことあンの。まさか、本当になるとは思わなかった」
勝又「――思ったから、なったわけじゃないよ」
滝子「――それにしたって――」

勝又「――」
滝子「きょうだいって、へんなもんね。ねたみ、そねみも、すごく強いの。そのくせ、きょうだいが不幸になると、やっぱり、たまんない――」

●病院・病室（夜）

意識のない陣内。

点滴など。

恒太郎にかじりついて、子供のように泣きじゃくる咲子。

咲子「もう駄目なのよ。なんとかなる、なんとかしてみせるって、ガン張ってきたけど、もう、駄目なのよ。口もきけないし、何も判(わか)んないの。大きく大きくって一生懸命ふくらました風船、パーンと破けちゃったのよ」

恒太郎。

咲子「もう駄目だ……もう駄目だ……」

恒太郎、娘の背中をさすってやる。

咲子、陣内のそばにゆき、ダラリと下った手を頬に押しあてる。父の姿が目に入らないようにブラウスのボタンをはずす。
恒太郎、そっと部屋を出てゆく。
咲子、ブラウスをぬぐ。
スカートが床に落ちる。

●病院・廊下（夜）

ドアの外に立っている恒太郎。
体温計を手に、看護婦がくる。
入ろうとする。
恒太郎、その目を見て、深々と一礼する。
看護婦入ろうとする。
ドアの前に立って入らせない恒太郎。

●病院（夜）

意識のない陣内のとなりに横になっている咲子。

●病院・廊下（夜）

灯の落ちた暗い病院の廊下を帰ってゆく恒太郎。

その頬に光るものがある。

お多福

●喫茶店

少年と向き合って宿題をしている。

恒太郎。

少年にケーキを食べさせてやったり、こぼしたものをひろって自分の口の中に入れたりしている。

少年より嬉しそうな恒太郎の笑顔。

●里見家・居間（夜）

そのいくつかの情景が、粒子の荒れたスナップ写真になって、テーブルの上に。

鷹男、巻子。そして勝又。

巻子「なんだ。勝又さんも知ってたの」

勝又「――うち、仕事持って帰ること、あるんすよね。そうすっと、電話がかかってくるんだなあ」

勝又「ありゃ子供だな」

巻子「――土屋友子って人？」

巻子「子供――」

勝又「話の具合がね。噛（か）んでふくめるような言い方してるから」

巻子「子供に呼出しさせてるんだ……」

勝又「電話かかると、何かそわそわして――オーバー着たりして」

巻子「お父さん、出かけてくわけ」

勝又「（うなずく）」

巻子「あたしもね、何か、クンクンかぎ廻るみたいで、やだったんだけど、年でしょ、お父さん。もし、向うで倒れたりした時、四人も子供がいて、知りませんでしたじゃ世の中、通じないでしょ。いま、すぐ、別れてくれとか、そういうんじゃなくて、万一の時のために、どうなってるのか調べてもらいたかったのよ」

鷹男「それにしても、勝又君が知っていたとは――なあ」

勝又「つくづく、やな商売だと思うなあ。こりゃ個人的なことだし、たのまれてもないのに、オレ、なにやってンだろうと思いながら身についてンですねえ。知らないうちに体動いて、これ（カメラ）こう、やってんすから」
鷹男「立派なプロだよ。いや、ほんと。調べるべきか、調べざるべきか——興信所のハムレットか、おい」
巻子「（夫を、およしなさいよ、という風に）ジカにお父さんに聞くのも聞きづらいし、——そうかって、ねえ、親、尾行して、しらべるのも、探偵みたいで何でしょ」
鷹男「バカ——」
巻子「あ、ごめんなさい、それで、綱子姉さんと相談して、ここはひとつ、勝又さんにっていうことにしたら、いきなりこれでしょ」
勝又「びっくりしたすか」
巻子「トランプの手品見てるみたい」
鷹男「——逢ってるったって、子供じゃないか」
巻子「あとから、母親がくるのよ、決ってるじゃない。子供だけなんて、そんなバカな」
勝又「そっちは現場なにしたわけじゃないすけど、まあ——常識的にいやあ——」
巻子「そうよ」
鷹男「こやってると、子供ってよか孫だね。血はつながってなくてもさ」
巻子「——お父さん、うちの宏男や洋子に、こういう顔してくれたこと、いっぺんもないなあ」

鷹男「一緒に住んでなきゃ、こんなもんだよ」
巻子「――滝子、知ってるの」
勝又「いや――彼女、言うと――タイドに出るでしょ。一軒のうちに住んでて、うっとうしいすからねえ」
このあたりから、娘の洋子、――階段の途中に腰かけて、聞いている。
勝又「相手のアパートだけ、たしかめときます」
巻子「その方がいいわね。お父さん、血圧、高いから」
鷹男「うん」
巻子「念のため伺うけど、こういうの、どのくらいかかるの」
勝又「いろいろランクあるけど、大体五万から十万かな」
洋子「あたし、頼もうかな」
一同、えっとなる。
巻子「――洋子……」
洋子「――お母さんに預けてあるの、みんな出せば、何とかなるもの」
鷹男「お前、なに調べるんだ」
洋子、じっと父親を見る。
巻子「大人のはなしに、子供はクチバシ、入れないの」
洋子「子供って、いくつまで、子供なの」

鷹男「あれ、いくつかな。風呂屋はいくつだ、国鉄はどうだっけな」
勝又「七十代、八十代ってのはあるけど、十代ってのは、はじめてだな」
洋子「学割は利かないの」
鷹男「お前興信所と映画館と間違えてンじゃないのか」
洋子「間違えてなんかないわ」
勝又「何調べるの」
洋子「浮気――」
勝又「まじめに聞いてると、ソンするな」
鷹男「十年、いやあ、二十年早いよ」
洋子「――」
巻子「そういうけどねえ、この頃の子供って、すごいのよ。すぐ裏の、幼稚園いってるヤッちゃんて男の子なんだけど、『ぼく結婚する』っていうんですって」
勝又
鷹男）「結婚」
巻子「ヤッちゃん、とっても好きな女の子、二人いるんですって、ママが、『二人と結婚は出来ないのよ』っていったら、『一人はお手伝いさんにする』」

男たち、大笑い。

鷹男「お手伝いさんか」

勝又「そりゃいいや」

巻子「あたし、ドキーンてしちゃった」

二人「――」

巻子「小さくても男ね。――男の本当の気持だなって。国立のお父さんだって、そうじゃない？　はじめは、オヨメさんよ、でも、だんだん、女房になって、掃除、洗濯、ごはんの支度だけのお手伝いさんになってくのよ」

洋子「いま、いくらかな。お手伝いさんの料金、時給で」

巻子「いくらかしら」

鷹男「一時間――八百円ぐらいじゃないのか」

巻子「あら、もっとよ。千円はもらえるわよ」

洋子「お母さんも、もらったら、お父さんに――」

洋子、父をにらむと、パッと二階へ上ってゆく。

鷹男「何だ、ありゃ」

勝又「反抗期って、やっかな」

巻子、答えず、何枚かのスナップを見る。

●喫茶店

スナップのつづきの感じ、恒太郎と少年。

そして、いつものように、少年の母親、土屋友子が、ショールで顔をかくすふうにして、店の向う側から見ている。

恒太郎も、ゆらりとたばこをすいながら見ている。

宿題をしていた少年、気づいて叫ぶ。

省司「あ、ママ！」

恒太郎「――」

省司「ママだよォ！　ほら、ママ！」

すばやくかくれる友子。

恒太郎「どこにいる！　――いないじゃないか」

省司「いたんだよ！　ママだって！　ママ！」

とび出そうとする省司を、抱えこむようにする恒太郎。

恒太郎「なにいってんだ」

少年外をみる。

●病院・待合室

病人の間にはさまって巻子と綱子がいる。
綱子は例のスナップを見ている。見ながら、フフと笑う。
巻子「――（なあによ）」
綱子「あたしたらだったら、どんな写真とられてるだろうって思ってさ」
巻子「――――」
綱子「やっぱりあの人が、あたしのうちに入るとこかな」
巻子「帰るとこも撮るんじゃない。顔、違うでしょ、くる時と帰るときじゃ」
綱子「ナマナマしいこと、おっしゃってるようだけど……そんなもんじゃないのよ。フラッと寄って、お茶いっぱいのんで、ビンのフタ固くてあかないの、あけてもらったりして――それだけで帰ることもあるのよ」
巻子「ビンのフタねえ」
綱子「前はさ――（写真を仕舞いながら）息子にあけてもらってたのよ。息子、仙台いっちゃってからは、洗濯屋とか――御用聞きにたのむわけよ。そン時、ちょっとこう――『顔』するわけよ」
巻子「顔？」
綱子「『いないな』」
巻子「なにが――」
綱子「オトコ」

巻子「あ、そうか」
綱子「ちょっと、シャクでさ、あんたも、後家になりゃ判るわよ」
巻子「よしてよ」
綱子「浮気してる旦那でも、いた方がいいでしょ」
巻子「来た——」
　滝子の姿が見えるが、前をストレッチャーにじゃまされて、すぐには来られない。
　綱子、すばやく写真を巻子のバッグにねじ込みながら。
綱子「滝子には——（内緒なんでしょというジェスチャー）」
巻子「言っといた方がいいと思うけどな。何かあったときに」
綱子「言うんなら、亭主から（言わせりゃいいわよという感じ）」
　巻子、少し不満らしい。
　滝子、来る。
滝子「封筒、忘れちゃってさ」
綱子「忘れたの？　あんなにたのんだのに」
滝子「だからさがして来たわよ。いざとなると、文房具屋ってないもんね」
　滝子、いやに大きい御見舞と記したのし袋を出す。
巻子「またおっきいの買ったもんねえ」
綱子「こりゃ、百万入るわ」

巻子「きょうだいなんだから——こんな仰々しいんじゃなくて、普通の封筒でいいじゃないの」
滝子「頼んどいて文句いってンだから上は楽でいいわよ」
　三人、すわってバッグをあけ、一万円札を出す。
滝子「本当にこれでいいのかな」
巻子「本当は、もちっとしなきゃいけないのかもしれないけど」
綱子「——『長くなる』ことだってあるんだから——」
　三人、目を見合わして——。
綱子「はじめ派手にやると、あとが——」
　三人、うなずいて封筒を巻子、綱子にわたす。
巻子「綱子姉さんから——」
綱子「そうお、じゃあ」
滝子「あッ、名前——」
綱子「いいんじゃない。三人からっていやあ」
滝子「そりゃそうだけど——。
　この前ほら、三人でしたのに、咲子、綱子姉さんにばっかしお礼いってたことあったじゃない」
綱子「あたし、ちゃんと言ったけどね、三人からって——」

滝子「(呟く) 声が小さかったんでしょ」
綱子「書きましょ！　書くもの！」
巻子「いいわよ」
綱子「書きましょうよ、ちゃんと──」
三人、それぞれのバッグをさがす。滝子のペンで綱子、三人の名前を書きはじめる。
巻子「よかった、揃(そろ)って。直る見込みのある病人じゃないんだもの。
一人じゃ辛くて、いけないわよね」
綱子「パッと行って、パッと帰ろう」

●病室

意識なく眠る陣内。
手をなでさすりながらのまき、咲子と言い争っている。
咲子「あたしのせいだって言うの」
まき「(息子の口のまわりを拭いてやりながら呟く) 自分がゼイタクしたいもんだから」
咲子「あたし、いつゼイタクしたの」
まき「毛皮のコートだの、ダイヤの指はめだの」
咲子「みんなこの人が買ってくれたもんですよ」
まき「あんたが (言いかける)」

咲子「あたし、欲しいなんてこと、一度も言ったことないわよ。この人が景気づけだ。買わせてくれ」
まき「死人に口なし、なんとだっていえるよ」
咲子「おばあちゃん。いま、何てったの。え？　いまなんてったの――」
まき「――」
咲子「この人、まだ生きてンのよ。親のくせしてエンギでもないこと、言わないでよ」
まき「――」
咲子「この人が、ゼイタクさせたかったのは、お母さんよ」
まき「――」
咲子「『うちのおふくろは、今まで、何にもいいことなかった。おやじに早く死なれたあと闇屋（やみや）して、俺たち育てた。泥ン中這（は）いずって、温泉もいったことない、料理屋でメシ食ったこともない。オレは勝って、かせいで、おふくろにゃあ、いい思いさせたいんだよ』って」
まき「あの子がブン殴（なぐ）られてもうけた金で、ゼイタクなんかしたくなかったよ」
咲子「そうでもないでしょ。けっこうお念仏仲間には、自慢してたじゃないの」
まき「――あんたほどじゃないけどね」
咲子「あたしがいつ」
まき「あんたご姉妹衆（きょうだい）に、みせびらかしてさ」

咲子「そうすると、この人もうれしいだろうと思ったのよ。今まで反対されてたから、下に見られてたから、この人、今にみてろって思ってたのよ。そう思わせてやりたいじゃないの！」

まき「あの時やめてりゃ、こんなにゃ、なんなかった」

咲子「あの時って――いつよ」

●回想・咲子のマンション・廊下

念仏の老女たちの大合唱が聞える。みかんの盆を持った陣内ドアをあける。

六畳ほどの和室にあふれそうな老女の大群。

念仏の真最中。

陣内から、みかんを受取るまき。背伸びして、息子に囁く。

まき「今日は、どこ、お頼みするんだい」

自分の目を指す陣内。

まき「お前、目が悪いのかい」

陣内「悪くなってからじゃ大変だからさ」

まき「(うなずく)」

陣内「しっかり拝んでくれよ、母ちゃん」

まき「(うなずく)」

●病室

ねむる陣内。まき。咲子、ショックを受けている。

咲子「何月頃よ」
まき「――――」
まき「(息子の手をさすって念仏)」
咲子「ねえ、何月頃よ！」
SE　ノック
咲子「はーい！」
ドアがあいて。
三人の顔がのぞく。
咲子「あ、いらっしゃい」
咲子、明るい顔で迎える。
咲子「揃ってるじゃないのォ」
綱子「三役揃い踏み！　あ――（まきに）どうも」
まき「――まあ、お忙しいとこ、わざわざ」
巻子「お母さんも、大変ですねえ」
まき「この年になって、息子のおむつの世話しようとは、思いませんでした」

三人「――」
　咲子、さっきの、口げんかは、おくびにも出さず。
咲子「おばあちゃん、(あっちで)お湯持ってきて」
まき「あいよ」
滝子「お茶ならいいのよ」
巻子「かまわないで」
咲子「お茶ぐらい一緒にのみたいじゃないの、おばあちゃん(目で)」
まき「あいあい」
　まき、ジャーを手に出てゆく。
　綱子、サイドテーブルに封筒を置く。
綱子「気持。三人から」
咲子「ワァ……四角いお気持ですか。ありがとうございます」
巻子「丸い方も、持ってきたわよ」
　巻子、バッグから中の透いてみえるプラスチックの箱を出す。
　中は十円玉や百円玉。
巻子「細かいの、いると思って」
綱子「出し抜くんだなあ」
滝子「巻子姉さんて、これだから、やあ(嫌)さ」

綱子「シャラッとして、一人だけいい子になるんだから――」
巻子「なにいってンのよ」
咲子「助かる。病院でいるんだ、こまかいお金」
　咲子、手刀を切って受取る。
滝子「元気そうじゃない」
咲子「元気、元気。――いま、最高元気じゃないかな。（元気な明るい声で）あんた、お姉ちゃんたち、見舞いにきてくれたわよ」
三人「判るの？」
咲子「そのうち判るんじゃないかな？」
三人「――」
　咲子、言葉もない、姉たちの前で、爪切りを出す。
咲子「人間て、すっごくフシギなもんだって。どんな名医だって絶対大丈夫とか絶対駄目ってことは言えないんだって。
ずうっとこやってて、ある日、突然、意識もどるってことも、絶対無いとは言えないって、大したもんよ。
こやってたって、ひげは伸びるし、爪なんて皆よか伸びが早いくらいだもの」
綱子「そりゃ、ほかにアタマ使わないから、栄養がみんなひげや爪に行っちゃうんじゃないの」

巻子「綱子姉さん――」

滝子のひざに爪のかけらがとんだ感じ。

滝子、心持ち腰をうかし、とんで来た爪のかけらを指でつまんでしまう。

咲子、見逃さない、笑いながらだが、滝子をギュッと見て。

咲子「汚なくないわよ。爪は」

滝子「――あ、ちがうわよ。――あたし、そんな」

咲子「毎日、体拭いてるし、死人の爪じゃないもの、生きてる人の爪よ」

滝子「咲ちゃん、あたし、そんな（つもりで）」

綱子「普段から、衛生屋なのよ、滝子は」

巻子「子供の時から髪の毛だの爪、落ちてると、ギァアギァア言ってたじゃないの」

咲子「――カニのハサミってあるでしょ」

三人「カニのハサミ？」

咲子「スカスカじゃなくて、いっぱいに身がつまってるのあるでしょ。あたし、いま、あいう気持」

三人「――」

咲子「いま一番最高に、夫婦だって感じするのよね」

巻子「身のいっぱいつまったカニのハサミか――」

咲子「身は、つまってますか？（三人に）」

三人、微妙に笑う。
綱子「つまっております」
巻子「おかげさまで」
咲子「滝ちゃんは」
巻子「つまってるでしょ、ご新婚だもの」
綱子「足が長いし一四五千円の、たらばがに」
咲子「冷凍じゃないの？」
巻子、例のスナップをバッグの口から落してしまう。
巻子「あ？」
恒太郎と少年のスナップ。
ポカンとする滝子。
滝子「あッ！　あの人の子供じゃない。じゃあお父さん、又あの人とヨリもどしてるの？」
笑い出す咲子。
恒太郎のスナップ。

●すし屋（夜）
あまりはやってない古くて小さい店。

隅の小卓で、手酌でお銚子をあけている、恒太郎。勿論(もちろん)ひとり。
前に一人前ののり巻の桶(おけ)がくる。
恒太郎「おみやげ——。にぎり（二本指）」
小僧「おみやげ、にぎり二人前！」

●病室

陣内の枕もと。
暗い顔してすわり込んでいる咲子。
今まで虚勢をはっていた分だけ、脱力感がある。
咲子「お父さん、浮気してンだって、七十にもなって、いったん別れた人と——。
フフ、フフ、フフフ。
あんた、幾つよ、ガンばってよ！　ねえ……ねえ」
泣き笑いになってしまう咲子。

●国立の家・茶の間（夜ふけ）

チャンチャンコを羽織って編物をしている滝子。
食卓の上に仕事をひろげている勝又。
例の写真ものっている。

ストーブの上のやかんが湯気をたてている。
毛糸がなくなる。

滝子「（ね）――（声ともいえぬ声）」

勝又「（え？　あ）」

勝又、両手を差し出す。
滝子、新しい毛糸を、なげる。
やわらかい色の毛糸。
勝又、不器用に踊るようにしながら巻きとられてゆく。

勝又「タイドに出すと、かわいそうだよ。おやじさん。年なんだから」

滝子「年だから嫌なのよ」

勝又「――」

滝子「五十かそこらなら、お父さんも男なのね、しかたないで済むわよ。七十よ、あ、七十一か」

勝又「年、関係ないんじゃないかな。いや、年だからかえって――なんていうかな、生きてる実感ていうか」

滝子「肩持つのね」

勝又「お父さん、この人とつきあったってアンタにゃ、被害ないじゃないか」

滝子「――」

勝又「目くじら立てて、怒ることないだろ」
滝子「ひとの親だからそんなこと言えるのよ」
勝又「――」

SE　玄関チャイム

勝又「あ」

滝子、立ってゆく。
勝又、中腰になるが、毛糸がかかっているので、モタモタする。

●国立の家・玄関（夜）

玄関をあける滝子。
入ってくる恒太郎。
滝子、何もいわない。
少し酒気を帯びている恒太郎。にらみつけている娘の前で、二人前のすし折りをゆすぶってみせる。

滝子「なに、これ」
恒太郎「見りゃ判るだろ。俺はすませたから――二人で」

両腕に毛糸を、巻いたままの勝又が出てくる。

勝又「お父さん、お帰んなさい」

恒太郎「どした、けんかでもしたか」
滝子「お父さん、どこへ（言いかける）」
勝又「（けっとばして）すし食おや、すし！」

●国立の家・茶の間（夜）

すし折りをひらく勝又。
ゆっくりと茶をのんでいる恒太郎。
食べはじめる勝又。
しかし、滝子は、ひらいただけで、箸をつけない。

勝又「滝子……ねえ……」
女房を突ついて。
勝又「あ、いいマグロ、使ってるわ」
恒太郎「マグロ、判るのかい。隅におけないねえ」
勝又「河岸でバイトしたことあるんすよ。引き子——セリのすんだ荷、問屋へもってくやつ。そン時、マグロの味、覚えたんすけどね、大体マグロってやつは（言いかける）」
滝子「どこ？　これ、おすし屋？」
恒太郎「うん？」
勝又「（包み紙をみて）新宿じゃないかな、新宿の天下一ずし」

滝子「誰と食べたの」
勝又「いいじゃないか、そんな」
滝子「誰と食べたの、お父さん」
　恒太郎、答えず、じっと娘の顔を見る。
　それから勝又を見る。
　勝又恐縮して、目をそらす。
恒太郎「(フフと笑う)犬や猫と一緒にすし食うばかはおらんだろ」
滝子「――――」
　恒太郎、黙って湯のみをてのひらであたためている。
　勝又が、かくしたつもりの書類の下から、例のスナップが、チラリとのぞいている。
　勝又、あわくってさりげなく、かくそうとするが、かえってズレてしまう。
　チラリと目を走らせ、黙殺する恒太郎。
　すしには手をつけず、父をみている滝子。

●里見家(夜)

　家計簿をつけている巻子。
　そばで、レシートなどをもてあそんでいる洋子。
洋子「お父さん、おそいね」

巻子「ほうれん草、一把百四十八円」
洋子「今頃、なにしてンのかな」
巻子「電球六十ワット」
洋子「ねえ——お父さんさ」
巻子「六十ワット二個——」
洋子「会議ってさ、そんなにおそくまで」
巻子「そばでゴシャゴシャ言わないで、判んなくなるでしょ」
洋子「おそいな、お父さん」
巻子「二個で百九十円」
洋子「お父さんの『お』は遅いのお。お母さんの『お』は、おとぼけのお」
巻子「洋子の『よ』は、余計なこと考えるのよ」
洋子「字余り！」
巻子「フフ。お母さん、俳句とかそういうの、ヘタクソなんだ。ガス代が——」
　洋子、そばの新聞を丸めて、のぞく。
　このあたりから、二階からおりてくる長男の宏男。
洋子「ね、エイッて、のぞくとさ、その人がいま、向うで何やってるか、バッチリ見えるキカイって発明されないかな」
巻子「え？」

洋子「たとえば（のぞいて）お父さんいま頃、何してるかな」
巻子「――会議か、バーでお酒のんでるか」
洋子「ちがうみたい。お父さん誰かと一緒にいる――」
巻子「――」
洋子「男の人じゃないみたい」
巻子「――」
洋子「あたしの知ってる人みたい」
巻子「よしなさい」
洋子「どして」
巻子「どしてって――よしなさいっていうのよ」
洋子「想像するの、自由じゃない」
　巻子、とろうとするが、わたさないでのぞこうとする。
洋子「月へゆけるのにどうしてそういうキカイ、出来ないのかな」
宏男「お前ってバカだな」
洋子「どしてよ」
宏男「こっちから見えるってことは、向うからも見えるってことだぞ」
洋子「あ、そうか」
宏男「お前、フロ入ってるとき、人にのぞかれたらどうすンだよ」

洋子「やだア」
宏男「みろ」
巻子「やっぱりアタマはお兄ちゃんの方が上かな」
洋子「成績はワルいけどね」
宏男「このオ！」
　追いかけて二人二階へ！。
　巻子、新聞の筒で中をのぞく。

●イメージ

　鷹男と抱き合う秘書の赤木啓子。
　二人はベッドで抱き合う。
　オフィスのデスクのそばで抱き合う。

●里見家・居間（夜）

　巻子、筒を手にじっとしている。もう一度のぞく。
　電話鳴る。
　しばらくして、立ってゆく巻子。
電話「あ、オレだ、あのなあ……（切れる）」

電話鳴る、とる、切れる。
また鳴る、切れる。
おろす、チンと鳴る。

●里見家（夜ふけ）

鷹男「おい！」
巻子「あ、お帰んなさい！」
帰ってきている鷹男。
ネクタイをほどきながら、水をのんでいる。
背広をハンガーにかけながらの巻子。
鷹男「ああ、うちの水はうまい」
巻子「味ちがうもの？」
鷹男「そりゃ――、同じ東京都水道局で、どうしてこう」
巻子「どことくらべてちがうの」
鷹男「どこって、会社とかバーとかさ」
巻子「そういうとこでもお水のむの」
鷹男「そりゃ、水はのむさ。クスリ、のむのに水割りってわけにゃいかないよ」
巻子「クスリ、ねえ」

言いかけて――夫の手をとる。
右手の爪を指の腹でさわる。
鷹男「どしたんだい。珍しいな」
巻子「――此の頃、爪、会社で切るの」
鷹男「爪？」
巻子「前は――右手、ギザギザになってたのに、――キレいだから、どなたか切って下さる方がおいでになるんじゃないんですか」
鷹男「つまんないメロドラマの見過ぎじゃないのか」
巻子「――」
鷹男「やすりかけりゃ、すべすべになるよ。お（ネクタイをわたして）ねるぞ」
巻子「――」

●病室

ねむる陣内。
横にすわっている母のまき。力なく垂れた手をさすってやっている。
コートを着ている咲子。
咲子「じゃ、おばあちゃん、あたし、帰りますから」

返事をしないまき、そっと廊下へ出てゆく。

●病院・廊下（夜）

帰ってゆく咲子。
ナース・コーナーで、夜勤の看護婦の井田(37)。

井田「あ、陣内さん、いま、お帰り？」
咲子「(笑う)」
井田「大変だけど、頑張ってよ」
咲子「はい――（おやすみといおうとする）」
井田「あ、お宅、入院費、まだじゃない？」
咲子「あ、すみません、あしたにでも」
井田「大部屋、あきがあるんじゃないかな」
咲子「大部屋」
井田「長くなると個室じゃ大変よ。大部屋で、ゆったりと長期戦て方がいいんじゃないの？　気分的にも」
咲子「――（うなずいて）おやすみなさい」
帰ってゆく。

●夜の盛り場

歩く咲子。

アベック。

スナック、バー、ディスコのネオンサイン。

アベック。

ウインドーには早くも春の服。町中に音楽があり、雑音があり、笑い声やたのしげな表情があり、ホットドッグを食べながら歩く男女の旺盛（おうせい）な食欲。

オートバイで、前にすわる男の尻を抱え込むようにして走る女の子。

つい数カ月前まで自分も持っていたものの中に、いる咲子。

交差点に立ちどまる咲子。

うしろから、男に声をかけられる(宅間・35)。

宅間「口、あいてますよ」

咲子――放心していて聞こえない。肩を叩かれる。

宅間「口、あいてます」

咲子「え？　ああ」

咲子、あわてて、ポカンと放心してあけていた口を閉じる。

うしろの宅間、おかしそうに笑って、バッグを指さす。

大型のバッグの口があいている。
咲子、吹き出してしまう。
咲子「やだ……やだア、あたし！」
宅間、物静かな地味な身なり、誠実な人柄らしいが、これもおかしそうに笑う。
大笑いに笑っている咲子、泣いている。
ウ、ウウと声を出して泣いてしまう。

●スナック（夜）

あまり流行（はや）らない地味な店。
咲子と宅間がいる。
コーヒーをのみ、たばこをすっている宅間。
心に沁（し）み入るような静かな音楽（宗教音楽など）。
咲子はコーヒーにも手をつけず、黙っている。
宅間「しゃべるとラクになりますよ。ぼくは、生徒にいつもそ言っているんです」
咲子「生徒？　じゃあ、先生」
宅間「（うなずく）」
咲子「中学――高校」
宅間「――」

咲子「大学――小学校」
宅間「（うなずいて、一年生の国語の教科書の一ページ目を、子供がやるようなイントネーションで読む）」
咲子「（少し笑う）」
宅間「（ものがたり文を読む）」
咲子「（答える）」
宅間「――」
咲子「（答える）」
　咲子、コーヒーをのむ。
咲子「主人が、植物人間なんです。交通事故で、ここ、打っちゃって。ずっと前から、目がおかしいいんじゃないかな、と思ってたんですけど、主人もかくしてたし、あたしも聞くの、こわくて――気がついたら、意識の方もおかしくなってたんです。姉の結婚式のとき、倒れて――、少しよくなったけど……やっぱり駄目でした」
宅間「――」
咲子「まだ歩けない男の子が一人います。
　主人の母は、あたしのせいでこうなったって毎日――植木に水やるみたいにあたしのこと責めるし――主人は、あと何年、このままか判らないし――。病院ではあたし、気張ってるでしょ。知った顔が一人もいないとこくると、風船の息抜けたみたいになっちゃうんです」

宅間、咲子の手をとめ、コーヒーにミルクを入れてやる。

宅間「ブラックは胃によくないですよ」

咲子「(ありがとう)」

二人、黙って音楽を聞いている。

●スナック・表（夜）

おじぎをして別れてゆく咲子と宅間。

咲子「しゃべったら、ここが軽くなったみたい」

宅間「ご主人、お大事に」

咲子「ありがとう」

咲子、一礼して歩き出す。

また、交差点、信号を待っている。

その、腕を、男の手が支える。宅間である。

肩に廻した手が腰におりてくる。

咲子、黙ってされるままになっている。

人の波の中を歩いてゆく二人。

●ホテル（夜）

ベッドの中で激しく抱き合う咲子と宅間。

●恒太郎の会社

神田小川町あたりの古めかしい雑居ビルへ入ってゆく綱子、巻子。戦前はモダンだったのだろうが、今は、タイルは落ち、床はきしんでみるかげもない。

小さな活版印刷の会社が入っているらしく、せまくて暗い廊下いっぱいに、紙などが雑然と積んである。

綱子、たちまち、足許(あしもと)のざるそばの容器につまずく始末。

会社の、名札を見ながら奥へ入ってゆく。

●恒太郎のオフィス

社員たちと、これも色のあせたしみだらけの布のついたてで分けられた一隅で、恒太郎がたばこをすっている。

格別何もすることはない。

ぼんやりと空を見ている。

ＳＥ　ノック

社員A「はーい」
　ドア、あいて、
綱子(声)「おじゃまいたします」
巻子(声)「あの、こちらに竹沢おりますでしょうか」
　恒太郎、あれ？と少し表情が動く。
社員A「竹沢さん！　お客さん！」
　呼び方の具合ではあまり大事にされていない感じ、恒太郎——ついたてのところへ。
　顔を出す娘二人。
恒太郎「なんだい」
綱子「お茶の水まで来たもんだから——」
巻子「ちょっと——」
恒太郎「(ほれと椅子をすすめる)」
綱子「ちょっと出られない？」
巻子「咲子のとこ、見舞ってやってもらいたいのよ」
恒太郎「いっぺん、のぞいたよ」
綱子「大分参ってるから、元気出せっていってもらいたいの」
巻子「お父さん、いくの、一番いいのよ」
綱子「——もしかしたら、そう長くないって気もするし、万一のとき、いっぺんしか見舞いにいってないの、かわいそうじゃない」
巻子「あたしたちもつきあうから」
恒太郎「うむ」
巻子「抜けるの、まずい？」
恒太郎「大した用もないからね、いつ抜けたって、どうってことないけどさ」
二人「――」
恒太郎「ちょっと、のぞくか」
立つと、ギイときしむ椅子。
ワタの出たザブトン。
娘二人――。

●病室

白い毛布の裾がめくれて、陣内の両足がヌーと出ている。
その足の裏に「へのへのもへじ」のいたずら書きがしてある。
入ってきた恒太郎、綱子、巻子、顔を見合せてしまう。
すぐあとから、勢いよくドアがあいて咲子が入ってくる。
咲子「ワッ！　びっくりした」
綱子「びっくりしたのは、こっちの方よ」

巻子「なあによ、これ」
咲子「へへへ、おまじない」
二人「おまじない？」
　そばに太目のサインペン。
咲子「こやって（少しはなれてながめる）へのへのもへじの表情が変れば、足が動いたってことじゃない。顔が笑わないかな、と思って――」
二人「――」
　恒太郎、咲子がいじらしくなる。
　肩をやわらかく叩いてやる。
咲子「――頑張んなさいよ、お父さん。男もこうなっちゃ、おしまいだから――。
（小さく）滝ちゃん、なんか言っても気にすることないって」
　二人の姉、少し困る。
恒太郎「――（苦く笑う）」

●図書館

　うす暗い、冬の午後の図書館。

　滝子、手をこすり合せ、仕事をしながら、ふと思い出し、バッグから、例のスナップを出す。

恒太郎と少年。

●喫茶店

恒太郎と少年がすわっている。
少年は、一枚の絵を示す。
〝ぼくのパパ〟という題のついた絵。モデルは明らかに恒太郎である。
恒太郎、外を見る。
土屋友子が立っている。ぼくのパパの絵。
かつての日、病院の帰りにスレちがった少年の新しい父の姿が目によみがえる。

●国立の家・台所（深夜）

若夫婦の部屋の方から、しのび笑い、しゃべり声。
恒太郎、音を立てまいとして、しばらく動けない。
水をのんでいる恒太郎。
暗い中に灯もつけずにいる。

●咲子のマンション（深夜）

男もののパジャマの上に、チャンピオンガウンを羽織った咲子が貯金通帳など、ありったけをならべて、紙を出し、残高の計算をしている。

電話が鳴る。

咲子「モシモシ」

低い物静かな男の声（宅間）。

宅間（声）「陣内さんのお宅ですか」

咲子「陣内ですが――どちらさま」

宅間（声）「こんばんわ」

咲子「今晩わ――あの、どちらさま」

宅間（声）「奥さんですね。……先だっての晩は、どうも」

咲子「せんだっての晩……」

宅間（声）「御主人の具合はどうですか」

咲子「――」

宅間（声）「別れてからどっかで見た顔だと思って、古いスポーツ誌、ひょいとみたら、チャンピオン陣内英光」

咲子「――どちら様――（言いかけて）」

宅間（声）「ですからね――先だっての晩の――」

咲子「おっしゃることがよく判らないんですけど、どういうご用件でしょうか」

宅間（声）「（やさしく笑う）判らないってこたァないでしょ。交通事故なんていうから真にうけてたら、奥さんなかなか芝居もうまいじゃないですか」

咲子「どういうご用件でしょうか」

咲子、手がふるえてくるのが判る。

宅間（声）「すこし都合してもらえないですか」

咲子「――」

宅間（声）「百万でいいんですがね」

咲子「百万……」

F・O

●里見家・居間（夜ふけ）

食卓にうつ伏してうたた寝をしている巻子。
SE　電話が鳴る
巻子、一瞬ねぼけてしまう。
巻子「ハーイ、ハーイ！」
スリッパを片方突っかけて玄関へ行きかけて、間違いに気づく。

巻子「(失笑してしまう) なにやってンのかしら (取って) 里見で――(あくび) ございます」

中年の女の声。

動転している。

中年の女(声)「あの、あたくし、三田村綱子さんのおとなりの者ですが、妹さん――」

巻子「妹ですが」

女(声)「お、お姉さん、心中なんですけど」

巻子「心中! それで、あの、あの駄目なんですか、モシモシ!」

●綱子の家・茶の間 (夜)

となりの主婦が、鼻をおおいながら電話している。

女「息はあるって、そいってますから――ガスです、ガス――。いつも来る人と一緒に――。もう、何だか匂うなと思ってたんですけどね」

なべものを食べたあとの食卓。

となりの間じきりがあいてフトン、ねまき姿の綱子と、貞治が、救急隊の手ではこび出されてゆく。出てゆく二つのタンカ、毛布から出た二人の足。

足の裏に黒いエナメル塗料で「へのへのもへじ」が、ユーモラスに描かれている。闇の中をゆれてゆく四つのへのへのもへじ。
家の前は野次馬（やじうま）でいっぱい。

●病院

救急ベッドに、ねかされている綱子。
とび込む巻子。
巻子「綱子姉さん——」
蒼白な顔。
髪は乱れ、無惨な綱子、絶句する巻子。
巻子「——なんともなくて、よかった」
綱子「あの人、あの人、大丈夫？　ねえ、あの人。
見て来て、ね——」
巻子、姉のすがるような目の色に押し出されるように。

●病室

貞治がねている。
胸苦しいとみえ、せまい救急ベッドの上で毛布が乱れ、例のいたずら書きをした足が、
突き出している。

巻子「？」
　医師に何か答えている貞治。立っている巻子に気づく。
　辛い会釈をする二人。

●病室

　綱子のところにもどり、近寄ろうとする。
　綱子も毛布をはがして裾を乱している。
　直してやる巻子、アッとなる。こちらも同じへのへのもへじ。
綱子「――（心配そうに見る）」
巻子「大丈夫」
綱子「（安心して）心中だなんて、いい加減なこと、言わないでよ。ガス管、はずれたのよ。事故よ」
巻子「判ったわよ」
　綱子の足、またはみ出ている。
　巻子、吹き出してしまう。
綱子「おかしいわよね。――笑いなさい。――笑われたってしかたないことやったんだから」
巻子「そうじゃないのよ。足！」

綱子「え！」
巻子「足――」
　綱子、ポカンとする。
綱子「足って、なによ」
　こんどは巻子がポカンとする。
綱子「なによ」
巻子「自分で描いといて、覚えてないの」
　綱子、少しひっかかるものがあるのだが、思い出せない。
　不安。
　思い出そうとすると頭が痛くなるらしい。
巻子「見てごらんなさいよ」
綱子「――」
巻子「裏。足の裏」
綱子「あ――（少し思い出したらしい）」
　綱子、まだ頭がクラクラするらしい。
　のろのろと起き上り、体をおかしな具合に曲げて、自分の足の裏を見る。
綱子「あ――」
　綱子、笑う。居たたまれない恥かしさ、バツの悪さをごまかすには、笑うしかない。

　巻子も笑う。
綱子「咲子のとこで見たもんで、――実験しちゃった」
巻子「気が若いわよ、綱子姉さん」
綱子「まさか、こんなことになるとは思わないもの」
巻子「救急隊の人もびっくりしたでしょうね。二人揃って、足の裏にへのへのもへじゃあ」
　綱子、また、アッとなる。
　頭を押えて、少しずつ思い出そうとする。
綱子「(おそるおそる巻子の目を見ながら) あの人も――」
巻子「(うなずく)」
　綱子、ベッドからおりようとする。
巻子「どしたの」
綱子「ちょっと――。あの人、このまま、足。帰っちゃうと大変だから……。ワルいけど、あんた――」
巻子「――」
綱子「――消してから帰って下さいって――」
巻子「――」

●病室

　横になっている貞治。
　入ってくる巻子。
巻子「どうも、このたびは」
貞治「あ――」
巻子「どうぞ、そのまま」
貞治「――」
巻子「妹でございます」
貞治「さっき――すぐ判りました」
巻子「姉が、いろいろと――」
貞治「こちらこそ。どうも」
　二人、間があいてしまう。
貞治「鼻は利く方だと思ってたんですが」
巻子「姉もそうなんですよ。道歩いてて、魚やく匂いがしてくると、アジだとか、サバだとかあてて、威張ってたんですけど」
貞治「ぼくも、そのくちなんですが――酒のんで、で――その寝入りばな――だったせいか。あっちは、大丈夫ですか」

巻子「大事とって、今晩一晩はこっちに泊るようですけど、もう――」
貞治「お大事にって――」
巻子「そちらは」
貞治「歩けるようになったら帰ります、ここへ外泊するわけには、いかんでしょう」
看護婦が入ってくるのをしおに、一礼して病室を出る巻子。
出るとまた、貞治の片足、毛布のかげの例のいたずら書きがのぞくが、巻子は言わずに出てゆく。

●「枡川」茶の間（夜ふけ）

帳面づけの豊子、帰ってきた夫の気配に、目も上げず、ソロバンをはじきながら、あいさつ。

豊子「おかえりなさい」

貞治、返事なく、入口の柱につかまって荒い息。

ソロバンをはじきながら、目を上げる。

血の気のない白い顔で、ふすまにつかまって立っている貞治。せいいっぱい気を配って、さりげなく振舞う。

豊子が何かしゃべりかけるより先に口を切る。

貞治「風邪らしいな」

豊子「風邪」
貞治「頭はガンガンするし、寒気はする――もう」
豊子「熱、あるんじゃないの」
　豊子、うしろの茶箪笥（ちゃだんす）からすばやく体温計をとり出す。
貞治「いいよ。計ったって下るもんじゃなし（早く奥へゆきたい）」
豊子「だって――それじゃクスリ」
貞治「寝りゃ直るよ」
　貞治、ゆきかけてよろめく。
豊子「あぶない」
　手を出しかけて、不様（ぶざま）にころんでしまった貞治の片足の靴下が裏がえしになっているのに気がつく。
豊子「(フフと笑って) 今度から、裏表のないの、はいた方がいいわねぇ」
貞治「?」
豊子「靴下ですよ。どこで脱いだのか知らないけど、こっち、裏がえし――」
　豊子、靴下をさわる。
　貞治、いいよ、という感じで、飛びすさって、逃れようとするが、豊子、靴下の先をつかんでいるので、スポッと脱げてしまう。とたんに豊子、アッとなる。
「へのへのもへじ」のいたずら書きが出てくる。

豊子の顔で、ハッと気づく貞治、這うようにして逃れようとするが、豊子、体ごと、おおいかぶさるようにして押え込み、片方の靴下もぬがしてしまう。
こちらにも「へのへのもへじ」。

豊子「何のおまじないですか」
貞治「いや、別に――ハハ、ハハハ」
豊子「ねえ、何のおまじないなの」
貞治「おまじないって――そ、あ、よ、酔っぱらって、うたた寝してた間に、女の子がいたずらして、書いたんだな。――全くもう、バーも落ちたねぇ」
豊子、フフ、と笑う。
豊子「へえ。銀座のバーって、若い子ばっかり揃ってると思ったらちかごろのねえ」
貞治「え？」
豊子「へへののもへじ……、へのへのもへじ。どっちだったかしら、どっちにしても、こんないたずら書き、若い子は、しないわよ。書いたのは、かなりトシだわね――」
貞治「――カゼぐすり、くれ」
豊子「寒気して来たんじゃないんですか」
豊子、フフ、フフと顔をゆがめて笑っている。

F・O

●三田村家・玄関（朝）

次の朝。

巻子につきそわれて綱子が帰ってくる。

まだ少し足許（あしもと）がおぼつかない。近所の主婦などが、のぞいている。ショールで顔をかくすようにして帰ってくる。

巻子、姉を支えながら、玄関を入ろうとして、アッとなる。

華道教授・三田村綱子の看板に、赤いマジックで、大きく「へのへのもへじ」が書きなぐってある。

綱子も見る。

二人顔を見合わせ、次の瞬間、そむけ合う。

綱子、看板をはずそうとする。

どういうわけか、なかなかはずれない。

巻子が手を貸して、とってやる。

●「枡川」茶の間（朝）

起きてくる貞治。パジャマにガウン。

まだ少し頭が重いらしい。

貞治「おい！　おい——。豊子、豊子！」

いないらしい。

よびながら、ひょいと足の裏を見る。完全に落ち切っていない。かすかに痕跡をのこしている。

貞治「おい！　豊子！」
ショールで顔を埋めるようにして、豊子が帰ってくる。

貞治「どこ、いってたんだ」
豊子「ちょっと——散歩。寒いけど、いいお天気よ、今朝は」
ショールをとり、フフ、と笑う。はればれとした顔、その手に、赤いマジックペンのしみがついている。

●三田村家・茶の間

巻子、綱子、あとから鷹男、正樹。男二人、あきらかに前の晩二人でいた痕跡の真中にすわりながら、知らん顔。

綱子も何もいわない。

目立たないようにしながら、見苦しい順に片づけている巻子。

二人分の箸、箸置き、ビールのグラス、など、男二人の視線は、どうしても、そこに行ってしまう。

綱子「――」
鷹男「よかったよ、何ともなくて。ヘタしたら、今頃、葬儀屋とさ、『何段でやりますか』『ご宗旨は』なんてやってるとこだよ」
言いながら、正樹の尻を突つく。
正樹「――同居した方が、いいと思うな」
綱子「ドオキョ」
正樹「オレ、結婚したら、アパート借りるつもりだったんだけどさ、やめるよ。やっぱり、一緒に住んだ方、いいと思うな」
綱子「――」
正樹「なんかあったとき、まずいよ」
綱子「――」
正樹「二階もあるんだしさ」
綱子「――」
鷹男「せっかく正樹君、そいってんだから、親孝行してもらった方がいいんじゃないかな」
巻子「――」
（間）
綱子「気持はうれしいけど――十年先にしてよ」

三人「——十年先……」
綱子「おばあさん扱いされンの、さびしいわね」
　綱子、一人一人の目を見ながら、ゆっくり言う。
綱子「当分ひとりで暮したいな。自分ひとりの分ぐらい、まだ働けるし——『人』ともつきあって」
巻子「——」
綱子「いけないかな」
巻子「いけなかないけど」
鷹男「うーん」
正樹「でもさあ」
綱子「ストーブ、電気にするわよ」
　フフと笑う綱子。
三人黙って、ひっくりかえしたガス・ストーブと、乱れた室内を見ている。

●里見家・居間

　滝子が来ている。
　鉢巻をした宏男。
滝子「ガスがどしたのよ。ガス洩(も)れ？」

宏男「よく判んないんだけどね、かるいガス中毒で」
滝子「ガス中毒！」
宏男「大したことない」
　滝子、宏男の食べかけの何か細長いものを、半分折ってモグモグやりながら。
滝子「大したことないったって、二人が、いってるくらいなら」
宏男「用がありゃ向うからかけるから、電話すンなって」
滝子「おかしいわねえ、何だか」
　SE　電話のベル
　口を動かしながら、電話機に手をのばす。
滝子「里見（言いかけて、つまってしまう）」
咲子「巻子姉さん――はなし、あンだけど――」
滝子「――」
咲子「バカ、やっちゃった――フフ。おどかされてンの、あたし」
滝子「（モグモグしながら）おどかされてるって、だれに」
咲子「もう、どしていいか判んない」
滝子「いまどこ？　病院？」
咲子「マンション」
滝子「すぐいく！」

●咲子のマンション

チャイムを押す滝子。
ドアが開く。
咲子、ポカンとして滝子をみつめる。
滝子「おどかされたって、誰に」
咲子「滝ちゃん、どして、——あたし、巻子姉さんに電話——」
言いながら、相手を間ちがえて、しゃべったことに気づく。
滝子「どしたのよ」
咲子「——」
滝子「あたしじゃ、駄目なの」
咲子、黙って奥へゆく。うしろからついてゆく滝子。

●ベランダ

小さな子供の靴下や下着を干しながら、ポツリポツリとしゃべる咲子。

手すりにもたれて、聞く滝子。

咲子「どして、見ず知らずの男に、本当の気持しゃべったのか、腕とられてフラフラッと、あとついてったのか、自分でも判んないの。

あとで、自分なりに、理由、つけたわ。
あたしさ、滝ちゃんたちの手前、シャキシャキやってたから――本当はペシャンコで泣きたいのに、無理していいとこみせたから、――『もた』なくなってたのよね。どっかで、本当のこと、言いたいってとこ、あったのかも知れない――。
死んでるみたいなあの人に腹立てて、何さ、だらしないじゃない！　って、あたし、ワルいことしてンのよ。それでもいいの、って言いたかったのかもしれない。
でも、そんなのは、キレイごとの口実で――本当は、気持も体も飢えてたのかもしれない」
滝子「――もう、言わなくて、いいよ」
咲子「――――」
滝子「あたし、やる」
咲子「――――」
滝子「咲ちゃん、出ない方がいいよ」

●病室

眠る陣内。
滝子、宅間、裾（すそ）の方に勝又。
ひきつっている宅間。

滝子、ダランとした陣内の手をとって宅間にさわらせる。
小さな叫びと共に、振りはらい逃れようとする宅間。
滝子「何もこわいことないのよ。前はチャンピオンだったけど、今は生ける屍だもの」
宅間「――」
滝子「『ゆすりたかり』にしちゃ、イクジがないじゃないの」
宅間「――」
滝子「妹はね、この手、こやって、さすりながら、すごく明るい声で、生きてる時と同じようにしゃべったわよ。話しかければ、判るようになるって――。そんなことは、もう、絶対に無いのに――」
宅間「――」
滝子「みなさいよ、ほら！」
ぱっと裾をはぐ。
陣内の足の裏に、へのへのもへじのいたずら書き。
宅間、小さな叫びをもらす。
滝子「これが笑えば、足の裏が動いたことになるって、妹、言ってるのよ」
宅間「――」
滝子「死んじまったんなら、まだ楽よ。その時は泣いたってまだ希望、持てるもの。でも、この人は、生きてるのよ。あと、三年も五年も、生きるかもしれないのよ。たまンないじゃない。

夜、街歩いてて、感じのいい人が、腕に手かけたら、あたしだって、あたしだって、ついてくわ」

勝又「――」

咲子。

ついたてのかげの、フトンや荷物を入れる戸袋のようなところで、じっと聞いているって
滝子「――おどかすなら、しあわせな人、おどかしてよ。ゆするなら、お金のある人ゆすってよ。ちょっと突ついたら、クックで泣いちゃうような、やっと生きてる人間、ゆするなんて、アンタきたないわよ！」

宅間「――」

滝子「うちの主人ね、興信所につとめてンの。あんたがその気なら、こっちも――。さっき、あンたの写真も撮らしてもらったし、本当に学校の先生なのか、奥さんや子供はいるのか、ちゃんと調べることだって出来るのよ。あンたの身許しらべて、あンたの住んでる社会で、顔上げて生きてくことが出来ないようにしてみせるわよ」

（間）

宅間、立ち上る。そして、黙って出てゆく。

ガタンとドア、しまる。

咲子、出てくる。

咲子「滝ちゃん——」
　滝子、立ち上り、そのまま、ヘナヘナとなる。

●喫茶店（表）

　いつもの席に少年がすわっているのが見える。
　窓の外の、いつもより店に近いところに、土屋友子が立っている。
　歩いてきた恒太郎、二人の姿を見る。
　土屋友子、恒太郎に気づく。
　友子、駈け寄ろうとする。
　それより早く、恒太郎、くるりとうしろを向く。
友子「あなた」
　恒太郎の足がとまる。
友子「あなた！」
　恒太郎、声を背中に聞いて歩み去る。

●喫茶店

　マンガを見ながら待っている少年の前に、土屋友子がすわる。
省司「ママ——」

友子「帰ろ」
省司「どして、パパ、パパ（外を見る）――」
友子「パパ、もう来られないって――」
　少年、外を見る。恒太郎の姿は見えない。

●里見家（夕方）

　巻子が買物から帰る。
　宏男、出てくる。
巻子「どうかしたの」
宏男「う、うん――電話あった」
巻子「だれから」
宏男「お母さん、帰ってきたら、大至急ここへ電話くれって――
「朝日堂書店」と、電話番号を書いたメモをわたす宏男。
巻子「どんな用か、言わないの」
宏男「うん……」

●朝日堂書店（夜）

　店の裏手。

本を積んである倉庫のようになったところ。
縄のかかった返本の上に腰をおろしている洋子。
少し離れたところで、主人(50)に頭を下げている巻子。

巻子「申しわけありません。代金はお払いしますから——それで済むとは思っておりませんけれど、どうか——」
主人「表沙汰(おもてざた)にしようなんて思っちゃいないですよ」
巻子「今まで、人さまのものに手、つけたことなんかいっぺんも——」
主人「こっちも商売だから、出来心か常習犯かぐらいのことはね、見当がつきまさ」
巻子「——二度とさせませんから——」
主人「お宅、なんかもめてンじゃないの」
巻子「——」
主人「一番いけないんだよねぇ、子供には」
巻子「——」

●夜の道

巻子と洋子。

巻子「お父さんのこと、あんた、知ってるわよね」
洋子「(小さく、うなずく)」

巻子「つきあってるの――秘書の赤木啓子さんだってことも――あんた……」
洋子「（うなずく）」
巻子「でもね、これは、お父さんとお母さんのことなのよ。――子供は関係、」
洋子「そうよ。子供は関係ないわよ。あたし、毎日、すっごくたのしくやってるわ」
巻子「だったら、どして、こんな真似したの」
洋子「風邪と同じよ。理由なんて判んないわ」
巻子「――」

二人、黙って少し歩く。
巻子、不意にあの日のことがよみがえる。
夜の町の、ゴミ集積所にカンヅメを投げ捨てる巻子。

洋子「お兄ちゃんやお父さんには言わないで」
巻子「（うなずく）」

歩く母と娘。
巻子、手にした本の包みをゴミ捨場に、ブン投げる。
見ている洋子。

●里見家

帰る巻子と洋子。

出迎える宏男。
そっぽを向く洋子。
玄関に女物のブーツ。
巻子「だあれ？　お客さん？」
宏男「（うなずく）」
巻子「だあれ？」
宏男「あの人――」
奥の方で、立ち上り、会釈をする赤木啓子。

●居間（夜）

巻子と啓子。
啓子「この三月に結婚します」
巻子「結婚――」
啓子「はい」
巻子「誰と――」
啓子「奥さんの御存知ない人間です」
巻子「主人、知ってます？」
啓子「まだ話してませんけど、このことは――」

巻子「――そうですか」
啓子「――仲人、おたのみしたいんですが」
巻子「仲人――」
啓子「私、奥さんに疑われてたこと、知ってました。こちらから、あたしじゃありません、って言うのも変だし――。
会社につとめた三年間は、あたしにとっては、いってみれば、青春だわ。うたがわれたままで、コソコソやめてくの、なんだか口惜しくて――」
巻子「――結婚なさるっての、本当なんですか」
啓子「それも、疑ってるんですか。
冗談じゃないわ。――（フフと笑って）こういう誤解、なくしたいから、仲人、おねがいするんです」
巻子「主人、おつきあいしてるの、あなただとばっかり思ってたわ、ちがうの」
啓子「ちがいます」
巻子「あなたが犯人じゃないって言うんなら、真犯人を」
啓子「刑事ものみたい」
巻子「ほんと……」
啓子「それは、部長にじかにお聞きになって下さい」
巻子「――」

啓子「本当にそういう人、いるのかしら」
巻子「――」

●玄関（夜）

啓子を送り出す巻子。
うしろに洋子の姿が見えているが、出てこない。
巻子「仲人のことは、主人と相談して――」
啓子「おねがいします。――おやすみなさい」
巻子「おやすみなさい」
帰ってゆく啓子。

●夫婦の部屋（夜）

フトンをしく巻子。スタンドの光り。ぼんやりすわっている。
自分の影が大きくうつる。
その影に向って、ボクシングをする巻子。
ＳＥ　ドアチャイム

●リビング（夜）

鷹男が帰ってくる。

出迎える巻子。

巻子「おかえンなさい」

鷹男「お」

巻子「相変らず、遅いわねえ」

鷹男「うむ。いろいろと（口の中でモゴモゴ言いわけ）」

巻子「今までどこにいらしたの？　女のひとのとこ？」

今まで絶対に口にしなかった言葉を、サラリと当り前の会話のように口にする巻子。

鷹男「――（びっくりする）」

巻子「名前、なんていうの？　どういう人？」

鷹男「おい――」

巻子「いるんでしょ、そういう人」

鷹男「あ、あのなあ」

洋子の刺繍（ししゅう）をした室内ばきが、階段の途中でとまっている。

巻子「名前だけでも、教えてよ」

鷹男「あ、あのな」

巻子「あたしね、気になって気になって――今日、スーパーで、万引しちゃった」

洋子、立ち上る。

鷹男「万引、お前がか」
巻子「知らないうちに、カンヅメ手提げの中に入れてたの。レジ、出たとこで、肩叩かれて、事務室へ引っぱってゆかれたわ」
洋子——。
鷹男「——どこの、スーパーだ」
巻子「丸正。若いのと、五十ぐらいの人にしらべられたわ。主人に女の人がいて、帰りが遅いので、うちにいられなかった——っていったら、カンベンしてくれた。こっちの名前も、言わなかったわ」
鷹男「——そんな人間、いないよ」
巻子「嘘——」
鷹男「ウソだと思ったら、勝又君でも何でもたのんで、調べたらいいだろ」
巻子「本当にいないの」
鷹男「いない」
巻子「じゃあ、あたし、今まで、アレ、やってたのね、ほら、こういうの」
ボクシングのまね。
鷹男「なんだ、そりゃ」
巻子「本当のテキじゃなくて、ニセモノのシャドー・ボクシング」
鷹男「疑心暗鬼」

洋子が下りてくる。

鷹男「知ってるか『疑心暗鬼』。――疑う心があると、ありもしない恐ろしい鬼の形が見えてくるってイミだよ」

洋子「疑心暗鬼って、そういうイミなの」

巻子「試験に出るかもしれない。覚えとさなさい」

笑っている巻子。

●国立の家・縁側

恒太郎がすわって庭を見ている。寒々とした冬枯れの庭。

「ぼくのパパ」の絵を丁寧にたたんで懐ろに入れる。

洗濯ものを取り込んでいるふじの姿。

洗濯ものを取りこんでいる滝子（和服、おなかが大きい）。

父が、フフ、と笑って、

恒太郎「ハハ、ハハハ」

滝子「――」

恒太郎「あったかくなったら、何か植えるか」

滝子「――」

恒太郎「お茶いれてくれ」

滝子——。

恒太郎の目は、何も見ていない。

滝子、そっと縁側へ上る。

茶を入れはじめる。

すわっている恒太郎の背中。

●結婚式

式場の入口に、仲人としてならぶ鷹男夫婦、花嫁姿の赤木啓子。客ににこやかにあいさつしながら、巻子、夫の耳許(みみもと)に囁(ささや)く。

巻子「いつかのあの、あれねえ」

鷹男「うん？」

巻子「つきあってる女のひとのこと」

鷹男「そんなの、絶対にいないって言ったろ。あのとき、お前、判(わか)ったって」

巻子「あたし、本当は信じてないのよ」

にこやかにあいさつをする巻子。

●病室

陣内の足にへのへのをかき、笑いながら、パンをほおばる咲子、子供と姑もいる。

●三田村家

花を活ける綱子、三、四人の弟子、これも、笑っている。
フスマのカゲで栓抜きをしている貞治。

●国立の家

放心している恒太郎。
うしろで、腹の廻りを計っている勝又。
笑っている滝子。

●結婚式場

ならんで立つ鷹男と巻子。
ひときわ面白そうに笑っている。

阿修羅のごとく

NHK総合テレビ

パートⅠ（女正月〜虞美人草）　1979年1月13日〜1月27日
パートⅡ（花いくさ〜お多福）　1980年1月19日〜2月9日

■スタッフ

制作――沼野芳脩
演出――和田勉
富沢正幸

■主なキャスト

竹沢恒太郎――佐分利信
竹沢ふじ――大路三千緒
三田村綱子――加藤治子
里見巻子――八千草薫
里見鷹男――緒形拳（パートⅠ）
露口茂（パートⅡ）
竹沢滝子――いしだあゆみ
勝又静雄――宇崎竜童
竹沢咲子――風吹ジュン
陣内英光――深水三章
枡川貞治――菅原謙次
枡川豊子――三條美紀
土屋友子――八木昌子

附録

✣構想メモ

かごしま近代文学館所蔵

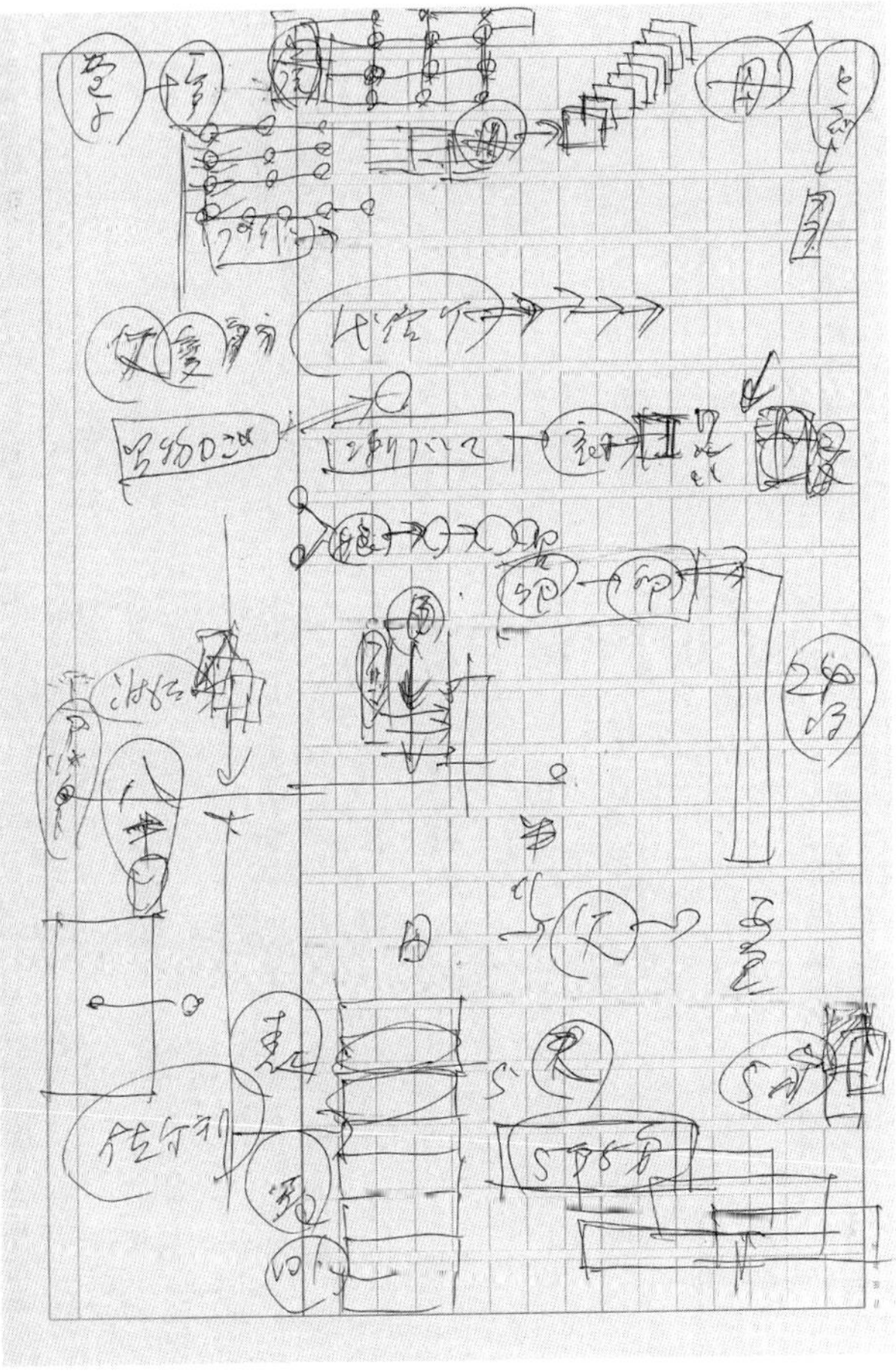

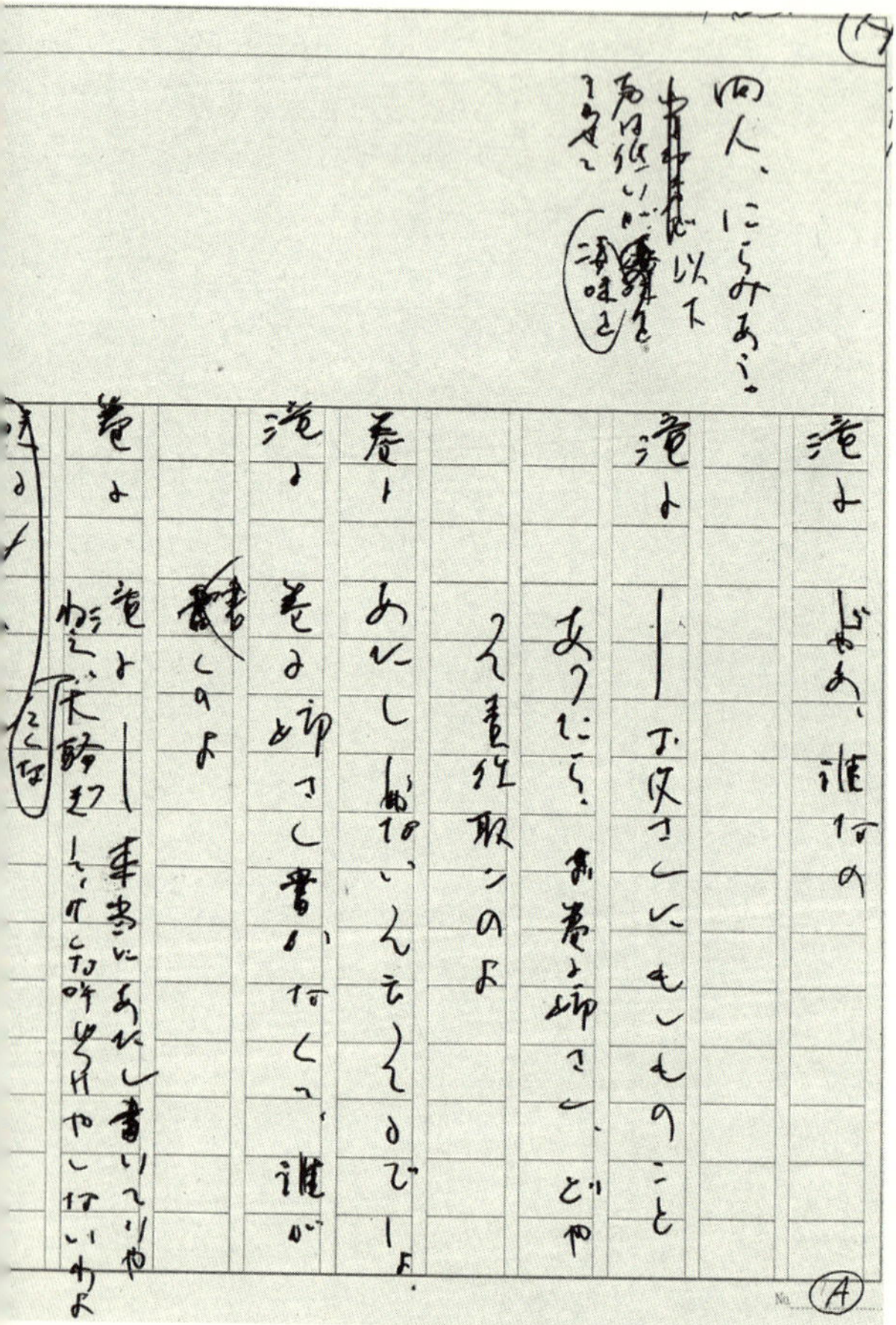
(7)
四人、にらみあう。
以下
声は低いが
凄味を
きかせて
滝よ　じゃあ、誰なの
滝よ　――　お父さんにもしものこと
あったら、唯よ姉さん、どや
って責任取るのよ
唯よ　あたしじゃないんでしょ。
滝よ　唯よ姉さん書かなくて、誰が
書くのよ
唯よ　唯よ　――　本当にあたし書いてりゃ
わざ〻木崎
呼出
しないわよ
(A)

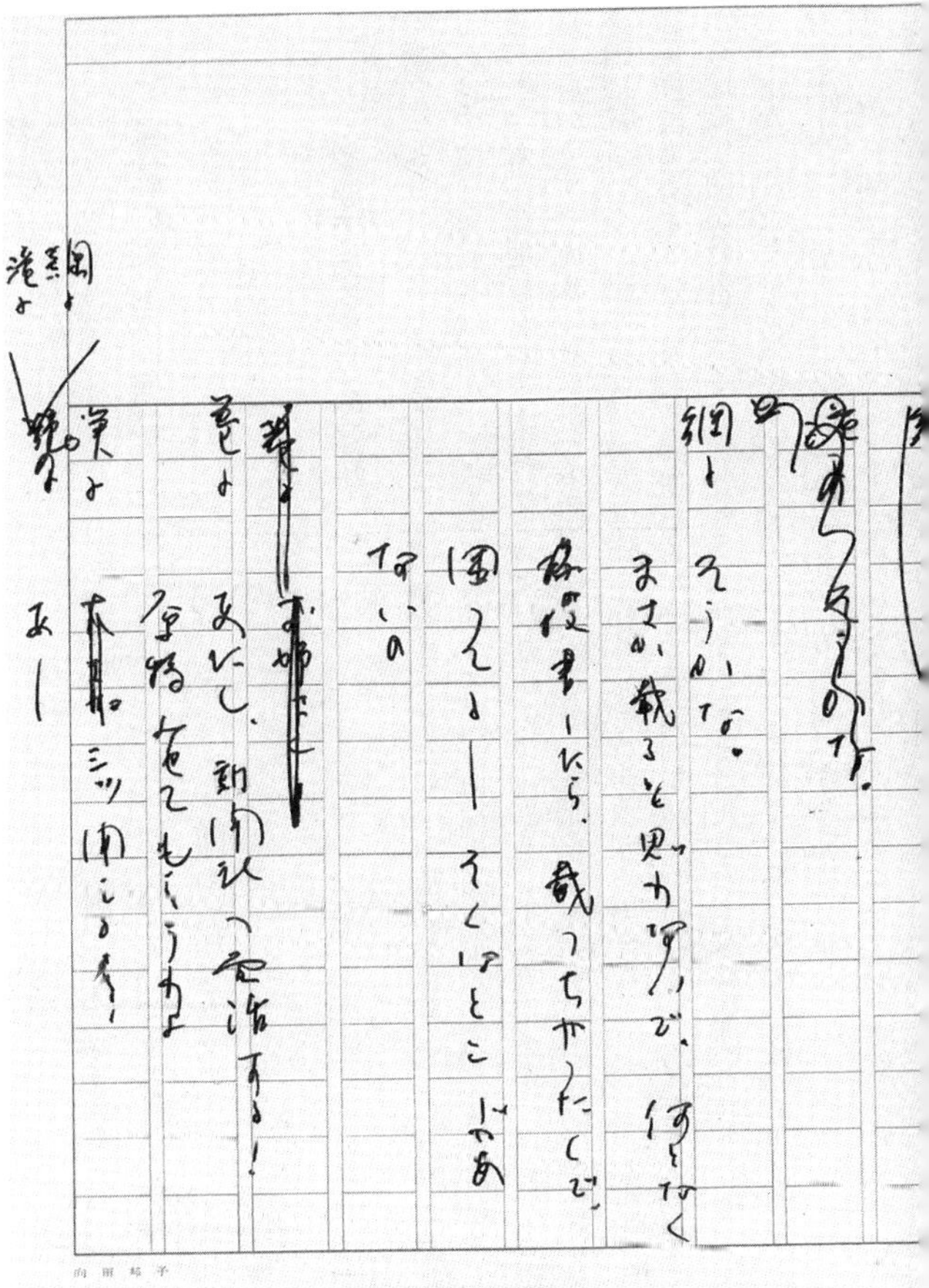
巻子「もう、ないのか。」
綱子「そうかな。
まさか載ると思わなかったで、何となく
投書したら、載っちゃったんで」
巻子「え!――そんなとこじゃあ
ないの」
~~咲子「お姉さん」~~
滝子「あたし、新聞社へ電話する!」
綱子「原稿なくてもいうわよ」
~~鷹男~~「本当……三ツ聞こえる……」
滝子「あー」

❖鼎　談

家族の絆とは何か

新藤兼人（映画監督）
松原治郎（東大教授・社会学）
向田邦子（シナリオライター）

家族であることの意味

松原　私ども、大学で家族社会学の講義をするときに、家族とは何か、という話から始めるわけです。家族とは何か、と学生に質問すると、血縁集団であるという答えが返ってくる。こっちが意地悪く、夫と妻は血縁ではないのに、どうして家族なのか、と言うと困るらしいのです。血縁でないから家族を作る、しかも家族を作る一番の出発点は結婚なんで、婚姻に基づいて一組の男女が夫婦関係を作る、それが家族の出発なんだから、家族は、血縁集団であるよりは、むしろ非血縁者が一つの共同生活を始めることが家族である。そこから血縁集団が発生してくる、というふうなことを考えると、家族集団というのは、実に不可解な集団だという気がするんです。まあ、不可解だから、夫婦の危機、親子問題といったテーマで、ホームドラマにもなるんだろうと思うんです。

向田　実は私、ホームドラマを十年書いてきまして、家族というのを漠然と考えていたんです。今度、「家族熱」(TBS、一九七八年)というドラマを扱うときに、初めて『広辞苑』で家族という項を引いてみました。すると、「血縁によって結ばれ生活を共にする人々の仲間で、婚姻に基づいて成立する社会構成の一単位」とあるんです。水とか、空気とかを説明しろと言われるのと同じで、家族を抽象的に定義しろと言われたら、とてもむずかしいと思いました。理屈っぽくて、ホームドラマを書く立場からいうと、何か違うな、と感じたのです。

松原　それでいて、夫婦の愛とか、親子の繫(つな)がりとかいったようなものが、結合の一番の基礎になるんで、それ以外に結合の基礎はあまりないんですね。

新藤　だから、分ったようでいて、なかなか分らない。それで、いろいろトラブルが起きるんでしょうね。血縁であるからこうあるはずだと思うと、どうこいそういかない場合が多い。血が繫がっていても、向き合ったら人間対人間だということが大きいんではないですか。血が繫がっているというのは、性格を同じにするというわけではないでしょう。

向田　同じ鼻をした一族というのがあるんです。私の家族は、母方のほうは親戚・同全部だんごっ鼻で、父方のほうはスッとした鼻をしている。それはそれでひいきし合って、だんごはだんごで結びつく。このように、血の繫がりがプラスに働くと、すぐ親しくなれたりするのが、一回恨み合ったり、憎しみ合ったりすると、とても大変なことになるような気がしますね。たとえば遺産相続のときに、毒を盛ったりして激しく争うというのは、似ているにもかかわらず、ということがあるという気がします。

新藤　それは、鼻の形が似ていたり、口の形が似ていたりすると、相手が相手のような気がしなくて、自分みたいな気がするんではないですか。人間対人間で見たら他者でも、そこに自分がもう一人いるような気がしてしまうから、こんなことが分らないはずがない、と思ったりするんではないですか。

松原　家族の不可解な面は、血の繋がった親子は、やがて別れていくわけです。血縁のほうは切れていくけれども、最後に残るのは、血縁でない夫婦なんです。つまり血の繋がりがないほうが、むしろ家族を最後まで支える絆であって、血の繋がっている絆は、いずれは一つの家族体から出て行って、別の家族を作る、そこに家族の特徴があるような気がするんです。

向田　そうですね。血の繋がったのが残ったら、一種の近親相姦みたいになってしまいますものね。

新藤　だけど、兄弟であることが、どうしようもなく何か強く結びついてきたりすることがある。あれは弟だから、あれは姉だから、というようなことで、突然、論理を失っていったようなことがありますね。

松原　ええ、ですから、家族と親族といった関係で、兄弟を取るのか、妻を取るのか、といったようなことが起ってくる。

向田　私も同居していませんが、弟や妹がおりまして、家族のような気がしますね、なかなか親族と思えない部分があります。

夫婦の絆について

松原　夫婦の絆の問題に話を移して考えますと、生れて結婚するまで二十数年間、まったく違った環境や思考を持ってきた人間が、ある日突然に一つの屋根の下で生活を始めて、しかも、その生活を続けていくというのは、不思議なことだと感じます。一体、夫婦の絆とは何なのだろう、単に性だけではないと思いますけど。

新藤　いや、性は大きな原因ではないですか、獲得というようなことで。つまり血族では、獲得できないですね。

松原　お互いを獲得したという……。

新藤　ええ、獲得が愛の始まりという感じがするんです。獲得したい、これは誰でも言うことですけど。

松原　一種の所有欲みたいなもの。

新藤　ええ、それが始まりではないか。だからきりがない。獲得しきれなかったり、し損ったりすると、それに対する果てのない欲求があるんではないか。縦横(タテヨコ)という表現を使うと、縦は人が次々に変って、次の夫婦、また次の夫婦と縦の線を作っていくのに対し、夫婦の関係は横の線で、獲得したい欲求が横にどこまでも伸びていくような気がします。そしてやはり、お互いに探り合っているんではないですか。大きく探り合っているか、小さく探り合っているか、また、きれいに探り合っているか、きたなく探り合っているか、ということはあると思うんですが、とにかく不確定なものである、だから夫婦は保つんだ、と……。

松原 なるほど。たとえばドラマを作るときに、そのへんの夫婦の姿の表わし方は、どういうふうにするんでしょうか。失礼な言い方をすると、かつてのホームドラマは、食事の場面しか出てこないような気がするんです。食事をしていれば、家族である。

向田 これは食事するドラマを書いた者の弁明なんですけど、本当は食卓だけで一時間書いても、それは優れたディスカッション・ドラマであり、人間のドラマでなければいけなかったわけです。ところが食事だけが目について、中身が飛んでしまったというのは、私たちの腕が悪かったからだと思います。食卓の情景、おかずとか、お箸とか、そこで交わされる会話は、そのまま家族なんですね。だから、食卓を出すのはちっともかまわない、と今でも思っているんです。

松原 そうですね。先ほどのお話のように、夫婦が獲得し合う欲求で保っているにしても考えてみると、私だって女房と年中シリアスな話をしているわけではありません。一日のうちで、食事のときなどに話しているしかないわけです。

新藤 食事が、つまり、性と同じくらい重要なことですからね。

向田 そうなんですね。だから、寝室だけのドラマとか、台所だけとか、玄関だけとか、トイレだけとか、家の中のどこかにカメラを植え込んで見ていれば、ドラマの舞台はどこだっていいわけです。でも、寝室だけとか、トイレだけ書くわけにいきませんからね。ただ、私は、どんなおかずかしら、どんなしょうゆ注ぎかしらということも、それは一つ一つの家庭の現われだと思うんです。小さいものは、すべて大きいものと等しいと思いますので、食卓を書き続けているのです。

新藤　映像というのは、まず基本的には〝本当らしさ〟というところから始っているわけです。これは非常に古い話なんですけど、昔は、芝居で困ったら、めしを食わせろ、というようなことが言われていた。そこではみんな集って、べちゃべちゃ言いながら食う。一番見なれた自然な雰囲気だから、自然らしく見えるからやれ、と言われた。しかし、本当は、めしを食うところが本当にうまく描けたら、一番面白いんでしょうね。

向田　ものすごくむずかしいですね。これが書けたら、一人前だと思います。

夫への再恋愛

新藤　戦後、女が働くようになってから、夫婦の関係が変ってきましたね。金を取らないときは、家を出ても、行くところがないから、とにかく黙って従っていた。ところが、だんだん女性の社会的能力が、もちろん昔からあったんですけれども、活用されるようになってくると、対等の場へ出てくるから、すごく変ってきた。だから、離婚の多い国は、結局、女性が活動力を持っている国なんです。

松原　そうですね。もう一つ、共働きも含めて、女性が職業を持ち収入を得るようになったということは、経済的な自立の力が出てきただけではなく、外の世界、外からの、夫を通じて以外の情報の世界を持つようになったということ、それもかなり影響しているのではないかと思うんです。

新藤　だから、極端な話をすると、昔は浮気をするのは男だけだったけど、対等になってきたんだから、女も浮気していいと思うんです。結ばれるということは、ますます離れるということでもあるんです。

松原　感じとしては、浮気は誰でもしたいんだと思うんです。それが、し得るんだというふうになるには、女性が外に出て、そういう世界をちょっとでも垣間見るような機会がないと、女性が浮気に踏み切るのはむずかしいという気がします。

新藤　それは結局、余裕であり、自信ですから、自信があれば、家の中にいてもできるんではないですか。

向田　そうなんですが、今はしなければ損だというような風潮があるように思いますね。お金も、暇もあって、夫もそんなに不愉快ではない、むしろいい夫である。でも、しないと遅れているみたいで、去年のスカートをはいているみたいだ。私はまだ独身だから分りませんが、生涯に一人の夫しか知らないというのは淋しいのではないかって思うの、ちょっと不思議な気がするんです。

新藤　だから、夫にもう一度再恋愛してもいいわけでしょう。それならば、今度は服従ではなくて、対等の立場で新たに結ばれるということではないかと思います。

向田　そうです。それだったら、とても自然です。本当の気持からでなくて経験を競ってする浮気より、一人しか知らなくても、とってても素敵ならば、それですごくいいのではないかと思います。

松原　最近、浮気を家庭の崩壊につながらせない知恵が、むしろ出てきているのではないかという気がします。その点、アメリカの夫婦のほうが正直なのかもしれません。

向田　別れを怖れないという意味ですか。

松原　そうです。別の愛を得たということは、前の、つまり夫との愛が薄くなったということで、愛がないのに夫婦生活を続けるというのは、神に対する冒瀆である。そういう感覚は、アメリカ人あたりにはあるんでしょうが、日本人にはありませんね。

向田　日本の女は、へそくり感覚みたいなものがすごくある。こそこそと抽出に入れておくように、たとえば誰かが好きになっても、何かへそくりと同じで、うしろめたいというか、隠しておくというか、そういう気がします。外国の女の人は、ちゃんと自分名義の預金を持つ、そういう意味で、日本の女の人より少しオープンなのではないか。

松原　逆にいうと、日本の女は、しぶとさを持っているということですね。

家族熱の起源

向田　私は、家族を愛するというういい方に、何か気恥しさを感じるのですが、古い家族の写真を見ますと、何ともいえない不思議な気持に襲われることがあるんです。あれは何なのだろう、ぜひ考えてみたい。そこで、今度ドラマをやる機会に「ロトの妻の話」をテーマにしようと思ったのです。ソドムとゴモラの町を、主があまりに見苦しいからやっつけようとした。そのときに、義人ロトとその妻に、主が「お前たちはいい奴だから忍びない。子供二人を連れて逃れよ」と言って逃すのです。ところが、ロトの妻だけが神のいいつけを破って、ソドムの町を振り返ってしまう。そのとたんに「ロトの妻は瞬間にして塩の柱になりぬ」という話なのです。夫と娘が振り返らないのに、なぜ妻だけが振り返ったんだろう、と昔読んだシュテーケルの本を思い出して開いてみましたら、〝ファミリティス〟という言葉があるんです。家族熱というんですか、うしろを振り向かせたのはファミリティスである。

松原　自分が出た家族……。

向田　はい、うしろ向きの視線だというんです。私は、これはとても分るような気がしたのです。そのファミリティスの説明の中に、ファミリティスは表と裏の二種類ある。表というのは、家族の誕生日や命日、結婚記念日を憶えていたり、家族の心配事を一身に背負い込んで何でも相談に乗ってやるというようなこと。裏に出ますと、憎んで、必ず反抗する。家を捨てたり、親を刺したり、肉親に対して訴訟を起したりする。人間には必ずそのどちらか、もしくは移行型があって、人を仕合せにもするし、不幸にもする。一つの例として、『女の一生』のジャンヌが、最初の晩に夫との交渉に失敗して一生不和になる。それは自分の父親との比較があったらしい、というんです。自分の実家とか、兄弟と比較して新しい結婚に融け込めない、もしくは離婚しなくてはならないようなうしろを見てしまうのは、きっと家族熱が強いんでしょうね。だから、あるときは絶ち切っていく、また、あるときは燃え立たせていくものなのかな、と思ってドラマを書いたのですけど。

松原　家族の絆の不可思議な面が……。

向田　ですから、結婚する前に、普通、誰でも自分を産んでくれた親や兄弟とのあいだで実にホットに結びつき合って二十年くらい暮らします。それがだんだんつまらなくなってきて、飽きてしまって、恋愛しても孤独だなあとか、男も女も一人で生きていかなくてはならないのだとか、そういうことを知ったときに、肌寄せ合うものが欲しくなってくる。このように自分の家族熱が冷却したときから出発すると、夫婦はうまくゆくのではないか、と私は思うのです。

松原　個人にとって家族とは何か、と考えると、必ず二つあるのですね。いまお話になった家族熱の対象になっている家族というのは、自分が生れ育った家族、出生家族です。これはファミリー・オブ・オリエンテイション、定位家族、あるいは指向家族というか、産んで人生の方向づけをしてくれた、つまり人格を作ってくれた家族という意味です。もう一つは、ファミリー・オブ・プロクリエイション、いわゆる生殖家族といいますか、子供を産み出す家族ということで、この二つを必ず経験するわけです。いまのロトの妻は、生殖家族を自分で作っていきながら、どうしても元の定位家族を振り返るという……。

向田　ええ、絆を絶ち切れないという話だと思います。これは息子と母親とか、いろんな例に当てはまるんでしょうけど。

松原　そうだとすると、まず第一の家族の中で子供を育てるときの育て方は、かなりむずかしい問題になりますね。
向田　弱過ぎてもいけないし……。
松原　強過ぎても困るわけです。
向田　そのへん、つまりセミの脱け殻ができるように……。
松原　子供の知恵熱みたいに、一度出た熱が子供の時期を過ぎれば、きちんとおさまるように育てないといけない。愛情を深くしながら、なおかつ……。
向田　ええ。映画によると、キツネも子離れの儀式みたいなのがあるそうです。父親が子ギツネを嚙(か)んで追い払う。あれは、やはり、そういう形で切っていくのでしょうね。
松原　特に女性の場合にむずかしいでしょうね。父と娘との関係……。
向田　そこに肉親がいなくても、家とか、形に執着してしまうんですね。もう人が住んでいなくても、家に執着してしまうとか。それは思い出ということだろうと思うんです。一種の残像ですね。
松原　私の女房でも、たとえば実家(さと)へ帰ると落ち着かなくて、早く家へ戻らねばいけない、自分の作り出した家のほうは、とにかく守らなくてはいけないと思うんです。それと体の中に持っている熱としての家族熱というのが二重構造としてあるのですね。
向田　私はドラマの中で家族熱を拡大解釈して、女が離婚するとき、なぜうしろを振り向くのか、ということを書いてみたのですが、あまり前向きの人よりも、ちょっとうしろ向きの人のほうが、私は優しくて好きです。未練がましい人のほうが自然というか、かわいいと思いますけど。男の方はどうなんですか。

新藤　自分はうしろ向きなんです。前向きみたいなことを言っても、人間は大体がうしろ向きみたいな感じがしますね。ぼくはもうかなり年を取ってきて、過去の経験を振り返ってみると、割り切れないことばっかりだし、家族というものにすべて引きずられてきたというか、非常に支配を受けてきたという感じがします。親は子供を一人前にしたら、もう責任はないというけど、何か困ったことがあれば、まっ先に相談に乗りたがったりする。それ故、けっこうトラブルに巻き込まれていく。そうすると、自分の父や母のことが新鮮に蘇ってきて、また、自分の考えに影響していくわけです。

松原　私も、父親として一家の中で事をやろうとすると、どうしても親父の残像から抜けられないです。自分が子供のとき、正月、お盆には親は何をやっていただろうか。こういうとき、親はどんな振る舞い方をしたか、そう考えると、知らず識らずのうちに、先祖とか、親を憶い出していますね。

新藤　ぼくの家は五十年前に倒産して、山を売ったりしたんですが、その山の中腹にある墓は売れない。墓だけが残っている。墓はいじってはいけないという考え方が田舎にあって、その山を買った人も、のけろとは言わなかった。ところが、今度、そこが団地になるので、その墓をのけなければならない。もう先祖と絶ち切るから墓は要らないというわけにいかない。第一、自分がそう思っても、世間も親族も許さない。それで墓を移動することになって、新藤家の墓を新しくこさえて、お経でもあげてそれで放ってしまおうかとなると、これがものすごく気になってきたんです。墓が一つ一つ、どうしたんだ、どうなっているんだ、と文句言いそうな感じがしてきたんです。仕方ないから、ものすごくたくさんあって、みな持っていくわけにいかないから、そのうちの一つ、一番気に入ったのを代表に選んで、この人が家の先祖に適当かな、というのを持っていったんです。絶ち切るとか、ふっ切るとか、いろんなことを言っても、ぼくの場合、まるごと血の繋がりにがっぷり取られているような感じがします。そこから逃れられない。

向田　確かに、私たちは、自分の家族によって自分の価値の尺度を決めているのかもしれません。富にしろ、性格にしろ、色、形、みんなそんな気がしますね。

新藤　ええ、だから、みんな、自分の母親をとおして女を見ているのではないですか。

向田　母を中心にして、スタンダードにして、デブだとか、利口だとか、優しいとかね。私の場合は父親だと思います。うちの父より大きい人を大きい男だと思っている節が、私にはあります。

新藤　一番人間を支配しているのは、そういうごく手近なところなんですね。

松原　そういう意味では、キリスト教文化の国よりは、日本のほうが、親子の繋がりは強固なのでしょうね。罪意識の対象とか、愛の対象といったものは、神ではなくて親なのかもしれません。

五十年ぶりに会った姉の姿

新藤　そうそう。ぼくの姉はアメリカ移民に嫁いで、今度の戦争で強制収容所に入って、そこで子供を産んだのです。そのとき、二十年目に人間は生れかわるから、母が死んでから二十年経っている。母が生れかわるから産むんだ、と姉は思っているんです。そんな生れかわることなんてないと人は言うでしょうが、日本人があまりいないアメリカで姉は五十年以上も、自分の力で生きてきた。そんな姉を笑ったりできないんです。姉はそう思い込んでいる。それは、何か自分の中に一つの生きる中心をこしらえるために思い込みたいのかも分らないけれども、思い込んでいるのです。そういう姉の姿は、ぼくらよりさらに、血縁とか、母とかいうのが大きな存在になっているんです。そのほうがよほど、ぼくみたいにキョロキョロしている人間に比べて、どっしりと生きているような気がするのです。

松原　輪廻（りんね）で生れかわってくるように、家の繫がりを大切にする……。

新藤　実は、ぼくが十二で姉が二十のときにアメリカに渡った姉に、去年、五十三年ぶりに、アメリカへ行って会ったのです。姉は嫁いでから一回も家に帰ってきていない。それは、倒産して家がないということとか、母がいないということとか、いろいろな思いがあったと思いますが、姉としてはアメリカの土になって死ぬつもりでいたわけです。姉は、戦争に遭ったり、夫の死とか、子供の死とか、いっぱい不幸があって、いま七十三になっている。姉も会いたいと言っているので、サンディエゴの近くの小さな町で三時間くらい会って話をしてきたのです。みんなは二日も三日も会ったらいいではないかと言うんですが、ぼくは、時間の長さはいいと思ったんです。短くても非常に長く時間が持てるかもしれない。会ってる時間はかえって短いほうがいいかもしれないと思って、サンディエゴで、それぞれ自動車に乗って、姉が「これがもう初めの最後じゃ」と言いながら別れたのです。二人とも笑って別れたのですが、ぼくのほうは、途中ガソリン・スタンドに寄りましたら、姉たちもガソリンを入れに来たんです。ぼくは、もう別れたんだから、これは具合悪いことになった、と思ったわけです。別れ際は、お互いにポーズがありますから、それをもう一度繰り返して、まずいことになった、と思って、じっとガソリンを入れるところを見ていたのです。すると、向うから姉がツカツカときて握手するのです。見ると、いっぱい涙をためている……。

向田　そうでしょうね。

新藤　そのまま立ち去って、向こうも出て行く。ぼくたちも出て行く。お互いに帰っていくわけです。そこからロサンゼルスまで一時間四十分くらい乗っているあいだ、どういうわけか、涙が出てくるんです。スタッフもいるし、これは困ったな、とぼくは思ったんです。ぼくは、涙が涸れたいと思っている人間で、とにかく容易に涙を流してはならぬ、という一つのプライドのようなものがあるのです。ところが、どんどん、どんどん出て、いくら拭いても出てくるんです。

向田　五十年の時間を越えて涙が出てくる、そういう家族の絆というのは、本当に不可解なものですね。

新藤　姉が「さよなら」と五十年前に家を出て行くときに、姉の表現によると、子供だったぼくは「コロッと蔵の横に隠れた」と言うんですね。ぼくは忘れているんですが、姉は憶えている。七十三と六十六になっていても、二人とも昔と同じような気持で話しているんです。この一言がそのあと憶い出されて、もうとてもいけない感じで、涙がとまらなくなったんです。

松原　まさに家族熱ですね。

新藤　年を取ったら、当然、血縁のことを考える時間が長くなったりするんでしょうが、兄弟とは、父とは、母とは、どういうものか、そういうことを、できるだけたくさん考えてみたいという気分に、ぼくはいまなっているのです。

松原　今のお話、五十年の時間が完全に離れていると、純粋な形で残って、言葉とか理性とかを越えて、涙となって流れるんですね。

新藤　別れていても、そのあいだが断絶してないんです。

向田　そのまま繋がっていて、日常的な煩わしさがないから、かえって清らかに泣けたんでしょうね。

（『婦人公論』一九七八年九月）

解題　「阿修羅のごとく」のころ

一九七九年一月十三日、「阿修羅のごとく」第一回放映日、東京に初雪がふった。

朝刊各紙のラジオ・テレビ欄には、「本性をむき出す可愛い女性たち」(「毎日新聞」)などという見出しとともに「阿修羅のごとく」の番組評が、紙面をかざった。スポーツ欄は、江川卓と阪神との入団交渉が物別れに終わったとの記事。夕刊のトップニュースは、「共通一次試験スタート・大雪に見舞われた」であった。

この夜、たとえば、次女巻子一家のような日本の中流家庭であれば、母親が夕餉(ゆうげ)の支度をするなかで、六時から「大草原の小さな家」(NHK)を観て、七時からNHKニュースにチャンネルをあわせ、七時半に「欽ちゃんのドンとやってみよう!」(フジテレビ)にチャンネルを廻し、八時になると、お父さんはジャイアント馬場とデストロイヤーが出る「プロレスリング」(日本テレビ)を、息子はドリフターズが出る「8時だヨ! 全員集合」を、娘はそのまま「欽ドン」を、お母さんは「阿修羅のごとく」を、もし時代劇ファンの祖父母が同居していれば、「暴れん坊将軍」(テレビ朝日)を、チャンネルをカシャカシャ廻してそれぞれ観たがったことだろう。

日本テレビ史上もっとも熾烈なチャンネル争い（もはや死語であるが）を家族で繰り広げたであろう、この土曜の夜、「阿修羅のごとく」の初回視聴率は、一四・三パーセント（ビデオリサーチ調べ・関東地区）であった。

同年夏、「阿修羅のごとく」パートⅠとパートⅡのちょうど中間地点にあたるころ、向田邦子は、こんな意外な書き出しの一文を残している。

「久しぶりに閑です。

二冊目のエッセー集の題を考えながらぼんやりしています。決まった仕事は週刊文春に連載のエッセー「無名仮名人名簿」だけ。

最近、ものを書くのが遅くなりました。ラジオ育ちで、音で文章を書いていたのが、活字で書くようになったせいかも知れません。テレビ十年活字が三年、なまじまわりが見えるようになったので、おっかなくなったこともありそうです。」（一九七九年七月二十九日「朝日新聞」より）

前年五月に酒・惣菜の店「ままや」を末妹の和子を店主にして開店、十一月には初の単行本『父の詫び状』（文藝春秋刊）を刊行するなど、違う種類の気苦労がつづいた時期をへて、向田は「阿修羅のごとく」パートⅠを書いた。その後、一九七九年四月から六月末まで放映された連続ドラマ「家族サーカス」（フジテレビ）を終えてからの半年間、向田の新作はテレビでもラジオでも放送されていない。一九六二年三月に放送を開始したラジオドラマ「森繁の重役読本」（TBSラジオなど）を向田の放送作家として本格的スタートラインとするならば、向田の放送作家生活で、これほど間があいたのはいちどもなかったことである。

向田は、「決まった仕事は週刊誌のエッセー一本だけ」で、台本を書かなかったこの時期を、放送作家と作家という二足のわらじを履く自分を冷静に見つめ直す時間にしようとしたにちがいない。とはいえ、パートⅠが終わった直後にTBSでタッグを組んでいた演出家の久世光彦がTBSを退社したため「源氏物語」を書くことになり、名前のある登場人物五百人を三時間ドラマにするために四十人にする一覧表をつくったりするのだから、「閑」はほんのつかの間であっただろう。四柱推命の占い師に「駅馬」の相があると言われた、生涯働き者の向田らしい逸話だ。

パートⅡの放映が始まる直前の一九八〇年一月一日、「朝日新聞」に向田邦子、倉本聰、橋田壽賀子、山田太一の売れっ子放送作家四人による座談会が載った(本シナリオ集第Ⅰ巻所収)。

「新春たれんと模様」と題したその座談で向田が「好きですね」と名をあげた女優のひとりに、吉永小百合がいる。その理由は「メークをしない」からであった。

「阿修羅のごとく」は、四人姉妹と母親とが、女が化粧を落とした時、素顔で本音をぶつけあい火花を散らしあうドラマである。向田はこのドラマの出来をたいそう気に入っていた。その理由もまた、「嬉しかったわ。みんなお化粧していないんだもの」、であった。

じっさい、向田は、次女役の八千草薫に、「病気なのに、眠っている場面なのに、濃いお化粧をしているのはいやだわ」と言ったこともあるという。

「阿修羅のごとく」はまた、向田邦子の作品中、女のこわさがもっとも良く出ている作品のひとつである。母ふじが「かたつむり」をのんびり歌いながら夫のコートのポケットから赤いミニカーを見つけて襖(ふすま)に投げつける、「おだやかな顔が、一瞬、阿修羅に変る」シーン(本書五三〜五四ページ)。長女綱子の情夫の妻が、夫の伊豆土産の干物を綱子へ餞(せん)別(べつ)に「にこやかに」差し出し、綱子がこれを「にこやかに受取る」シーン(本書九三ページ)。次女巻子の夫鷹男が赤電話から浮気相手にかけたつもりで自分の家にかけ「間違えたらしいぞ。——しまった」と立ちつくすシーン(本書一八六ページ)などなど。男にとっては身に覚えがあろうとなかろうと、妻と一緒に茶の間で観るなどできないだろうシーンが展開する。しかも、その怖しいシーンは、「腹がへっては、イクサはできぬ」、「どっちにしても、おなかに入れといたほうがいいかも知れないわね」などと女四姉妹がしゃべりながら、揚げ餅、寿司、オムスビ、ラーメンなど、食べ物にぱくつく描写とともに、さりげなく随所に散りばめられているのである。

パートⅡ放映後の一九八〇年五月二十七日、萩原健一と三女役のいしだあゆみの結婚披露宴に出席した向田は、長女役の加藤治子とともに二次会の帰りに岸田今日子の家に寄った。岸田が中島みゆきのレコードを買ったというので聞きに行ったのだ。「うらみます」という曲を聞いた向田は、「こう言われちゃ男は、やりきれないでしょうね」と言ったという。

この一言で、向田本人には、作品で男を攻撃する気はなかったことがわかる。その気がない分だけより強烈に、さりげない台詞、ト書きのひとつひとつが、男と女の意識下にある「後ろめたさ」や「心の傷」にぐさりと突き刺さるのだろう。

「阿修羅のごとく」の平均視聴率は、一二・四パーセント（前出同調べ）。余談であるが、「阿修羅のごとく」のタイトルロールに流れた、天平時代の傑作のひとつ興福寺所蔵の阿修羅像は、身長一五三センチ。向田邦子とほぼ同じ背丈である。

文中敬称略　（鳥兎沼佳代）

〈編集付記〉

差別等にかかわる表現については、時代性や著者が故人であることを考慮し、そのままとした。

協　力　Ｂｕｎｋｏ／ままや
編集協力　鳥兎沼佳代

この作品は一九八一年十二月、大和書房から刊行された。

向田邦子シナリオ集 II
阿修羅のごとく

2009年5月15日 第1刷発行
2024年12月16日 第2刷発行

著 者 向田邦子（むこうだくにこ）

発行者 坂本政謙

発行所 株式会社 岩波書店
〒101-8002 東京都千代田区一ツ橋 2-5-5

案内 03-5210-4000 営業部 03-5210-4111
https://www.iwanami.co.jp/

印刷・精興社 製本・中永製本

ISBN 978-4-00-602145-0 Printed in Japan

岩波現代文庫創刊二〇年に際して

二一世紀が始まってからすでに二〇年が経とうとしています。この間のグローバル化の急激な進行は世界のあり方を大きく変えました。世界規模で経済や情報の結びつきが強まるとともに、国境を越えた人の移動は日常の光景となり、今やどこに住んでいても、私たちの暮らしは世界中の様々な出来事と無関係ではいられません。しかし、グローバル化の中で否応なくもたらされる「他者」との出会いや交流は、新たな文化や価値観だけではなく、摩擦や衝突、そしてしばしば憎悪までをも生み出しています。グローバル化にともなう副作用は、その恩恵を遥かにこえていると言わざるを得ません。

今私たちに求められているのは、国内、国外にかかわらず、異なる歴史や経験、文化を持つ「他者」と向き合い、よりよい関係を結び直してゆくための想像力、構想力ではないでしょうか。

新世紀の到来を目前にした二〇〇〇年一月に創刊された岩波現代文庫は、この二〇年を通して、哲学や歴史、経済、自然科学から、小説やエッセイ、ルポルタージュにいたるまで幅広いジャンルの書目を刊行してきました。一〇〇〇点を超える書目には、人類が直面してきた様々な課題と、試行錯誤の営みが刻まれています。読書を通した過去の「他者」との出会いから得られる知識や経験は、私たちがよりよい社会を作り上げてゆくために大きな示唆を与えてくれるはずです。

一冊の本が世界を変える大きな力を持つことを信じ、岩波現代文庫はこれからもさらなるラインナップの充実をめざしてゆきます。

（二〇二〇年一月）

B291
中国文学の愉しき世界
井波律子

烈々たる気概に満ちた奇人・達人の群像、壮大にして華麗な中国的物語幻想の世界! 中国文学の魅力をわかりやすく解き明かす第一人者のエッセイ集。

B292
英語のセンスを磨く
―英文快読への誘い―
行方昭夫

「なんとなく意味はわかる」では読めたことにはなりません。選りすぐりの課題文の楽しく懇切な解読を通じて、本物の英語のセンスを磨く本。

B293
夜長姫と耳男
近藤ようこ漫画
坂口安吾原作

長者の一粒種として慈しまれる夜長姫。美しく、無邪気な夜長姫の笑顔に魅入られた耳男は、次第に残酷な運命に巻き込まれていく。〔カラー6頁〕

B294
桜の森の満開の下
近藤ようこ漫画
坂口安吾原作

鈴鹿の山の山賊が出会った美しい女。山賊は女の望むままに殺戮を繰り返す。虚しさの果てに、満開の桜の下で山賊が見たものとは。〔カラー6頁〕

B295
中国名言集 一日一言
井波律子

悠久の歴史の中に煌めく三六六の名言を精選し、一年各日に配して味わい深い解説を添える。毎日一頁ずつ楽しめる、日々の暮らしを彩る一冊。

2024. 12

B296
三国志名言集
井波律子

波瀾万丈の物語を彩る名言・名句・名場面の数々。調子の高さ、響きの楽しさに、思わず声に出して読みたくなる！　情景を彷彿させる挿絵も多数。

B297
中国名詩集
井波律子

前漢の高祖劉邦から毛沢東まで、選び抜かれた珠玉の名詩百三十七首。人が生きることの哀歓を深く響かせ、胸をうつ。

B298
海うそ
梨木香歩

決定的な何かが過ぎ去ったあとの、沈黙する光景の中にいたい――。いくつもの喪失を越えて、秋野が辿り着いた真実とは。〈解説〉山内志朗

B299
無冠の父
阿久悠

舞台は戦中戦後の淡路島。「生涯巡査」の父をモデルに著者が遺した珠玉の物語が文庫に。父親とは、家族とは？〈解説〉長嶋有

B300
実践 英語のセンスを磨く
―難解な作品を読破する―
行方昭夫

難解で知られるジェイムズの短篇を丸ごと解説し、読みこなすのを助けます。最後まで読めば、今後はどんな英文でも自信を持って臨めるはず。

2024. 12

B301-302
またの名をグレイス（上・下）
マーガレット・アトウッド
佐藤アヤ子訳
十九世紀カナダで実際に起きた殺人事件を素材に、巧みな心理描写を織りこみながら人間存在の根源を問いかける。ノーベル文学賞候補とも言われるアトウッドの傑作。

B303
塩を食う女たち
聞書・北米の黒人女性
藤本和子
アフリカから連れてこられた黒人女性たちは、いかにして狂気に満ちたアメリカ社会を生きのびたのか。著者が美しい日本語で紡ぐ女たちの歴史的体験。〈解説〉池澤夏樹

B304
余白の春
―金子文子―
瀬戸内寂聴
無籍者、虐待、貧困――過酷な境遇にあっても自らの生を全力で生きた金子文子。獄中で自殺するまでの二十三年の生涯を、実地の取材と資料を織り交ぜ描く、不朽の伝記小説。

B305
この人から受け継ぐもの
井上ひさし
著者が深く関心を寄せた吉野作造、宮沢賢治、丸山眞男、チェーホフをめぐる講演・評論を収録。真摯な胸の内が明らかに。〈解説〉柳 広司

B306
自選短編集 パリの君へ
高橋三千綱
売れない作家の子として生を受けた芥川賞作家が、デビューから最近の作品まで単行本未収録の作品も含め、自身でセレクト。岩波現代文庫オリジナル版。〈解説〉唯川 恵

B307-308
赤い月（上・下）
なかにし礼

終戦前後、満洲で繰り広げられた一家離散の悲劇と、国境を越えたロマンス。映画・テレビドラマ・舞台上演などがなされた著者の代表作。〈解説〉保阪正康

B309
アニメーション、折りにふれて
高畑勲

自らの仕事や、影響を受けた人々や作品、苦楽を共にした仲間について縦横に綴った生前最後のエッセイ集、待望の文庫化。〈解説〉片渕須直

B310
花の妹　岸田俊子伝
―女性民権運動の先駆者―
西川祐子

京都での娘時代、自由民権運動との出会い、政治家・中島信行との結婚など、波瀾万丈の生涯を描く評伝小説。文庫化にあたり詳細な注を付した。〈解説〉和崎光太郎・田中智子

B311
大審問官スターリン
亀山郁夫

自由な芸術を検閲によって弾圧し、政敵を粛清した大審問官スターリン。大テロルの裏面と独裁者の内面に文学的想像力でせまる。文庫版には人物紹介、人名索引を付す。

B312
声の力
―歌・語り・子ども―
河合隼雄
阪田寛夫
谷川俊太郎
池田直樹

童謡、詩や絵本の読み聞かせなど、人間の肉声の持つ力とは？　各分野の第一人者が「声」の魅力と可能性について縦横無尽に論じる。

B313
惜櫟荘の四季
佐伯泰英

惜櫟荘の番人となって十余年。修復なった後も手入れに追われ、時代小説を書き続ける毎日が続く。著者の旅先の写真も多数収録。

B314
黒雲の下で卵をあたためる
小池昌代

誰もが見ていて、見えている日常から、覆いがはがされ、詩が詩人に訪れる瞬間。詩人は詩をどのように読み、文字を観て、何を感じるのか。〈解説〉片岡義男

B315
夢十夜
近藤ようこ漫画
夏目漱石原作

こんな夢を見た――。怪しく美しい漱石の夢の世界を、名手近藤ようこが漫画化。描き下ろしの「第十一夜」を新たに収録。

B316
村に火をつけ、白痴になれ
伊藤野枝伝
栗原康

結婚制度や社会道徳と対決し、貧乏に徹しわがままに生きた一〇〇年前のアナキスト、伊藤野枝。その生涯を体当たりで描き話題を呼んだ爆裂評伝。〈解説〉ブレイディみかこ

B317
僕が批評家になったわけ
加藤典洋

批評のことばはどこに生きているのか。その営みが私たちの生にもつ意味と可能性を、世界と切り結ぶ思考の原風景から明らかにする。〈解説〉高橋源一郎

岩波現代文庫[文芸]

B318
振仮名の歴史
今野真二

「振仮名の歴史」って？　平安時代から現代まで続く「振仮名の歴史」を辿りながら、日本語表現の面白さを追体験してみましょう。

B319
上方落語ノート 第一集
桂米朝

上方落語をはじめ芸能・文化に関する論考・考証集の第一集。「花柳芳兵衛聞き書」「ネタ裏おもて」「考証断片」など。〈解説〉山田庄一

B320
上方落語ノート 第二集
桂米朝

名著として知られる『続・上方落語ノート』を文庫化。「落語と能狂言」「芸の虚と実」「落語の面白さとは」など収録。〈解説〉石毛直道

B321
上方落語ノート 第三集
桂米朝

名著の三集を文庫化。「先輩諸師のこと」「不易と流行」「天満・宮崎亭」「考証断片・その三」など収録。〈解説〉廓 正子

B322
上方落語ノート 第四集
桂米朝

名著の第四集。「考証断片・その四」「風流昔噺」などのほか、青蛙房版刊行後の雑誌連載分も併せて収める。全四集。〈解説〉矢野誠一

2024.12

B323
可能性としての戦後以後
加藤典洋

戦後の思想空間の歪みと分裂を批判的に解体し大反響を呼んできた著者の、戦後的思考の更新と新たな構築への意欲を刻んだ評論集。〈解説〉大澤真幸

B324
メメント・モリ
原田宗典

死の淵より舞い戻り、火宅の人たる自身の半生を小説的真実として描き切った渾身の作。懊悩の果てに光り輝く魂の遍歴。

B325
遠い声
―管野須賀子―
瀬戸内寂聴

大逆事件により死刑に処せられた管野須賀子。享年二九歳。死を目前に胸中に去来する、恋と革命に生きた波乱の生涯。渾身の長編伝記小説。〈解説〉栗原 康

B326
一〇一年目の孤独
―希望の場所を求めて―
高橋源一郎

「弱さ」から世界を見る。生きるという営みの中に何が起きているのか。著者初のルポルタージュ。文庫版のための長いあとがき付き。

B327
石の肺
―僕のアスベスト履歴書―
佐伯一麦

電気工時代の体験と職人仲間の肉声を交えアスベスト禍の実態と被害者の苦しみを記録した傑作ノンフィクション。〈解説〉武田砂鉄

岩波現代文庫[文芸]

B328
冬の蕾
―ベアテ・シロタと女性の権利―
樹村みのり

無権利状態にあった日本の女性に、男女平等条項という「蕾」をもたらしたベアテ・シロタの生涯をたどる名作漫画を文庫化。〈解説〉田嶋陽子

B329
青い花
辺見庸

男はただ鉄路を歩く。マスクをつけた人びとが彷徨う世界で「青い花」の幻影を抱え……。災厄の夜に妖しく咲くディストピアの〝愛〟と〝美〟。現代の黙示録。〈解説〉小池昌代

B330
書聖王羲之
―その謎を解く―
魚住和晃

日中の文献を読み解くと同時に、書作品をつぶさに検証。歴史と書法の両面から、知られざる王羲之の実像を解き明かす。

B331
霧の犬
―a dog in the fog―
辺見庸

恐怖党の跋扈する異様な霧の世界を描く表題作ほか、殺人や戦争、歴史と記憶をめぐる終わりの感覚に満ちた中短編四作を収める。終末の風景、滅びの日々。〈解説〉沼野充義

B332
増補 オーウェルのマザー・グース
―歌の力、語りの力―
川端康雄

政治的な含意が強調されるオーウェルの作品群に、伝承童謡や伝統文化、ユーモアの要素を読み解く著者の代表作。関連エッセイ三本を追加した決定版論集。

2024. 12

B333
六代目圓生コレクション
寄席育ち
三遊亭圓生
圓生みずから、生い立ち、修業時代、芸談、噺家列伝などをつぶさに語る。綿密な考証も施され、資料としても貴重。〈解説〉延広真治

B334
六代目圓生コレクション
明治の寄席芸人
三遊亭圓生
圓朝、圓遊、圓喬など名人上手から、知られざる芸人まで。一六〇余名の芸と人物像を、六代目圓生がつぶさに語る。〈解説〉田中優子

B335
六代目圓生コレクション
寄席楽屋帳
三遊亭圓生
『寄席育ち』以後、昭和の名人として活躍した日々を語る。思い出の寄席歳時記や風物詩も収録。聞き手・山本進。〈解説〉京須偕充

B336
六代目圓生コレクション
寄席切絵図
三遊亭圓生
寄席が繁盛した時代の記憶を語り下ろす。各地の寄席それぞれの特徴、雰囲気、周辺の街並み、芸談などを綴る。全四巻。〈解説〉寺脇研

B337
コブのない駱駝
—きたやまおさむ「心」の軌跡—
きたやまおさむ
ミュージシャン、作詞家、精神科医として活躍してきた著者の自伝。波乱に満ちた人生を自ら分析し、生きるヒントを説く。鴻上尚史氏との対談を収録。

2024. 12

B338-339
ハルコロ(1)(2)
石坂啓漫画
本多勝一原作
萱野茂監修

一人のアイヌ女性の生涯を軸に、日々の暮らしや祭り、誕生と死にまつわる文化など、アイヌの世界を生き生きと描く物語。〈解説〉本多勝一・萱野茂・中川裕

B340
ドストエフスキーとの旅
―遍歴する魂の記録―
亀山郁夫

ドストエフスキーの「新訳」で名高い著者が、生涯にわたるドストエフスキーにまつわる体験を綴った自伝的エッセイ。〈解説〉野崎歓

B341
彼らの犯罪
樹村みのり

凄惨な強姦殺人、カルトの洗脳、家庭内暴力と息子殺し……。事件が照射する人間と社会の深淵を描いた短編漫画集。〈解説〉鈴木朋絵

B342
私の日本語雑記
中井久夫

精神科医、エッセイスト、翻訳家でもある著者の、言葉をめぐる多彩な経験を綴ったエッセイ集。独特な知的刺激に満ちた日本語論。〈解説〉小池昌代

B343
ほんとうのリーダーのみつけかた 増補版
梨木香歩

誰かの大きな声に流されることなく、自分自身で考え抜くために。選挙不正を告発した少女をめぐるエッセイを増補。〈解説〉若松英輔

2024.12

B344
狡智の文化史
――人はなぜ騙すのか――
山本幸司

嘘、偽り、詐欺、謀略……。「狡智」という厄介な知のあり方と人間の本性との関わりについて、古今東西の史書・文学・神話・民話などを素材に考える。

B345
和の思想
――日本人の創造力――
長谷川櫂

和とは、海を越えてもたらされる異なる文化を受容・選択し、この国にふさわしく作り替える創造的な力・運動体である。〈解説〉中村桂子

B346
アジアの孤児
呉濁流

植民統治下の台湾人が生きた矛盾と苦悩を克明に描き、戦後に日本語で発表された、台湾文学の古典的名作。〈解説〉山口守

B347
小説家の四季
1988―2002
佐藤正午

小説家は、日々の暮らしのなかに、なにを見つめているのだろう――。佐世保発の「ライフワーク的エッセイ」、第1期を収録!

B348
小説家の四季
2007―2015
佐藤正午

『アンダーリポート』『身の上話』『鳩の撃退法』、そして……。名作を生む日々の暮らしを軽妙洒脱に綴る「文芸的身辺雑記」、第2期を収録!

岩波現代文庫［文芸］

B349
増補 もうすぐやってくる尊皇攘夷思想のために
加藤典洋

幕末、戦前、そして現在。三度訪れるナショナリズムの起源としての尊皇攘夷思想に向き合うために。晩年の思索の増補決定版。〈解説〉野口良平

B350
大きな字で書くこと／僕の一〇〇〇と一つの夜
加藤典洋

批評家・加藤典洋が自らを回顧する連載を中心に、発病後も書き続けられた最後のことばたち。没後刊行された私家版の詩集と併録。〈解説〉荒川洋治

B351
母の発達・アケボノノ帯
笙野頼子

縮んで殺された母は五十音に分裂して再生した。母性神話の着ぐるみを脱いで喰らってウンコにした、一読必笑、最強のおかあさん小説が再来。幻の怪作「アケボノノ帯」併収。

B352
日没
桐野夏生

海崖に聳える〈作家収容所〉を舞台に極限の恐怖を描き、日本を震撼させた衝撃作。「その恐ろしさに、読むことを中断するのは絶対に不可能だ」（筒井康隆）。〈解説〉沼野充義

B353
新版 一陽来復
―中国古典に四季を味わう―
井波律子

巡りゆく季節を彩る花木や風物に、中国古典詩文の鮮やかな情景を重ねて、心伸びやかに生きようとする日常を綴った珠玉の随筆集。〈解説〉井波陵一

2024. 12

B354
未闘病記
―膠原病「混合性結合組織病」の―
笙野頼子

芥川賞作家が十代から苦しんだ痛みと消耗は十万人に数人の難病だった。病と「同行二人」の半生を描く野間文芸賞受賞作の文庫化。講演録「膠原病を生き抜こう」を併せ収録。

B355
定本 批評メディア論
―戦前期日本の論壇と文壇―
大澤聡

論壇／文壇とは何か。批評はいかにして可能か。日本の言論インフラの基本構造を膨大な資料から解析した注目の書が、大幅な改稿により「定本」として再生する。

B356
さだの辞書
さだまさし

「目が点になる」の『広辞苑 第五版』収録をご縁に27の三題噺で語る。温かな人柄、ユーモアにセンスが溢れ、多芸多才の秘密も見える。〈解説〉春風亭一之輔

B357-358
名誉と恍惚（上・下）
松浦寿輝

戦時下の上海で陰謀に巻き込まれ、すべてを失った日本人警官の数奇な人生。その悲哀を描く著者渾身の一三〇〇枚。谷崎潤一郎賞、ドゥマゴ文学賞受賞作。〈解説〉沢木耕太郎

B359
岸惠子自伝
―卵を割らなければ、オムレツは食べられない―
岸惠子

女優として、作家・ジャーナリストとして、国や文化の軛〈くびき〉を越えて切り拓いていった、万華鏡のように煌〈きら〉めく稀有な人生の軌跡。